Yankee Muso!

隠れオタな俺氏はなぜヤンキー知識で異世界無双できるのか!?

illustration 小島紗

Yankee Muso!

序章

俺氏、異世界に立つ

——!?

俺《おれ》は鳥のさえずりで目を覚ました。

きらきらと降り注ぐ木漏《こも》れ日《び》が眩《まぶ》しい。目を細めながら辺りを見《み》渡《わた》すと、立ち並ぶ木々が見えた。どこかからか小川のせせらぎも聞こえてくる。

「ここは……どこだ？」

どれくらいの時間か分からないが、俺《おれ》は森の中で意識を失っていたようだ。

体調は至って普通《ふつう》。体に傷はない。

だが、なぜ俺《おれ》はここに……？　さっきまで雑居ビルの四階で薄《うす》い本を物色していたはずだ。

周囲を見《み》渡《わた》す。まばたきを何度かして、目を凝《こ》らす。

「やっぱ森だよな……。俺《おれ》はいったい……？」

俺《おれ》は手近にあった花に、何気なく触《ふ》れようとする。

すると、花が根本からごそりと立ち上がった。花には根ではなく、下半身がついていた。妙《みょう》に尻《しり》がぷりぷりしている。そのぷりぷりした下半身の植物はものすごい勢いで走り去って行った。

「ナイスヒップ……じゃなくて、何だあれ⁉」

たまに近所の畑でセクシーな形の大根が出てきてニュースになったりするけど、何かが根本的に違《ちが》う。

もしかしてあれって……〝マンドラゴラ〟ってやつ？

いやいや、そんなはずあるかよ。

俺《おれ》は頭をぶるぶると振《ふ》って記憶《きおく》を遡《さかのぼ》った。

「ええと、とりあえず現状を把握《はあく》しよう……。俺《おれ》は武藤聖弥《むとうせいや》、だと思う。この体は俺《おれ》のもので間違《まちが》いないな。さっきまで同人誌を買ってたし、ビルの四階にいたし。つうことはトラックに轢《ひ》かれて転生とかじゃ……ないよな」

雑居ビル四階にトラックが突《つ》っ込むというのは、まああり得ないだろう。

俺《おれ》はもう一度花に手を伸《の》ばす。やはりぷりぷりの尻《しり》が地面から腰《こし》を上げ、猛《もう》ダッシュで逃《に》げて行った。そんなマジにならなくても……。

「異世界……なのか？」

だとしたら嬉《うれ》しい。やっぱし異世界に出会いを求めたりしたくなるじゃない。

あ、でもハードモードな可能性もあるか。まだうかうか喜べないかも。

なんてぼんやりと考えていたけど、急にあることを思いだして意識が覚醒《かくせい》した。

「同人誌、どこいった？」

同人ショップの自動ドアを抜《ぬ》けた時には背中にあったよな、バックパック。あの中には買ったばかりのゲームだとか同人誌がまるっと入ってる。

「やっべ……」

俺《おれ》はここに来て勢いよく立ち上がり、周囲をきょろきょろと見る。異世界に来た途端《とたん》にそれかよという感じだけども、二ヶ月分の小遣《こづか》いをつぎ込《こ》んでる訳で。

と、バックパックは俺《おれ》が立っている場所から十メートルくらい離《はな》れた茂《しげ》みに転がっていた。

「おお、よかったよかっ………⁉」

バックパックの近くにいるそれを見た時、体が硬直《こうちょく》した。

濃《こ》い緑色の肌《はだ》に小柄《こがら》な図体《ずうたい》。サイズの合わないボロボロのズボンを穿《は》き、上半身は裸《はだか》のみすぼらしい小鬼《こおに》。その外見はどう見ても人間ではなく――。

「ゴブリン……？」

驚《おどろ》くことにゴブリンは俺《おれ》のバックパックを漁《あさ》り、同人誌を抱《かか》えていた。

反射的に俺《おれ》は〝あのモード〟でゴブリンに凄《すご》んだ。

「おいこら⁉　テメー何してんだよ！」

「××△△⁉」

意味不明なうめき声とともに、ゴブリンは怯《おび》えた表情になる。

「それから手を離《はな》せ……」

と俺《おれ》がバックパックに手を伸《の》ばそうとした時、ゴブリンは逃《に》げだした。

それも信じられないほどの速さで。

まるでヤンキーに絡《から》まれた、中学生の頃《ころ》の俺《おれ》のように。

Yankee Muso!

1章

愛羅武勇で召喚とかマジ勘弁

人でごった返す土曜の駅前。人混みにまぎれる俺《おれ》はただのモブで、堂々とオタいアプリを立ち上げられる。次なる目的地――同人ショップまで歩く道すがら「後で読む」フラグをつけていた記事に目を通す。

(おっしゃ、ガールズ&バールズの劇場版でるのか！　そーいや円盤《えんばん》も売れてる。ちょっ……！これはエロい……!!　このレイヤーめちゃシコじゃん。あーあいつか行きたいわーコミマ。あとオフで激しく前後するパコ行為《こうい》ができる会議に出席したい…………)

なんてことを脳内でぶつぶつと呟《つぶや》いてアーケードを歩く。

うん、俺《おれ》マジでキモい。だがそれが良《い》い。

何となれば電車で一時間、地元を離《はな》れてようやく手に入れた束《つか》の間《ま》の自由じゃない。移動時間さえもオタいサムシングを吸収していたいじゃない。

あとぶっちゃけ道行くカップルを視界に入れるとイラッ☆とするし。故《ゆえ》に俺《おれ》は爆音《ばくおん》でアニソンを流して耳も塞《ふさ》ぐ。

（最高だ。自由だ……けど自由じゃねえ！　早く地元でたいお………）

スマホの画面は、俺《おれ》に遙《はる》か遠くの秋葉原《あきはばら》の様子を教えてくれる。色々なイベントが開催《かいさい》されるし、買いたいものは大体手に入る。実に羨《うらや》ましいかぎりだ。

で、秋葉原《あきはばら》に行けない俺《おれ》は近場で我慢《がまん》する。

地方にしてはそこそこ大きい街だから、ある程度の品揃《しなぞろ》えはある。が、やはり聖地には敵《かな》わない。街を満たしてる空気みたいなのが違《ちが》うよね。いやー生まれた場所間違《まちが》えたわー。生まれ変わりたいわー。

……と、遙《はる》か彼方《かなた》の街に思いを馳《は》せながら俺《おれ》は同人ショップに向かう。

たまに今どきリアル店舗《てんぽ》で？　馬鹿《ばか》なの死ぬの？　とかネットの向こう側の友達に言われるけど、まずは聞いてほしい。田舎《いなか》のクソオタク高校生こと武藤聖弥《むとうせいや》氏にも事情ってやつがあるのだ。

①最寄《もよ》りのコンビニで受け取り→家から徒歩三十分かかるので無理
②スマホとPC→ねーちゃんがパソコン詳《くわ》しすぎて下手に通販《つうはん》できない
③自宅→かーちゃんに荷物を暴かれるので無理

という無理ゲー具合。これが田舎《いなか》オタクを阻《はば》む壁《かべ》。特にウォールカーチャンの壁《かべ》は、どんな巨人《きょじん》でもぶっ壊《こわ》せないだろう。まさに田舎《いなか》オタクの受難。たかがスケベブック一冊を買うために俺《おれ》は高い電車賃を払《はら》って一時間も揺《ゆ》られなければならない。

「ああ……次は買うものリストだ……」

画面を操作し、これまで溜《た》めておいたリストをチェックする。

新作のラノベに薄《うす》い本、首都圏《けん》で品薄《しなうす》な割に地方では残っているフィギュア。実は地方の方が手に入りやすいことがあるんだよなー。まあ金ねーけどなー。

「残金は四千円か……。うう、どれを先に買うかなあ」

もちろん限定グッズを優先させた方が良《い》いのは確かなんだけど、今すぐ読みたいラノベとかあるじゃない。

「うーん悩《なや》む……まいっか。店に行ってから決めっぺし」

悩《なや》むと言っても結局は至福の時間な訳で。それも込《こ》みでの休日な訳で。この時間が最高！

とか思ってた俺《おれ》氏は完全に無防備だった。アニソンを爆音《ばくおん》で聴《き》いてたのもあって、背後に迫《せま》る敵《ヤンキー》に背中を晒《さら》していた……。

——!?

スマホの前に突如《とつじょ》として顔が出現した。強制フルスクリーン広告みたいな感じでどーん。でもそれは広告なんかじゃなくて、ヤンキー女。正確には高校の後輩《こうはい》、神無月《かんなづき》藍《らん》だ。どっかに×ボタンねーの？

僕《ぼく》の体は竦《すく》み上がり、先程《さきほど》までの愉快《ゆかい》な感情は一瞬《いっしゅん》で霧消《むしょう》した。……って、思わず一人称《いちにんしょう》と文体が変わるくらいには動揺《どうよう》してしまったよね。

イヤホンを取った俺《おれ》に、藍《らん》が問いかける。

「せんぱーい！　どこに行くんすかー⁉」

ああそうそう、もう一つ。オタ活動の最大の障壁《しょうへき》が、これだ。

④俺《おれ》の地元にはヤンキーしかいない。

オタが市民権を得てるなんて話は嘘《うそ》で、我《わ》が地元ではオタは迫害《はくがい》の対象だし、どっぷりとヤンキー文化圏《けん》。時代が十年ほどずれている。

だから俺《おれ》は何時《いつ》いかなる時でも〝擬態《ぎたい》〟しなければならない……。

しかし完全にオタクになっていたせいで思考回路はショート寸前。

普段《ふだん》は〝使い分け〟ができてるんだけど今は完全にオフだ。

「…………………」

「せ……せんぱい？　いつもと雰囲気違《ふんいきちが》くねーすか？」

事情を知らないヤンキー女は心配そうな感じで俺《おれ》を見てくる。でもその目つきの鋭《するど》さがマジパなくてビビる。

（そうだ、俺《おれ》はオタクじゃない。俺《おれ》はオタクじゃない……。俺《おれ》は、俺《おれ》こそが……キアイが入ったヤンキーだ！）

なんて自己暗示をかける。

そして念のために髪《かみ》につけていたワックスを再利用して、「ガッ！」と髪《かみ》をかき上げ、毛先を捻《ひね》ってモードチェンジ。

「……オッシャ！　どうした藍《らん》⁉」

「あ、やっぱしいつものセンパイっすね！　具合悪そーだったんで心配したっす！」

オラついた俺《おれ》氏を見て、藍《らん》はほっとした表情になる。そう、こんな具合で俺《おれ》は地元や高校では、ヤンキーに成りすまさなければならないのだ……。

「何でもねえぜ！　つーか藍《らん》こそ何でここにいるんだよ⁉　めっちゃ遠いだろ」

「原チャ飛ばしてたら、こんなトコまで来たっす！」

「マジかよ……⁉　電車の快速でも一時間はかかっぞ⁉」

「ぜんぜん大したことねーっす！　三十分くらいっす！」

もちろんヤンキーたる者「その原チャ絶対改造してるよな？」とか言ってはならない。

原チャはリミッターをオフるのが常識だし、隙《すき》あらば単車で峠《とうげ》を攻めなければならない。

俺《おれ》の地元、悪路町《あくろちょう》ではそれが常識なのだ。つうか町の名前からしてヤンキーで嫌《いや》になるな。

「な、なかなか速えーなっ！　ポリ公にパクられねーように気をつけろよっ」

俺《おれ》は古めかしいヤンキー用語で道交法を守れとやんわり注意する。まあこの気持ち、藍《らん》には届いていないだろうけども。

「了解《りょうかい》ッス！」

ヤンキー女が距離《きょり》を詰《つ》めてくる。

「む……」

藍《らん》は寄せたり上げたりしなくても素で巨乳《きょにゅう》だし、スタイルもよくてまあまあ可愛《かわい》い。ただのパーカーも、こいつが着れば胸元《むなもと》パツパツのエロコスチュームになる。そして良《い》い匂《にお》いがする。

……が、根本的なところでアウトだ。「色の白いは七難隠《しちなんかく》す」なんて言うけども、「ヤンキーで全て台なし」という格言もある。武藤聖弥《むとうせいや》というオタク高校生の言葉である。

「それで先輩《せんぱい》は、どこに行くんすか？」

「そうだな、言ってみればよ……」

俺《おれ》は言葉に詰《つ》まる。

藍《らん》に同人ショップのことなんて言えるはずがない。今から買いに行くのは正真正銘《しょうめい》純度百パーセントのスケベブックな訳で、ばれたら破滅《はめつ》する。

しかもそこはヤンキーが立ち入ってはならない聖域だ。

想像してみろ。同人ショップに声がでかいヤンキーＪＫが入ってくるところを。店内の同士は一瞬《いっしゅん》で蒸発して天に召《め》されるわ。

藍《らん》は藍《らん》で「腐《くさ》れオタクブッ殺す。アタシの純情を弄《もてあそ》んだ武藤聖弥《むとうせいや》ブッ殺す」とか言うに決まってる。ということで結論はもう出てるわ。逃《に》げるしかない。

「大したこたねえ……ヤボ用ってやつだ。クソつまんねー用事だぜ」

が、藍《らん》は俺《おれ》の思惑《おもわく》ガン無視で話を進める。

「ヤボ用……⁉　クソつまんねー〝用事〟⁉　そうっすか……分かったっすよ先輩《せんぱい》‼　あーしも行くっす‼」

何を勘違《かんちが》いしてんだか、藍《らん》は戦闘《せんとう》モードな口調と表情で「ガッ‼」と拳《こぶし》を握《にぎ》る。手首に巻いてるシュシュが可愛《かわい》らしいし、拳《こぶし》の動きに合わせて揺《ゆ》れるマシュマロみたいな胸がすげー気になる。あー触《さわ》りたい。でも触《さわ》ったら触《さわ》ったでその後が怖《こわ》い……。

「場所はどこなんすか⁉　どこでヤルんすか⁉」

「ら、藍《らん》⁉　駄目《だめ》だ。そこはある意味俺《おれ》にしか行けねー、男だけの場所なんだ。だから──」

「やっぱり〝男だけの場所〟っすよね⁉　あーしもう分かったっす！　先輩《せんぱい》が行こうとしている場所ってやつを……！」

──⁉

まさかこいつ……俺《おれ》の脳内を？　しかもついて来るって⁉

「二高の奴《やつ》ら、えげつねー手を使うってもっぱらの噂《うわさ》っす。気をつけてください！」

「ああ、えげつねーんだぜ……？」

ってあれ？　何か話が嚙《か》みあっていない？

「タイマン張らねーようなえげつねー奴《やつ》らなら、遠慮《えんりょ》はいらねーっすよね！　あーしも加勢するっす！」

うおおい！　違《ちが》うからな？　もう全然違《ちが》うからな？　危《あや》うく素のオタクに戻《もど》ってオタい口調でツッコミを入れそうになったわ。

「加勢はいらねーぜ。つうかケンカじゃねーよ……」

「違《ちが》うんすか？　今日の先輩《せんぱい》、何だか動きやすそうな靴《くつ》だし、鞄《かばん》もパンパンじゃないすか。特攻《とっこう》服入ってるんすよね？」

入ってねーよ！

藍《らん》の目には変なフィルターがかかっているせいで、何をやっても〝マジぱねー武藤《むとう》センパイ〟になる。しかし本日の俺《おれ》氏は、標準的なオタクめいた雑なコーディネートだ。

靴《くつ》はただの二千円の安いスニーカーだし、バックパックにはちょっとえっちな新作のゲームが入っている。

「つうか、俺《おれ》がケンカするなんてどこ情報だっつーの。ふつーに買い物だよっ」

「マジすか……!?　買い物っすか？　へ、へー。そうなんすかー」

と、藍《らん》の声色《こわいろ》が急に変わった。

いわゆる「仲間にしてほしそうにこちらを見ている」という状態だ。

「実はあーしも、本当は買い物っす！」

嘘《うそ》つけよ！

藍《らん》は左右の指をつんつんと突《つ》き合《あ》わせ、足をもじもじさせ、俯《うつむ》いてからの……俺《おれ》をちらり。

わーちょっとだけ可愛《かわい》い。

さっきまで人を殴打《おうだ》しようとしてたとは思えない乙女《おとめ》っぷりだ。

つうかこのままでは変な方向にフラグが立ちそうだ。ヤンキー後輩《こうはい》と週末ぶらりウィンドウショッピングとか、マジ勘弁《かんべん》してほしい。武藤《むとう》氏はスケベブックを所望《しょもう》しているのだ。

「違《ちが》う……。実は本当のことを言うと……予備校だ」

「え！　ヨビコーってあのヨビコーっすか？　先輩《せんぱい》、ケンカも強くて頭も切れるとかマジぱねーっす！　なるほどー。だから隠《かく》してたんすね！」

藍《らん》の瞳《ひとみ》がきらりと輝《かがや》く。またも要《い》らぬ嘘《うそ》をついたことを俺《おれ》は後悔《こうかい》した。

ちなみに藍《らん》がコロっと信じたのは、俺《おれ》氏が校内で頭脳派（笑）なヤンキーというポジションにいるからだ。ヤンキー漫画《まんが》とかでも一人はいる、例のやつね。

で、そうは言ってもヤンキー高校の中での「頭脳派」だからたかが知れてる訳で。受験の日に腹を壊《こわ》してさえいなければ、普通《ふつう》の高校に行くはずだった訳で。そもそも貧弱ボディな俺《おれ》に肉体派は無理な訳で……。

「そーっすか。ヨビコーならしゃーねーっすよね」

藍《らん》はちょっと悲しそうな顔になる。

しかしこれはお互《たが》いのために仕方がないことだ。俺《おれ》はオタバレしたら死ぬし、藍《らん》だって〝武《む》藤《とう》センパイ〟の幻想《げんそう》が壊《こわ》れるのは嫌《いや》なはずだ。

ごめんよ藍《らん》。お前の好きなセンパイは、気持ち悪いタイプのオタクなんだ。

俺達《おれたち》は分かれ道に立つ。右に折れればオタショップだのゲーセンだのがあるごちゃごちゃした繁華街《はんかがい》。左側はオフィスビルだとか予備校だとかが並ぶエリア。

一旦《いったん》は予備校に行くふりをして藍《らん》を撒《ま》き、同人ショップに行こう。

「せんぱいっ……！」

「どうした？」

「な、何でもないっす…………」

ヤンキー女は口ごもり、ふわふわした髪《かみ》を意味なく整える。藍《らん》が言いたいことは何となく分かるけど、聞いてはいけない気がしている。何かフラグっぽいし。デートフラグ？　恋愛《れんあい》フラグ？　いいえ死亡フラグです。

「せんぱい、あーしと……」

藍《らん》が次の言葉を告げる前に、先手を取った。

「俺《おれ》は予備校行くぜ！　ま、昨日は徹夜《てつや》で遊んだから寝《ね》てっけどな！」

ヤンキー後輩《こうはい》は何かに叩《たた》かれたように、体をびくっと震《ふる》わせる。

顔を俯《うつむ》かせ、小さな声で返事をする。

「じゃ、じゃあ、あーしはゲーセンで……」

俺《おれ》の中のオタクは確信している。

『ここでヤンキー女から逃《に》げなければ危険だ』と。

でもその一方で、人の良《い》い間抜《まぬ》けな俺《おれ》は、

『可哀想《かわいそう》じゃーん。つきあってあげなよー。おっぱい大きいじゃーん』

とか適当なことを言う。ふざけんなし。

まあ、客観的に見れば、自分を慕《した》ってついてこようとする後輩《こうはい》を無下《むげ》にしようとしているのだ。やはり良心は痛む。しかもちょっと可愛《かわい》いし。胸も大きいし。スカートも短いし。だがヤンキーだ。

「うう………藍《らん》！」

「はいっす！」

藍《らん》はビシッ！　と背筋を正す。

「二時間だ！　二時間でヨビコー終《お》わっから、ちょっと待っとけ！」

「せ、せんぱい⁉」

タイムリミットは二時間だ。二時間の間に買うものを全部買《か》い込《こ》む。エロ同人を所持しながら藍《らん》と行動するのは生きた心地《ここち》がしないが、やむを得まい。

正直、休みの日にまでヤンキーな〝武藤《むとう》センパイ〟になるのは辛《つら》い。ヤンキーのふりをし続けるのにも限界がある。いつか酸素が足らなくなって呼吸困難になる。

だから俺《おれ》は藍《らん》に釘《くぎ》をさす。

「付きあってやんよ！　だけど、今日だけだかんな！」

「はいっす！」

そして藍《らん》は、ひまわりのような笑顔《えがお》を俺《おれ》に向ける。こいつ、どっか憎《にく》めないんだよなー。

だがヤンキーだ……。

そうだ……だんだん思いだしてきたぞ。俺《おれ》は藍《らん》と約束をした。二時間後に駅前に集合な！と。そんで全力ダッシュで遠回りして、街をかけずり回った。

「あじゃじゃしたー」

なんて適当な接客をする店員から薄《うす》い本を受け取り、バックパックにいそいそとブツを詰《つ》め込《こ》んだ。残り時間は二十分で、財布《さいふ》の残金は千円を切っていた。残りの電車賃がなくなった場合、最悪藍《らん》の原付で二ケツして帰ろうとか思ってた。

で、同人ショップの自動ドアを抜《ぬ》けようとした時、藍《らん》から電話がかかってきたんだ。

『センパイ……。な、何かすごいっす！　すごいのが！　ああ！　めっちゃ眩《まぶ》しいっす！』

電話に出るなり、そんな意味不明なことを藍《らん》は言った。何がすごいのか意味不明だった。

『おい、藍《らん》？　どうした？　どこにいんだ？』

『尾田井《おたい》ビルの裏っす。壁《かべ》に落書きしてたら……なんかやべーのが⁉』

尾田井《おたい》ビルて、この同人ショップが入ってるビルじゃねーかよ。まさか藍《らん》……尾行《びこう》してたのか？　とかビビっていると……。

『────うおっ⁉』

同人ショップの自動ドアを抜《ぬ》けた瞬間《しゅんかん》、俺《おれ》は眩《まぶ》しい光に包まれた。

目を細めてよく見ると、何かの扉《とびら》のように見えた。

しかし扉《とびら》、と表現するのも微妙《びみょう》だ。白く輝《かがや》くそれは「扉《とびら》の形をした光の塊《かたまり》」というのが正確なところかもしれない。

そして周りの景色も変わっていた。雑居ビルの四階が、真っ白で無音の世界に変貌《へんぼう》していた。

いや、無音ではなかったか。唯一《ゆいいつ》聞こえていたのは、スマホからの藍《らん》の声だ。

『なんかコレ、ヤバくねーすか⁉』

そうして俺《おれ》は、訳が分からないままに異世界で目を覚ましたのだ。

◆

突然《とつぜん》の異世界に戸惑《とまど》っている余裕《よゆう》などなかった。

「うおお……！　追いつけねええ!!　まてやコラ!!」

俺《おれ》は必死でゴブリンを追いかける。ゴブリンは俺《おれ》のバックパックを背負い、同人誌を片手に疾走《しっそう》する。言葉にしてみるとマジで意味不明なシチュエーションだが、残念ながら現実の出来事だ。

ゴブリンは木々の隙間《すきま》を縫《ぬ》うように、ちょこまかと走《はし》り抜《ぬ》ける。しかも同人誌をがっちり握《にぎ》って落とす気配がない。

「くっそ！　ざけんな！　俺《おれ》の『姫騎士《ひめきし》これくしょん』返せや!!」

「○○××◇○◇!?」

ゴブリンの言葉は理解不能だが、俺《おれ》にビビっているらしいことは分かる。

なぜって、普通《ふつう》こういうシチュエーションになったら戦闘《せんとう》に突入《とつにゅう》するはずだ。しかしゴブリンは初手からビビった顔で逃《に》げて行ったのだ。ヘタレすぎるだろ。

「つーか、何もしねーから！　これ以上逃《に》げたら、マジで許さねー！」

俺《おれ》は無意識のうちにヤンキーモードでゴブリンを怒鳴《どな》りつける。

それを聞いたゴブリンは「××△△!!」などと意味不明な声を上げて怯《おび》えている感じだ。

しかし奴《やつ》の足は止まらない。何が何でも俺《おれ》の同人誌や新作のゲームを奪《うば》うつもりらしい。

「うおらっ！　ざけんなよ！」

手近にあった石を拾って投げた。しかしゴブリンはすばしっこい。まったく当たらない。

と、騒《さわ》がしい音を聞きつけたのか、茂《しげ》みから何かがやって来た。

「センパーイ!!」

「うおお！　藍《らん》じゃねーか!?」

――!?

次の瞬間《しゅんかん》、僕《ぼく》は自分の目を疑ったよね。

ゴブリンが俺《おれ》の背後に吹《ふ》き飛《と》ばされていったのだ。そしてずしゃあ！　とすりむくような音とともに、地面を転がっていった。

そう、藍《らん》がゴブリンに右ストレートを食らわせたのだ。それも完璧《かんぺき》なタイミングで。

藍《らん》は流れるような身のこなしで俺《おれ》に歩み寄り――

「センパイ、ここってどこなんすか!?　草とかもケツ丸出しで逃《に》げてくし、全然見たことねー感じの動物ばっかしで気持ちわりーっす！」

「ってゴブリン無視かよ！」

「ごぶりん？　何すかそれ」

「お前がぶっ飛ばしたやつだ……。何も殴《なぐ》らんでも」

俺《おれ》は思わず素でツッコミを入れてたよね。そしてゴブリンは可哀想《かわいそう》に、地面に大の字になって伸《の》びている……。

「でもセンパイが追いかけて、あいつが逃《に》げてるじゃないすか。で、あいつの背中にはセンパイの鞄《かばん》じゃないすか。あーし的にはもうグーっすよ、グー」

藍《らん》は恋《こい》する乙女《おとめ》みたいな表情で、両の拳《こぶし》をばちーん！　ばちーん！　と鳴らす。

どうやら藍《らん》は可愛《かわい》い＆暴力というジャンルにチャレンジしようとしているのかもしれない。

しかも拳《こぶし》のばちーん！　に合わせて胸がぷるーん！　となるもんだから、チャレンジに成功している感がある。ヤンキーは怖《こわ》いが、そこは最高だと思う……。

「センパイの大事なもんを奪《うば》うやつは敵っす！　あーし、センパイのためだったら何でもするっす！」

「マジかよ？　でもさすがに何でもは言いすぎだろ」

「言いすぎじゃないっす。だってあーしセンパイのこと…………ってセンパイ後ろ！」

藍《らん》がでかい声とともに背後を指さす。

つられて振《ふ》り返《かえ》ると、ゴブリンがむくっと起き上がっていた。

そして俺《おれ》が反応する間もなく、経験値が高めの鋼鉄のスライムみたいに逃《に》げていった。

「くっそ、追いかけねーと！」

——!?

しかし俺《おれ》の足は一歩も進まなかった。

いや、進められなかった。俺《おれ》は〝致命的《ちめいてき》な事実〟に気づいてしまったのだ。

あのバックパックの中にはオタ全開のあれやこれやが入っていて、俺《おれ》の隣《となり》には藍《らん》がいる。

仮に中身を取《と》り戻《もど》せた場合、俺《おれ》はそのバックパックをずっと隠《かく》し持《も》っていなければならない。

つまり今、オタバレの危険性はこの上なく高まっているのだ……。

「うおお…………!!」

俺《おれ》は思わずうめき声を上げる。新作のゲームにラノベ、そして同人誌。俺《おれ》の大事な宝物が、得体の知れないモンスターに奪《うば》われていく。だと言うのに俺《おれ》は一歩たりとも進めない！

「センパイ！　どうしたんすか！　奴《やつ》を捕《つか》まえましょう!!」

「い、いや。やめておこう……」

同人誌は惜《お》しい。しかし——藍《らん》がいるのは危険だ。

その中身がふとしたことでばれたら最後「クソオタク詐《さ》欺《ぎ》野《や》郎《ろう》武《む》藤《とう》聖《せい》弥《や》必殺ガール」となり、ゴブリンを打ちのめした豪腕《ごうわん》が俺《おれ》に向けられるだろう。

「センパイ、どうして追いかけないんすか!?」

「駄目《だめ》だ。これ以上は危険だ……」

「何が危ねーんすか？」

お前が危ねーんだよっ！

命あってのオタクライフだ。俺《おれ》は心の中で血の涙《なみだ》を流し、追いかけるのを諦《あきら》めたよね。しかし藍《らん》は、はっとした表情になってでかい声をだす。

「…………まさか！　そういうことっすか！　やっぱしセンパイはマジぱねーっす！　その辺

のボンクラとは格がちげーっすね！」

「ら、藍《らん》？」

「あいつがタイマンしねー奴《やつ》だって見抜《みぬ》いてたんすね！　確かにあんだけガン逃《に》げ決めるってことは、ぜってー罠《わな》があるっすよね」

「お、おう……？　そういうことだな。藍《らん》もマジで危ねーところだったな！　注意しろよ！」

「はいっす！　安全第一っす！」

だから危険なのはお前だからな？　実際ゴブリンの顔、めっちゃ引《ひ》き攣《つ》ってたぞ？

「でも、センパイと一緒《いっしょ》でよかったっす！　あーし、どこまでもついていくっす！」

当の藍《らん》は俺《おれ》の恐怖《きょうふ》などつゆ知らず、からっとした笑顔《えがお》を俺《おれ》に向ける。

このヤンキー女、笑顔《えがお》だけは可愛《かわい》いんだよな……。


そんな感じで俺《おれ》と藍《らん》は二人でどこかに向かうことにした。

どこに？　それは分からない。とりあえず人がいそうなところに。

「ところでセンパイ、ここってどこなんすかね……？」

「俺《おれ》らが住んでる地球じゃないってことは確かだわな。あんな奇妙《きみょう》な植物とかゴブリンとか、あり得ねーだろ」

「やっぱ地元じゃねーっすよね……。センパイにも、分からないことがあるんすか……。ヨビコー通ってるし、何でも知ってると思ってたっす」

「別に何でもは知らない。知ってることだけだ」

「…………は、はいっす？」

藍《らん》はきょとんとした顔になる。うっかりオタ知識を前提にした会話をしてしまい、冷《ひ》や汗《あせ》がでる。俺《おれ》としたことが迂闊《うかつ》だった。

オタ同士の会話だったら「あのネタね」的なセリフではあるが、一般人《いっぱんじん》からしたら「当たり前っすよね？」となるのは必然だ。

注意しよう。こういう一つ一つの積み重ねがオタバレを招くのだ……。

俺《おれ》は強引《ごういん》に話をかえた。

「そういやあの『光』は何だったんだろうな？」

同人ショップの自動ドアを通った途端《とたん》、光る扉《とびら》みたいなのが見えた。周囲の光景も様変わりし、雑居ビルの廊下《ろうか》とはまったく別物だった。

やはり俺《おれ》の身に、何らかの事象が起こったのは間違《まちが》いない。

そして元《もと》の世界に戻るには、そのあたりの状況《じょうきょう》を把握《はあく》しなければならないだろう。

「あーしも同じっす。落書きしてたら壁《かべ》から光がぶわーってなってどーんて来たっす！」

藍《らん》は往年の野球選手みたいな感じで状況《じょうきょう》を説明する。感覚派の説明はよく分からない。

「落書き？」

「は、はいっす」

「何の落書きだ？」

「そ、それは……何でもねーっす」

「何だよ気になるな」

「秘密っすー」

藍《らん》は足元の花を摘《つ》んで髪飾《かみかざ》りみたいにする。

明るいピンク色の花びらは、藍《らん》に似合っていた。

……そうやって可愛《かわい》い風で誤魔化《ごまか》してるのかもしれないが、どうせ「神無月《かんなづき》藍《らん》参上」とか「喧《けん》嘩《か》上等」のような落書きでもしていたんだろう。

「でも何か原因はあると思うんだよなー」

俺達《おれたち》が異世界に来た原因は何かしらあるはずだ。どっかの誰《だれ》かが俺《おれ》と藍《らん》を召喚《しょうかん》したか、それともワームホール的な不思議アクシデントが俺達《おれたち》をこの世界に運んだのか——。

「やっぱし、賢者《けんじゃ》とか大魔導師的な奴《やつ》に聞いてみるしかねーか。長丁場になるようだったら冒《ぼう》険者《けんしゃ》ギルドに入ってクエストをこなしつつ……」

——!?

俺《おれ》は愚《おろ》かな過《あやま》ちを犯《おか》してしまった。俺《おれ》は無意識のうちに、ついついオタい会話をしてしまったのだ。

「だいまどーし？　くえすと？」

　藍《らん》はぽかんとした顔で異世界ファンタジー用語を復唱する。異世界と言えばハーレムとか冒《ぼう》険者《けんしゃ》ギルド的な何かを連想してしまうが、当然ヤンキーにそんな知識はない。

　あー、失敗した。マジで失敗した。

「せ、センパイ……？」

「おう……これはな……」

　藍《らん》のリアクションに戦々恐々《せんせんきょうきょう》としていたが――

「やっぱし、ヨビコー通いはちげーっすね！

　こいつがアホでよかったー！　予備校というか、アニメとかゲームとか。「小説家になりたい」

に掲載《けいさい》されてるウェブ小説の知識なんだけども。

「……お、おう！　世界史の教科書に書いてあっぞ！」

「マジっすか⁉」

「おうよ。マジ中のマジだ……」

　史実としてギルドは存在するし、クエストは言《い》い換《か》えれば「請負《うけおい》仕事」だ。

　今でこそ会社や官庁のような「組織」で仕事をする人が大半だが、その昔は「それで金を稼《かせ》げるのか？」というような仕事で日銭《ひぜに》を稼《かせ》ぐ人々はけっこういた。

　……という感じで高校に戻《もど》ったら誤魔化《ごまか》そう。

「それだったら、あーしも世界史ちゃんとやっとけばよかったっす！　センパイって、何でも知ってるっすね。やっぱ地元のフツーの奴《やつ》らとは全然違《ちが》うっす」

まあ、オタクだしね。とは言えるはずがない。

「いいや、俺《おれ》は……」

「あっそうか。知ってることだけ知ってるんすよねー。さすがセンパイっす！」

藍《らん》は自覚なしにややオタなセリフを発する。俺的《おれてき》にはひやひやだよね。

「さて、気を取り直して進むか……。ん？　これはなんだ？」

俺《おれ》は足を止めて、道の様子を確かめた。

「藍《らん》、これを見てみろ。車輪の跡《あと》だ」

「太さ的にチャリすかね？」

ここの世界観、どう考えてもモンスターがでてくる中世風の異世界ファンタジーだろ……。

「チャリつうか馬車だろうな。とりあえずこいつを辿《たど》ってみっか。どこかには辿《たど》りつくだろう」

轍《わだち》の跡《あと》を追いかけてから、十分ほどが経過した。

「これは……かなり蛇行《だこう》してるな」

俺《おれ》は警戒《けいかい》する。

もしかしたらこの馬車はモンスターの襲撃《しゅうげき》を受けて、進路が乱れたのかもしれない。異世界的に考えれば、そういう展開の可能性が高い。だとしたら、俺達《おれたち》は凶悪《きょうあく》なモンスターがいる方向に向かっていることになる。

「蛇行《だこう》運転っすね……。どこのゾクっすかね」

ぜってー違《ちが》うからな⁉

ファンタジー的な異世界で馬車がパラリラと蛇行《だこう》運転してたまるかっつーの。

そろそろ本気でツッコミたくなってきたが、そうもいかない事情がある。藍《らん》の場合、割とマジでそう思っているのだ。

「馬が暴れたのかもしんねーな。ま、まあゾクの可能性もあるけどよ。って、あれは………？」

轍《わだち》を辿《たど》ったその先にいたのはゾクではなくてゴブリンだった。数は三匹《びき》。そしてその中には、俺《おれ》のバックパックを背負った奴《やつ》もいた。

「あ、センパイのカバン！」

「しっ。藍《らん》、でかい声をだすな……」

「は、はいっす……」

「奴《やつ》らが、どんだけつえーか分かんねーだろ？　しかも三匹《びき》だ、卑怯《ひきょう》な手を使ってくるかもしんねーぞ？」

「そ、そうっすね……！」

ゴブリンがガン逃《に》げしていたのもあってか、藍《らん》は大人しく従う。

俺《おれ》と藍《らん》は足音を潜《ひそ》め、茂《しげ》みに隠《かく》れながら近づいた。と、よく見れば三匹《びき》のゴブリンは何かを囲ってガヤガヤと騒《さわ》いでいた。

「誰《だれ》かいるみてーだな⁉」

と、三匹《びき》の隙間《すきま》から金色の髪《かみ》の毛《け》がちらりと見えた。女の子だ。

その可愛《かわい》さに一瞬《いっしゅん》目を奪《うば》われたが、事態はそれどころではなかった。

ゴブリンは女の子と革製《かわせい》の袋《ふくろ》を引っ張りあっていた。少女は涙目《なみだめ》になりながら、必死で袋《ふくろ》を守ろうとしている。さらに三匹《びき》のゴブリンは荷物を奪《うば》おうとしているだけでなく、女の子のスカートをめくろうとしている。

「センパイ、カツアゲっすかね」

「ちょっとちげーけど……似たようなもんだろうな」

異世界ファンタジー的に考えればちょっとどころじゃねーけどな。

さて、どうしたものか。カツアゲかどうかはさておいて、女の子の可愛《かわい》さ的に考えてもスカートをめくるゴブリンどもを見過ごす訳にはいかないだろう。

だが向こうは三体だ。さっきはたまたま藍《らん》の右ストレートが決まったが、いつもうまくいくとは限らない。

と、俺《おれ》が考えを巡《めぐ》らせていると——

「センパイ！　あーし、こういうのマジ駄目《だめ》なんすよ……！」

「おい、藍《らん》……⁉」

藍《らん》は拳《こぶし》を握りしめ茂《しげ》みからぐわっと立ち上がった。そして俺《おれ》の返事を待たず、三匹《びき》のゴブリンに特攻《ブッコミ》をかけた。

「おいテメーら！　何してくれてんだ？　女一人にヤロー三人かよ⁉　キン〇マついてんのか？　オラ！」

――⁉

俺《おれ》は改めて戦慄《せんりつ》したよね。こんな後輩《こうはい》にオタバレしたらマジでシャレにならないって。

（藍《らん》、お前なら一人でやっていけるよ。お互《たが》い頑張《がんば》ってこの世界を生きて行こうな……）

と心の中で呟《つぶや》いて、僕《ぼく》は一人流浪《るろう》の旅にでようとしたよね。

「待てやこら！」

――⁉

俺《おれ》が呼ばれた訳でもないのに心臓がどきりとした。藍先輩《らんせんぱい》、マジパネーっす。

藍《らん》はものすごい勢いで三体に切《き》り込《こ》み、少女の腕《うで》を摑《つか》んだ。

「おいお前、すっこんでろ」

「あ、あなたは……？」

少女は驚《おどろ》いた顔で――日本語を話した。

俺《おれ》は耳を疑った。一瞬《いっしゅん》、その言葉を理解するのに時間を要したほどだ。が、藍《らん》は興奮しているのかまったく気にする素振《そぶ》りはない。

「話は後だ。引《ひ》っ込《こ》んでな」

「は、はい……」

と藍《らん》は少女を俺《おれ》がいる茂《しげ》みの奥《おく》へ押《お》しやる。押《お》しやられた先には当然俺《おれ》が控《ひか》えている訳で、
少女は驚《おどろ》いた声を上げる。

「きゃっ……!?」

「しっ、静かに」

俺《おれ》氏は不覚にもきゅんとしちゃったよね。白い肌《はだ》に均整の取れた小顔、そしてさらさらの金《きん》
髪《ぱつ》から覗《のぞ》くのは——尖《とが》った耳だ。

——!?

うおお！　エルフか？　エルフなのか？　うおお！　マジでエルフじゃね!?

と変なベクトルで俺《おれ》氏は興奮する。でも状況《じょうきょう》が状況《じょうきょう》なんでさすがに自重した。

「あ、あなたは？」

俺《おれ》はキメ顔で俺《おれ》の名をばっちりと告げようと思った。こういうのは最初が肝心《かんじん》だ。エルフな
彼女《かのじょ》とか嫁《よめ》とか欲《ほ》しいじゃない。

「むむ、む、武藤聖弥《むとうせいや》です。君は……？」

はい駄目《だめ》でしたー。やっぱ可愛《かわい》い子は緊張《きんちょう》するわー。キメ顔つうかキモい感じになりまし
た……。が、エルフの少女は特に気にする様子もなかった。

「ソルフィ、と申します」

「そ、ソルフィか。もう大丈夫《だいじょうぶ》だ。と、とりあえず俺《おれ》は敵じゃないから、安心してくれ」

「あなた達《たち》は……？」

「どう説明したもんか……。ただの通りすがりというか、異世界からというか――」

「おいこら⁉ 舐《な》めたまねしてんじゃねーぞ！」

と、まるで俺《おれ》とソルフィのラブを牽制《けんせい》するかのように藍《らん》がでかい声をだす。

もちろんそのセリフは、ゴブリンに対してのものだが。

藍《らん》は両の拳《こぶし》をばちーん！ ばちーん！ と鳴らす。

と、次の瞬間《しゅんかん》だった。

腹の底にずん、と響《ひび》くような衝撃《しょうげき》が走った。

同時に俺《おれ》と少女の体が宙に跳《は》ね上《あ》がった。見えない力が俺《おれ》の体を下から押《お》し上《あ》げたようだった。木々は揺《ゆ》れ、地面に亀裂《きれつ》が入る。

少女は驚愕《きょうがく》の表情で俺《おれ》を見る。

「もの凄《すご》い魔力《まりょく》量《りょう》……。あの方は何者ですか？」

「何者って。知り合いつうか後輩《こうはい》つうか……」

「こうはい？」

「まあ、弟子《でし》みたいなもんだ」

「そうですか！　なら安心しました。戦士の方だったんですね。今のは〝アーデン〟でしょうか？　すごい力ですね。弟子《でし》の方であれくらいということは……あなたはもっとすごいんでしょうか⁉」

「お、おう……？」

ソルフィがきらきらした表情で問いかける。何だよ〝アーデン〟って？　とは言いづらい。

というか、藍《らん》にそんなアビリティあったのかよ。

「テメーらかかってこいや‼」

藍《らん》の裂帛《れっぱく》のキアイがまたも森に響《ひび》く。

またも腹の底に衝撃《しょうげき》が伝わった。……同じことが二度もあっては認めるしかない。

やはりあの〝力〟は、藍《らん》が発動させているらしい。これがソルフィが言う〝アーデン〟なのだろうか？

追い打ちをかけるように、藍《らん》が近くの大樹に蹴《け》りを入れる。いわゆるヤンキーキックである。

「しょわっ！」

ゴブリンは恐怖《きょうふ》からか、意味不明な声を発する。

「すす、すいませんでした！　許してください！　二度としませんから！」

——⁉

こいつらも日本語しゃべるのかよ⁉　何だこの世界は……⁉

「な、なあソルフィ。あいつらって、言葉が通じるのか？」

ソルフィは不思議そうな顔になる。どうしてわざわざそんなことを聞くの？　とでも言いたげだ。もしかして、この世界では常識だったりするのか？

「魔族《まぞく》の中には、こちらの言葉を理解するものもいます。あのゴブリン達《たち》は、人語と〝暗き民《たみ》〟の言葉――魔族語《まぞくご》を使いこなすことができます」

「そ、そうなのか……って、悠長《ゆうちょう》に話してる場合じゃねえ！　ソルフィはここにいろよ！」

俺《おれ》は慌《あわ》てて茂《しげ》みから飛びだした。〝アーデン〟だとか〝魔力量《まりょくりょう》〟とかの話がすごく気になるが、全て後回しだ。

キアイが入った〝武藤《むとう》センパイ〟的には後輩《こうはい》だけ戦わせるというのはあり得ない。

これはタイマンではない。ゴブリン×三対藍《らん》だ。ヤンキー先輩的《せんぱいてき》には加勢しなければならない。もしここでヘタレなことをすればオタクであることがばれて以下略だ。

「おっしゃ、藍《らん》！　俺《おれ》も加勢するぜ……………って終わりかよ！」

勝負は既《すで》についていた。

三匹《びき》のゴブリンは戦意喪失《そうしつ》し、土下座完了《かんりょう》していた。

俺《おれ》が言うのも何だけど、もうちょっと持ちこたえてくれよ。

「センパイ、いっちょあがりっす！」

藍《らん》はにかっと笑い、指をコキコキと鳴らす。実に威圧的《いあつてき》なヤンキー仕草だが、それとは対照的に笑顔《えがお》はひまわりのように明るい。

（くっ、悔《くや》しいが可愛《かわい》い……）

そこだけを切り取れば藍《らん》は普通《ふつう》に華《はな》やかな美少女だ。その笑顔《えがお》は、人の心を照らすような明るさがある。あとおっぱいが大きいのもポイント高いよね。

「こいつら、センパイがでるまでもねーようなヘタレだったっす！」

「お、おう！　こんなザコども、俺《おれ》の相手じゃねーな！」

「それよかセンパイ！　これ、センパイのカバンっす！」

藍《らん》はゴブリンからバックパックを引っぺがし、俺《おれ》に渡《わた》す。

平然とした顔で受け取ってみるけど、正味のところ心臓がバクバクだよね。どれもこれもばれれば即死《そくし》ダメージを受ける危険物だ。これからは肌身《はだみ》離《はな》さず持ち歩こう。

「おっしゃ行くか！　こいつらに用はねえ！」

同人誌を見られたこともあって、俺《おれ》は急いでゴブリンから離《はな》れようとする。

……が、藍《らん》は俺《おれ》の思惑《おもわく》に反してゴブリンに絡《から》みだした。

「おう、ジャンプしろや」

うおおい！　異世界でそれ言うかよっ！

藍《らん》センパイは恐《おそ》ろしいことに、異世界のモンスターに向かって、週刊少年じゃない方のジャンプをやらせようとしている。

「つーか先にあのコいじめてたのはテメーらだろうがよっ！　落とし前だよ！」

「ひえええ……!!」

恫喝《どうかつ》する藍《らん》にビビるゴブリン。その様子に俺《おれ》はあることに気づいた。これってRPGでよくある「モンスターがアイテムをドロップする」シチュエーションでは？　全体的にヤンキーなあたりがマジで残念だけども。

そして俺《おれ》は最悪なことに気づいた。ゴブリンが妙《みよう》にもじもじしてると思ったら、背中に俺《おれ》の同人誌を隠《かく》していやがった。

やっべ、このままジャンプしたら――――!?

「お、おい藍《らん》？　そろそろこのへんで」

しかしヒートアップした藍先輩《らんせんぱい》は俺《おれ》の声が聞こえない。マジ先輩《せんぱい》の話聞けし。

「ジャンプだよ！」

いや、しなくていいからな？　もちろん俺《おれ》の心の声はゴブリンに届かない。

「ひいい……!!」

「グダグダしてっと沈《しず》めっぞ!?」

死にそうな顔のゴブリンがジャンプすると……案の定危険物Xがドロップしたよね。

スケベブック、異世界に立つ！　みたいな感じでページが華麗《かれい》にめくれていく。めっちゃ泣きたいんすけど……。

藍《らん》は鋭《するど》い目つきになり、ゴブリンの胸《むな》ぐらを摑《つか》む。

「おいコラ？　何だこのキモいエロ本はよ？」

ゴブリンは苦しそうにうめき声を上げる。

「それはさっき……そこの……」

「ああん？　聞こえねえよ、腹から声だせ！」

——!?

まずい……。

非常にまずい……。

変な感じで形勢逆転してるぞ。責められてるのはゴブリンだけど、逆に俺《おれ》の方がピンチじゃん。今ここで同人誌かゴブリンを始末するか、もしくは俺《おれ》が逃亡《とうぼう》するしかなくね？

「けっ、こんなクソオタクみてーなエロ本をよー」

クソオタクで悪かったなっ！

藍《らん》は口ではそう言いつつ、ちらちらとエロ本の表紙を見る。もう興味津々《きょうみしんしん》じゃん。

表紙からして危険で、非オタな人間は手に取るのも憚《はばか》られるような代物《しろもの》だってのに。

「もしかしてご興味がおありですか……？」

とゴブリンが恐縮《きょうしゅく》しながらお伺《うかが》いを立てる。

「きょ、興味なんてねえよ、こんな糞《くそ》オタクみてーなエロ本によ！　だけどまあ、お前が寄越《よこ》すって言うなら貰《もら》わないこともねーけどな……」

「ちっ……。こんなもん……」

　とか言いつつ、藍《らん》は頬《ほお》を赤らめながらぱらぱらとめくる。

　俺《おれ》もまだ読んでいないエロ同人をこの異世界の片隅《かたすみ》で藍《らん》が読んでいる。控《ひか》えめに言っても意味不明な状況《じょうきょう》だ。

「ぜ、ぜんぜん大したことねえな！　あ、あーしだって、これくらいの経験……一度や二度……」

「え、マジですか」

　ゴブリンが食い気味に質問する。

「あ、当たり前だろ！　もう、バリバリだぜ！」

　バリバリって何だよ。普通《ふつう》に考えて、そんなエロ同人みたいなことが現実にあるはずがないじゃないか。

　ゴブリンもゴブリンで、藍《らん》のそんなえっちな姿を想像しているのだろうか。ちょっとテンションが高まってる。それはそれで少し腹が立つ。

　藍《らん》はさらにページをめくる。

相当きわどい描写《びょうしゃ》がされているのだろう。「真っ赤」を通り越《こ》して、藍《らん》の頭からほわほわと湯気がでている。

「ももう、こんなの…………っ！　ふふ、ふざけんな！」

うわっ、藍《らん》ちょっと可愛《かわい》いぞ？

それにこの反応。もしや藍先輩《らんせんぱい》、未経験女子ですか⁉　だとしたら弊社《へいしゃ》は未経験者を広く募《ぼ》集《しゅう》しております……って俺《おれ》も童《どう》の貞《てい》だけどな！

「こ、こ、こんな本があっから世の中が悪くなっし、お前らがカツアゲするんだ！　つうか、このエロ本持ってた奴《やつ》って誰《だれ》だよ⁉」

「そ、それは……」

三匹《びき》のゴブリンが俺《おれ》をちらちらと見る。ゴブリンズは一応は空気を読んでくれている。が、事態はもう退《の》っ引《び》きならないところまで来ている。やべえよ……。藍《らん》が処女だってことでテンション上げてる場合じゃねえよ……。

「エロ本の持ち主は誰《だれ》なんだよ⁉」

「そ、それは……そこの……」

「ああん？　どこのだよ！」

ゴブリンの指先が俺《おれ》を指さそうとしたその瞬間《しゅんかん》、俺《おれ》は閃《ひらめ》いた。

もしかしたら、俺《おれ》もヤンキーっぽくなればソルフィが言う〝アーデン〟がでるんじゃねーの

ない。

藍《らん》はゴブリンにめっちゃオラついていて、ゴブリンは口を割る寸前だ。うん、迷ってる暇《ひま》はか？　と。

そしてついに〝キアイの入った武《む》藤《とう》センパイ〟が覚醒《かくせい》した。

しなっと垂れていた髪《かみ》を再びかき上げて――――

「おいこらテメーら！　さっきからガタガタうっせーぞ⁉」

「「「⁉」」」

三匹《びき》のゴブリンは雷《かみなり》に打たれたかのように全身を震《ふる》わせた。

緑色の顔が分かりやすいほどに青ざめる。

そして同時に――俺《おれ》の足元がドッ！　と音を立てて凹《へこ》んだ。

思ったとおりだ。恐《おそ》らくはこれがソルフィが言っていた〝アーデン〟とか言うやつなのだろう。俺《おれ》はただヤンキー的なキアイというか、ハッタリをかましただけなのだが。

どうやらそういう〝力〟がこの世界にはあるらしい。

というかその手の設定は早めに教えてほしいんですが。めっちゃ便利じゃん。

「黙《だま》って聞いてりゃグダグダグダグダとよお⁉　よっぽど俺《おれ》にブッ潰《つぶ》されてーみてーだな⁉」

なんて具合で俺《おれ》は勢いをつけてみるよね。

「そ、それは……その………あの、僕《ぼく》らも何と言うか」

ゴブリンが言い訳がましく反論しようとする。

だが前後の話の流れは無視だ。むしろ支離滅裂《しりめつれつ》な感じの方がヤンキーっぽいし。

「じゃかっしゃーい！」

俺《おれ》は大樹を蹴《け》っ飛《と》ばす。衝撃波《しょうげきは》が生じ、三匹《びき》のゴブリンは「どばっ！」と後方に飛ばされた。

「あひぃ⁉」

木の葉がはらはらとうちひしがれるゴブリンに落ちる。見れば木の葉はうっすらと赤く色づいていた。おや、こちらの世界は秋が近いのかな？　と、感傷的なことを俺《おれ》は思った。そしてゴブリンを殴《なぐ》った。

「痛いですぅ！」

「ったりめーだろ⁉　痛くしてやってんだよ‼　オラッ‼」

無抵抗《むていこう》のゴブリンを殴《なぐ》るのは良心が痛んだ。だが多少の犠牲《ぎせい》はやむを得ない。つうか、俺《おれ》から同人誌を奪《うば》ったこいつらが悪いし、そこまで強く殴《なぐ》っていない。

「あなた様のえっちな本がとっても……」

それを藍《らん》の前で言うなっての！

「なんだとぉお⁉　俺《おれ》の後輩《こうはい》、スケベなの嫌《いや》がってるだろうがよおお⁉」

俺《おれ》はゴブリンを殴《なぐ》って誤魔化《ごまか》す。頼《たの》むから黙《だま》っててよ。黙《だま》って逃《に》げてくれれば、こっちも追いかけないから。あと同人誌、置いてってね。

「せ、センパイ！　あーしのために、そこまで……」

ひしっ、と藍《らん》が俺《おれ》の腕《うで》を摑《つか》む。

「ちっ……仕方ねえな！」

ゴブリンがちょっと可哀想《かわいそう》になってきた。やっぱり暴力はよくないと思う。えっちなのも、よくないと思う。

ただ藍《らん》がこうやって介入《かいにゅう》したことで、落としどころが見えてきた。

「す、すいませんでした。えっち……」

俺《おれ》は「ぎっ」とゴブリンを睨《にら》みつけた。そして、ようやく意思疎通《そつう》ができたようで、ゴブリンは大人しくなった。

「ほ、本当にすいませんでした」

「分かれば良《い》いんだよ。おら、さっさと失《う》せな！」

最後にもう一度、ゴブリンの尻《しり》を軽く蹴《け》っ飛《と》ばした。

「せ、センパイ……!!」

藍《らん》が瞳《ひとみ》を潤《うる》ませて、憧《あこが》れのまなざしで俺《おれ》を見る。藍《らん》の中では、「キアイ入ってる武藤《むとう》センパイがあたしを守ってくれた」みたいな展開になっているようだ。

「と、ところで……これは……」

ゴブリンは同人誌を手にして未練がましく俺《おれ》を見る。

──⁉

実は同人誌は、後からこっそりと回収するつもりだった。だがここで持って行かれたらジエンドだ。くそ、まだ見てないのに！

「どうせ要《い》らないんでしょう……？」

とゴブリン。ふざけんなぶっ殺す。だが「ここに置いておけ！」というのも不自然だ。そして置いて行かれたとしても、藍《らん》に燃やされる可能性が高い……。

つまり完全にゴブリンが同人誌を持っていく流れになっているのだ。

これが計算どおりだとしたら、ゴブリンは相当な智者《ちしゃ》だ。いや、「痴者《ちしゃ》」と言った方が適切だろう。エロ同人だけに、ってやかましいわ。

「…………けっ、勝手にしろ。テメーみてーな奴《やつ》にはちょうどいいエロ本だな！」

「せ、センパイ、マジ硬派《こうは》っす！」

と藍《らん》は感動し、ゴブリンは、

「ああ、ありがとうございます！」

とか言う。

ふざけんなよ！　元々俺《おれ》のだし、委《い》託販売《たくはんばい》されるのをずっと待ってたやつなんだぞ！

いやームカつくわー。元ネタも知らないような奴《やつ》に同人誌を奪《うば》われるの、マジで腹が立つ。

次会ったら手加減なしでフルボッコの刑《けい》だ。

そんな俺《おれ》の気持ちを察してか、三匹《びき》のゴブリンはものすごい勢いで逃《に》げて行った。

再び周囲は静寂《せいじゃく》に包まれる。

「うう、ううう……………」

背後からすすり泣く声が聞こえた。ほっとして緊張《きんちょう》が解けたのか、ソルフィは地面にへたり込《こ》んでしとしとと涙《なみだ》を流す。

——うわっ、可愛《かわい》い。

僕《ぼく》は言葉を失ったよね。

もし藍《らん》がいなければ、きゅっとソルフィを抱《だ》きしめてたよね。というか、耳がすごい気になる。ついうっかり耳を触《さわ》ってしまいたい。それから、実はエルフの耳を触《さわ》る＝求婚《きゅうこん》みたいな意味があって、エルフが嫁《よめ》になるみたいなのをマジで期待したい。

「せ、センパイ、行きましょう！」

エルフに見とれる俺《おれ》の視線を読んでか、藍《らん》はぐいぐいと引っ張る。お前、強引《ごういん》すぎんだろ。

「いや待て待て！　ソルフィが泣《な》き止《や》んだら話を聞くぞ」

「センパイ、いつの間に名前知ったんすか⁉」

あれ、何か藍《らん》の様子がおかしいような。何かサバけた感じのヤンキーじゃなくなってないか？　どっちかというと、乙女《おとめ》っぽくないか？

「おう、ついさっきだよ。それよりも藍《らん》、なんか様子がおかしくねーか？」

「んなことないっす。フツーっすよ、フツー」

「そうか……。つうか藍《らん》よ。ソルフィは第一村人ってやつだろ。とりあえず話を聞くだけ聞いてみっぞ！　こっから俺達《おれたち》の冒険的《ぼうけんてき》なのが始まっぞ！」

「は、はいっす……⁉」

ようやく異世界での足がかりを見つけた。とりあえずソルフィと仲よくなって、この世界のことを知ろう。あとぶっちゃけ、ソルフィが可愛《かわい》いってのが一番大きいよね。

元の世界に戻《もど》るとかよりも、そっちの方が優先だよね。

まああんまり露骨《ろこつ》に行くと、藍《らん》センパイがキレるけど。

「それで……あいつら何なんだ？　どうしてソルフィに絡《から》んでたんだよ」

「実は、彼《かれ》らを説得しようとしてました」

「説得？　あの三匹《びき》をか？」

「そうです。彼《かれ》らは元は善良なモンスターで、村の人々とも関わりがありました。ですが、最近になって急に変わってしまったのです。特に最近は酷《ひど》くて、道行く人から手当《てあ》たり次第《しだい》お金を巻き上げてはオラついているんです」

──⁉

今ソルフィ、変なセリフを言ったよな？

「緑色の野郎《やろう》ども、イキってんじゃねーって感じっすね、先輩《せんぱい》。そんで、何でおめーがあいつらを説得してたんだよ」

と藍《らん》が質問する。その前にソルフィの変なセリフが気になるんだけど……。

「一応、村の代表として村長から選ばれたのです……」

可愛《かわい》らしいエルフ少女のソルフィ曰《いわ》く、ゴブリンの被害《ひがい》は隣村《りんそん》にも及《およ》んでいた。それでやむを得ずソルフィが説得に行ったらしい。

が、奴《やつ》らは聞く耳を持たず、逆にソルフィに迫《せま》り、金銭及《およ》び装飾品《そうしょくひん》、並びに下着を巻き上げようとしていた。仮にゴブリンどもがソルフィのぱんつを盗《ぬす》んでいたとしたら、俺《おれ》が絶対に許さなかっただろう。

「その時に現《あら》われたのが、聖弥《せいや》さんでした」

「なるほど……」

俺《おれ》、めっちゃ良《い》いタイミングじゃん。これ、運命じゃね？　エルフを嫁《よめ》にする展開来るんじゃね？　よし、フラグを立てるイベントに参加しよう。決定。

なお藍《らん》はものすごい仏頂面《ぶっちょうづら》になっていた。

「……じゃあ例えば、俺《おれ》らがゴブリンをシメるのはどうだろう。その代わりにソルフィは俺《おれ》らを泊《と》める」

さっきの様子からするに『テメーらイキってんじゃねーぞ！　ああん？』なんて具合で脅《おど》せ

ば、割と簡単に服従するかもしれない。だったらいくらでも協力したいところだ。

「そんな……。でも……」

「ソルフィの力になりたいんだ。それに実は俺達《おれたち》、本当に『今ここに来たばかり』なんだ……。マジで泊《と》まるところがない」

ようやく本題に入れた。このまま行けば寝泊《ねと》まりする場所がない。あわよくばソルフィのべッドで眠《ねむ》りたい。

「こ、ここに来たばかりというのは……？」

「信じてもらえねーかもしれねーけど、俺《おれ》らはマジで違《ちが》う世界から来たみたいなんだ」

「ええっ……？　違《ちが》う世界？」

ソルフィは困惑《こんわく》顔になる。

その気持ちはよく理解できる。俺《おれ》だって見知らぬ奴《やつ》に「異世界から来たんだ」なんて言われたら、中二病専門の心療内科《しんりようないか》を紹介《しょうかい》するだろう。

「ああ。俺《おれ》も藍《らん》も急に訳の分からん光に包まれて気づけばここに……って訳だ。言ってる俺自身《おれじしん》もまだ信じられねーけどな」

とソルフィは俺《おれ》をじっと見つめる。うっ、そんなに見つめられると照れる。

「た、確かにそういった魔術《まじゅつ》も存在すると言えばしますが……もしやあるいは……分かりました。泊《と》まっていってください」

あざーす！　とあやうく声にだしそうになるよね。というか多分、顔にでてたと思う。

藍《らん》も俺《おれ》のうきうき気分を察したのか、ちょっとむくれた感じになる。

「でも来客用の部屋は一つしかないので……すいませんが」

「泊《と》めてもらえるだけでも助かる。なあ藍《らん》」

……と思えば急に変なテンションになり、

「ひ、一部屋!?　セ、センパイと一部屋!?　オッケーっす！　はわーっ!!」

とか言って樹木を殴《なぐ》る。

藍《らん》センパイ、ソルフィが出てきた途端《とたん》に様子がおかしくないすか……？

「可愛《かわい》いお弟子《でし》さんですね」

とソルフィ。弟子《でし》っつうかただの後輩《こうはい》なんだけども。そのあたりの誤解も追々解いていかなければならないだろう。

「じゃあ、行きましょう」

「そうだな。案内を頼《たの》む――――!?」

ソルフィが軽《かろ》やかにマントを翻《ひるがえ》した。

すると、マントの裏地が見えた。

で、俺《おれ》氏は愕然《がくぜん》としたよね。

まず、なんでここにそんなものがあるんだよ！　という疑問がわき上がった。

次に俺《おれ》は、とても残念な気持ちになったよね。

例えるならクラスの清楚系《せいそけい》の女子が実はヤンキーの彼女《かのじょ》だと知った時のような感覚だ。君もそっち側の人だったんだね、好きになってゴメン、僕《ぼく》が悪かった。はい解散、お疲《つか》れっしたー！

的な。

ソルフィのマントの裏地に、忌《い》まわしき文字が躍《おど》っていたのだ。

——喧嘩上等

「あ、あのソルフィ？　その文字は……？」

「これはここ『マジナリウム』に伝わる、由緒《ゆいしょ》正しい魔導文字です。最も、今となっては使いこなせる者はいませんが……」

「うおおい！」

思わず声にだしてつっこんでしまった。

「これが魔導文字……？　どうみてもヤンキーが使うやつだろ」

「やんきー？　何のことですか？」

「もしかして、ヤンキーを知らないのか？」

「は、はあ」

「マジか……」

　ソルフィは「ヤンキー」なる概念《がいねん》を知らない。だというのにマントの裏には「喧嘩《けんか》上等」の文字が刺繍《ししゅう》されてある。妙《みょう》に力強くて躍動感《やくどうかん》がある、特攻服《とっこうふく》に使われてそうなフォントだ。概《がい》念《ねん》は知らなくとも、事実としてどうみてもそれは……ヤンキーだ。

「……ちなみに『喧嘩《けんか》上等』の意味は？」

「千の騎兵《きへい》が貴様の居城に特攻《ブッコミ》をかけるだろう、という脅《おど》し文句です」

　ルビの振《ふ》り方おかしいよな⁉　そういやさっきも「オラついて」とか言ってたよな⁉

「だ、大体合ってるな………」

「そうっすねセンパイ！　何か親近感っすね！」

　と藍《らん》。いやいや、お前もルビの振《ふ》り方おかしいって気づいた方がいいぞ？　ここ、ファンタジー的な異世界だからな？

「ソルフィ、まさかとは思うが、魔術《まじゅつ》の詠唱《えいしょう》が『何だテメーケンカ売ってんのか？』みたいなのじゃないよな……？」

「ふふふっ。違《ちが》いますよ？」

　ソルフィが笑う。ややウケである。俺《おれ》の発言がこんなに可愛《かわい》い子を笑わせたのかと思うと、心が軽くなる。うん、童貞《どうてい》特有のメンタリティだよね。

「魔術《まじゅつ》は世界に満ちる様々な〝無形の力〟に形を与《あた》えるものです。呪文《じゅもん》の詠唱《えいしょう》であったり、あるいは魔方陣《まほうじん》として刻み込むものです……って戦士の方なら知ってますよね」

とソルフィは「てへぺろ」的な表情で舌をだす。

うん、可愛《かわい》いけど俺《おれ》らは魔法《まほう》とか知らないからね？

「俺《おれ》ら別に魔術《まじゅつ》とか使える訳じゃないが……。この『喧嘩上等《けんか》』で何かの魔術《まじゅつ》が使えると？」

「『喧嘩上等《けんか》』は低級なモンスターを寄せ付けない効果がある魔法《まほう》、と言われています。今となっては『喧嘩上等《けんか》』を使える者はいませんが」

まあ喧嘩《けんか》上等だしな。モンスターもビビって近寄りたくはないということだろう。でも、使える者がいないってことはロストテクノロジーみたいになってるのだろうか？

「センパイ、どういうコトっすか……？　何かいきなり魔法《まほう》とか……」

――!?

藍《らん》が微妙《びみょう》に引いている。

ソルフィと微妙《びみょう》に話が合ってるし、〝魔術《まじゅつ》〟なる概念《がいねん》をさらっと理解してしまっている。そりゃもう俺《おれ》は元々のオタい素地がある訳だし。でもよく考えたら、ガチヤンキーの藍《らん》センパイにおかれましてはそんなもん知らないっすよね……。

「お、おう……これはだな。この世界にはキアイの入った魔法《まほう》ってやつがあるらしい。で、その魔《ま》法《ほう》を発動させるために使うものが……『喧嘩《けんか》上等』みたいな漢字らしい」

「か、漢字がまほーの、源……？」

「ああ。まほーだ。火を噴《ふ》いたりビーム的なのをだしたりするやつだ」

「ビーム的なのすか⁉　マジすげーっすね⁉」

と、俺《おれ》はあることを思いだす。

「……なあソルフィ。例えば、例えばの話だが、異世界から何かを召喚《しょうかん》したりする魔術《まじゅつ》とかってある？」

「はい……。マジナリウムの魔導書を紐解《ひもと》けば、そういったものもあるかと……」

――⁉

「それってやっぱし、『喧嘩上等《けんか》』的なの？」

「ええ。詳《くわ》しくはよく分かりませんが……。こういった形状の、魔導文字です」

とソルフィはマントの裏地を俺《おれ》に見せる。そこには「喧嘩上等《けんか》」に加えて「涙《なみだ》　卒業」「百花繚乱《ひやっかりょうらん》」といった、中々にキツい文字が踊《ダンス》ってた……。

こ、これが魔導文字……だと？　にわかには信じられない光景だ。そんなものを俺《おれ》は認めていいのか？　いや、認めてはならない。こんなふざけた異世界があっていいはずがない。

「なあ藍《らん》。一つ教えて欲《ほ》しいんだが、例の光がでた時、落書きしてたっつったよな？」

「は、はいっす……」

「ソルフィが言うには〝そういう落書き〟が魔法《まほう》を発動させるくさいんだが……。もしかしたら、俺《おれ》らがここにいる原因かもしれねー」

と、藍《らん》が突然神妙《とつぜんしんみよう》な顔になる。

「あ、あれ………？」

「どうした？」

藍《らん》は体をくねらせ、豊満なバストをうねらせ、しゃがみ込《こ》む。

「なな、なーんでもないっすよおおお！　ケータイみちゃ駄目《だめ》っす……‼」

はいオッケー。お前、携帯《けいたい》で何か撮《と》ったな？　しかも俺《おれ》に見せたらヤバいやつ。

「そのリアクションで何でもないなら、大抵《たいてい》のことはオールオッケーだかんな⁉　藍《らん》、何があったんだ⁉」

「い、言えないっす‼」

そう言えば藍《らん》は壁《かべ》の落書きの話を誤魔化《ごまか》していた。落書きしてたら壁《かべ》が光った、とか何とか言ってたよな？　で、ヤンキー漢字＝魔導文字だ。

藍《らん》はいやんいやんな感じで携帯《けいたい》を抱《かか》えて離《はな》さない。

が、ここは先輩《せんぱい》パワーで押《お》し切《き》ることにした。

「おいコラ藍《らん》。マジで怒《おこ》んねえから、スマホ見せろ？　壁《かべ》に何書いたんだ？」

「だ、これっすぅ……」

藍《らん》は恐《おそ》る恐《おそ》るスマホの画面の一部を俺《おれ》に見せた。

「指で隠《かく》すなよっ！」

「でもー」

「でもじゃねえし！　って……グルグルと円を描《えが》いてるだけじゃねーか？」

スマホの画面には、同人ショップが入っている「尾田井《おたい》ビル」付近の風景が映っていた。コンクリートの壁《かべ》にはヤンキーが描《えが》いたような、いかにもな落書き。ぐるぐると渦《うず》巻く円は、ドジっ娘《こ》な見習い魔《ま》術《じゅつ》師《し》が描《えが》いた出来《でき》損《そこ》ないのペンタクルのようでもある。

そしてちらりと見えるのは〝愛羅武勇〟の四文字。

「何だこれは……？」

「おまじないっす……」

「はあ？　何のおまじないだ？」

「そ、その……恋《こい》の……おまじないっす。あーしと……せんぱいの」

何？　恋《こい》のおまじないって。どこの小学生だっつうの。つうかなんだこのヤンキー女。顔真っ赤じゃないか。ふざけんなよ。何てキュートさだよっ……!!

あーあー聞こえない。俺《おれ》は何も聞こえないことにした。俺《おれ》の素は気持ち悪いタイプのオタクだし、オタい立場からしたら、藍《らん》は俺《おれ》の敵だ。これ以上距離《きょり》を詰《つ》めれば命が危ない。

ソルフィが〝愛羅武勇〟に反応する。それこそヤンキー漫画《まんが》にありがちな「⁉」の文字が頭上に現《あら》われたかのように目を見開く。

「こ……これはまさしく魔導文字!!　どこでこれを……？」

「どこが魔導文字だよ⁉　ただの藍《らん》の落書きだよっ！」

しかしソルフィはシリアスな雰囲気《ふんいき》で告げる。

「落書きだなんて……‼　これは『かつて神に喚《よ》ばれし戦士が描《えが》いた』とされる魔導文字、〝愛羅武勇〟です」

「うおお、マジかよ⁉　……おい藍《らん》、ちゃんと携帯《けいたい》見せろ！」

「はいっす……」

観念した藍《らん》が携帯《けいたい》から手を離《はな》し、隠《かく》されていた部分がオープンする。

そして俺氏《おれ》は愕然《がくぜん》としたよね。こんなのが原因で異世界召喚《しょうかん》かよ⁉　と……。

『愛羅武勇《アイラブユー》　永遠《フォーエバー》　武藤聖弥《むとうせいや》　神無月藍《かんなづきらん》』

Yankee Muso!

2章

この異世界、何か地元ぽくね？

村の入口には甲冑《かっちゅう》を着た衛兵と思《おぼ》しき男が二人いて、その奥《おく》は石畳《いしだたみ》が敷き詰められた大通りが広がっていた。うん、思ったよりも立派な村だ。村というよりは規模が大きな街、あるいは市場のようだった。

「ここがケムトク村か。最初の村にしては立派だな……」

俺《おれ》はさりげなく村の外観をチェックする。外壁《がいへき》には「夜露死苦」とか「神無月藍参上《かんなづきらん》」みたいなのはなかった。俺《おれ》はひとまず胸をなで下ろした。

『ヤンキー文字がそこらじゅうに書かれてなくてよかったわ……』

俺《おれ》は誰《だれ》にも聞こえないような小声で漏《も》らす。……が、エルフの耳は敏感《びんかん》なのだろうか、ソルフィが反応する。

「安心してください。魔術《まじゅつ》を発動させるためには色々な準備が必要ですから、魔導文字を手当《てあ》たり次第《しだい》に書くことはありませんよ」

「お、おう………。まあ確かに〝落書き〟だけで魔法《まほう》が発動するはずがねーか。となれば壁《かべ》に書く意味もねえ訳だ」

「落書きだけじゃまほーは起こらないんすか？」

「ああ。どうやらそうらしい」

とは言え藍《らん》の場合、壁《かべ》に落書きをしていたら魔法的《まほうてき》な何かが発動した……らしい。何か原因はあるのだろうが、今のところはさっぱり分からない。

「魔法《まほう》は相応の修練を積んだものが、生命力や精神力を代価にし、場合によっては聖遺物やタリスマン、魔術用《まじゆつよう》の杖《つえ》などを使って発動させるのです」

「いわゆる〝魔法触媒《まほうしよくばい》〟ってやつか」

口をついてでたファンタジー用語は正解だったようで、ソルフィはにこりと笑って答える。

「ええ。そのとおりです。魔法《まほう》は普通《ふつう》、そのような道具を駆使《くし》して発動させます」

「おお……やっぱしそんな感じなんだな」

で、俺《おれ》はやっちまったと後悔《こうかい》する。オタク的にはまあまあ普通《ふつう》の話も、ヤンキーには「異世界の言葉」みたいなもんだ。

思ったとおり、藍《らん》センパイは眉間《みけん》に皺《しわ》を寄せてソルフィに食ってかかる……。

「何かよく分かんねーよ。分かるように話してくれよ」

清楚系《せいそけい》のソルフィにヤンキーの藍《らん》という組み合わせは異種格闘技《かくとうぎ》を見ているようでヒヤヒヤする。お前、もう少し抑《おさ》えろよ？

「分かるように、ですか？　ええと……」

ソルフィが戸惑《とまど》った様子で俺《おれ》を見る。が、エルフがヤンキーに魔法《まほう》を説明するのは至難の業《わざ》だ。むしろ義務教育の国語算数を教える方が簡単かもしれない。ここは〝ヤンキー〟な俺《おれ》の出番だ。

「めんどくせえ話は抜《ぬ》きだ。要するに藍《らん》がそのあたりで落書きしても、何も起こらねえってことだ。深く考えることはねえ」

「そ、そうっすか。……でもセンパイ、速攻《そっこう》でまほーのこと理解するとかマジ頭良《い》いッスよね。やっぱヨビコー通いは気合い入ってるッス。あーしもヨビコー行こうかな」

それはやめておいた方がいいぞ？　予備校じゃ気合いも入んないし、異世界魔法《まほう》のことは教えてくれない。何より俺《おれ》、予備校行ってないし。

「予備校のことは、追々考えてけばいいんじゃねーか？　それこそ金もかかるしな」

「それもそうっすね。でもセンパイと一緒《いっしょ》にヨビコーに行きたいっす」

「学年がちげーから、行ったところでしゃーねーだろ」

「あ、それもそうっすね」

と藍《らん》はえへへと笑う。このヤンキー女、着実に俺《おれ》と「羅武《らぶ》」なフラグを建築させようとしてくる。油断も隙《すき》もないやつだ……。こう言う時は話を逸《そ》らすに限る。

「おっしゃ、とりあえず村を散策してみっか！」

「……はいっす！」

ざっと眺《なが》めた感じでは「夜露死苦」的なファンタジー世界を台なしにする要素はなさそうだ。謎《なぞ》のヤンキー要素は、ソルフィのマントくらいだったようだ。

ようやく武藤《むとう》氏の異世界生活が始まるぜ！　とイキった感じで俺《おれ》はずんずんと前に進もうとした。でもそんな願いは三秒で打《う》ち砕《くだ》かれた。早っ。

「な、なあソルフィ。あれは……？」

俺《おれ》は村の入口に立っている衛兵を指さす。

「雇《やと》われの衛兵です。何か、気になることでも？」

まあそんなところだろうな。甲冑《かっちゅう》着込んでるし。槍《やり》と盾《たて》を装備してっし。だがあれだけは妙《みょう》に気になる。

「あいつらの足まわり……すっげー気になるんだが」

俺《おれ》は念のためヤンキーの藍《らん》センパイに確認《かくにん》を求めた。

「なあ藍《らん》？　あの衛兵が穿《は》いてるのって……」

「ボンタンっすね」

「……やっぱボンタンかよ⁉」

藍《らん》はこともなげに答える。まあ藍《らん》センパイ的には普通《ふつう》のことかもしんないっすよね。でもこって異世界じゃないすか。そのリアクションて俺的《おれてき》にはちょっと辛《つら》いっす。

俺《おれ》は衛兵の服をもう一度見る。

「やっぱ、ボンタンかよ………はあ」

衛兵はどういう訳か昭和のヤンキーが好きそうなボンタンを穿《は》いていた。せめて何年か前に流行《はや》った「サルエルパンツ」だと思いたいが……そんなオシャレなものでは断じてない。

「あれは神話の戦士が身につけていたとされる戦闘服《せんとうふく》の名残《なごり》です。魔導文字の体系もまた、彼《かれ》によってもたらされたといいます」

「お、おう……？」

ボンタンが神話の戦士の名残《なごり》だと？　そいつってもしかして……。

考え込《かんがこ》んだのも束《つか》の間《ま》、さらに酷《ひど》い光景を目にして色々と吹《ふ》っ飛《と》んだよね。

ちょうど俺達《おれたち》の目の前を斬新な、、、デザインの馬車が横切って行った。

「な……なあソルフィ？　あれは」

「馬車ですが……聖弥《せいや》さんの故郷にはないのですか？」

「一応、なくもないけどよ……。ああいう感じのはねーぞ」

馬車と言えば、映画なんかでてくる幌《ほろ》つきのやつがぱっと思いつく。だが俺《おれ》が今見ている馬車は――――

「中々イカしたエアロっすね！」

藍《らん》は昔ながらのヤンキーめいた口調で馬車を褒《ほ》める。

お前本当に女子高生なのか？　生まれる時代間違《まちが》ったんじゃねーか？　とか言いたくて仕方がない。

「えあろ……と言うんですか？」

ソルフィそれはね。田舎《いなか》の調子こいたヤンキーが車の上につける、大して意味のないオブジェのことだよ。あれって逆に燃費悪くしてるよね。……とか言ってもソルフィに理解できるはずがない。

「俺《おれ》らの国では、馬車の上につける飾《かざ》りを『エアロ』と呼んでいる」

「へえ……。そうなんですね？」

と、横切った馬車の行く先を何気なく見ると——俺《おれ》はまたも目を疑った。

煌《きら》びやかなエアロパーツを搭載《とうさい》した馬車が、駐車場《ちゅうしゃじょう》に整然と並んでいたのだ。

「何かゾクの集会みてーだな……」

「買い物の人達《ひとたち》ですね。今日は安息日なので、僻地《へきち》に住む人々が買い物にきているのです。これだけの人をさばくため、市場には大規模な『駐《ちゅう》馬車場』が完備されています」

——!?

「駐《ちゅう》馬車場が、完備……だと？」

ソルフィの言うとおり、駐《ちゅう》馬車場の近くには市場が併設《へいせつ》されているようだ。人々はそこで買《か》い込《こ》んだ荷物を馬車に載《の》せて移動している。

「センパイ。何かイヨンみたいっすね！」

と藍《らん》。やっぱしこのパターンかよ⁉

イヨンとは、マイルドで地元ラブなヤンキーが週末に大集合する、隠《かく》れオタ的にはちょっとキツい感じのショッピングモールだ。で、この市場の光景はイヨンとキャラがだだ被《かぶ》りだ。

「センパイ、中に入ってみたいっす」

ヤンキー的にはテンション上がるだろうけど、もう俺《おれ》はどうでもよくなってきている。

「ぜひ。ケムトク村の市場は、大抵《たいてい》のものはありますので！」

ソルフィもまた俺達《おれたち》を促《うなが》す。大抵《たいてい》のものがあるってあたりもイヨンみたいだ。

「……しゃーねーな。でも見るだけだかんな。金ねーし」

「は、はいっす」

藍《らん》はしゅんとした様子で返事をする。が、これは仕方がないことだ。こんな調子じゃどうせ市場にはヤンキーみたいな荒《あら》くれ者《もの》がいるだろうし、面倒《めんどう》なトラブルに巻《ま》き込《こ》まれかねない。さっと見てさっと帰るのが一番だ。

「そんじゃソルフィ、市場を案内してもらっていいか……？」

しかしソルフィは申し訳なさそうに断る。

「実は、これから用事があるのです。ここで一旦《いったん》解散しましょう。家はあの丘《おか》の上なので、迷うことはないと思います。夕方頃《ごろ》に来てくださいね」

と、俺《おれ》は遠くの小高い丘《おか》を見上げる。丘《おか》の上には一本の大樹と、大樹と一体化したようなツリーハウスが見えた。

「おう、あそこがソルフィの家か。確かに迷うことはなさそうだな。仕方ねえ。それじゃあ俺《おれ》達《たち》だけで散策してみるわ」

俺的《おれてき》には延々ソルフィのお尻《しり》を眺《なが》めていたいけど……藍《らん》がいる以上は舐《な》めたまねはできないので、仕方なしにいつものノリで答えた。

「おっしゃ藍《らん》、いくぞ！」

「はいっす！」

市場は様々な商店が軒《のき》を連ね、ぱっと見た印象では「普《ふ》通《つう》のファンタジーな」街並みだった。

「センパイ、美味そうな匂《にお》いがしてくるっすね！　腹減ってきたっす！」

屋台には果物や香辛料《こうしんりよう》、焼きたてのパンが並べられ、中々に充実《じゆうじつ》していた。匂《にお》いも実に美味そうで、異世界情緒《じようちよ》があってグッドだ。

――⁉

だが俺《おれ》の目に、とあるパンが映った。

それは炒めた麵類《めんるい》を挟《はさ》んだ美味そうなパンだ。が、同時に既視感《きしかん》があるパンだった。例えるなら、「ヤンキーが舎弟《しやてい》に買ってこさせてそうランキング」をしたらかなりの上位に食《く》い込《こ》みそうな感じだ。俺《おれ》はそれを認める訳にはいかなかった。

だって認めたら最後、異世界情緒《じょうちょ》が吹っ飛《と》ぶじゃない。

「センパイ、あれ焼きそばパンぽくねーすか？」

「……いやいや藍《らん》。よく考えてみろよ。こんなとこに焼きそばパンとかあるはずがねーだろうがよ。気のせいじゃねーのか」

「そうすか？　じゃあ試《ため》しに食ってみますか？」

「おいおい、ソルフィの家で晩飯あるだろ？　もうちょっとだから、我慢《がまん》しろよ」

「たしかにそうっすね。飯つくってもらう手前、よくねーっすよね！」

藍《らん》はそこはかとなく昭和っぽいセリフを言う。女子高生は普通《ふつう》「手前」とか言わねーから。

かと思えば――昭和ヤンキーめいた藍《らん》は急に戦闘《せんとう》態勢になり、仁義なき戦いを始めそうになる。マジで忙《いそが》しいやつだな。

「……センパイ、奴《やつ》らシメときますか？　さっきからあーしらに、ガン飛ばして来てるじゃねーすか」

「無視っとけ。そんなの相手にしてもしゃーねーだろ？」

藍《らん》の怒《いか》りゲージが溜《た》まるのも分からなくもない。道行く人々が珍《めずら》しさからか、俺達《おれたち》を妙《みょう》に見てくるのだ。特に藍《らん》に視線が行っているのは傍目《はため》にも分かる。

「俺《おれ》らの服装が浮《う》いてるってのもあるだろうがな」

「そうっすかね……」

　あと藍《らん》の場合、ヤンキーめいた薄手《うすで》のパーカーは体のラインをぴっちりと強調している訳で。村人が見てくるのは珍《めずら》しさ六割、藍《らん》に見とれてるのが四割と言ったところだろう。

「まあ、日が暮れるまでもうちょい散策してみっか。色々気になることあっしょ」

「気になることすか？」

「おう。ここ、変に地元っぽいよな？　気になるだろ、普通《ふつう》」

　門番はボンタン穿《は》いてるし、馬車にはエアロパーツだ。この世界はあまりにも俺《おれ》の地元をリスペクトしすぎている。「理由を聞いてくれ」と言わんばかりにツッコミどころのオンパレードだ。

「でもあーし的には過ごしやすそうな街っす。せっかくだから、もう少しセンパイと過ごしたいっつーか」

「何言ってんだよ？　そんなことじゃ地元に帰れねーだろ？」

「そうっすね……。でも何か、あーし……」

　キアイの入った藍《らん》センパイがもじもじしだす。ソルフィがいなくなったこともあり、少し距《きょ》離《り》が近い。あ、これはヤバいやつだ。と俺《おれ》氏は思うよね。

　藍《らん》が「武藤《むとう》センパイゾッコン羅武《らぶ》」的な状況《じょうきょう》だってのは分かってる。だからこそ危険なのだ。隠《かく》れオタ的にはヤンキーとの羅武《らぶ》は即死《そくし》フラグだし。藍《らん》がヤンデレタイプの女だとしたら、俺《おれ》の隠《かく》れオタ要素なんて〝秒〟でバレる。

「お、おい藍《らん》……こっち来んなよ」

「えー。どうしてすか？　いいじゃないすかー」

うわー辛《つら》い。藍《らん》は可愛《かわい》いけどヤンキーだけにマジで辛《つら》い……。

とか思ってると助け船がやって来た。

「そこのおにいさん♪　よってきなよ」

声の方を振《ふ》り返《かえ》ると、艶《なま》めかしい姿のエルフが立っていた。

「おお……」

こんがりと健康的に焼けた肌《はだ》。そして目が覚めるような銀髪《ぎんぱつ》。いわゆるダークエルフというやつだろう。まるで色違《いろちが》いのソルフィだ。

そして俺《おれ》はキレイなおねえさんに急に声をかけられると、まともな返事ができない。悪かったな、コミュ障で。

「よよよ、よっていくってなんですか……？」

うっかり俺《おれ》は非ヤンキーめいた口調になってしまった。ここまで藍《らん》に配慮《はいりょ》して突《つ》っ張《ぱ》っていたけど、さすがにこれは無理だ。何だよ、このエロさは。

「おにいさんやっぱり経験ないの？」

「けけ、経験だと……？」

そしてエロいエルフの背後には水色とピンク色の看板が掲《かか》げられた建物。一階の外壁《がいへき》はぴっちりと煉瓦《れんが》に覆《おお》われていて、中は見えない。この中で何が行われているんでしょうか。わたし、気になります。

「ほら、よっていくっていったら決まってるでしょ？」

「おうふ…………」

はい、武藤《むとう》氏は深くため息を漏《も》らしてしまいました。

深いスリットが入ったスカートから健康的な太ももがチラリズム。むにゅりと寄せられる胸《むな》元《もと》はブラックホールのようなエロ重力でもって視線を捉《とら》えて離《はな》さない。

ただ一つの難点は、胸元《むなもと》のネックレスだ。

派手な首飾《くびかざ》りがおねえさんの胸元《むなもと》でじゃらじゃらとオラついているのだ。青年誌の裏表紙の通販《つうはん》で売ってそうな怪《あや》しげなやつ。……とは言っても、圧倒的《あっとうてき》なエロの前にその程度のヤンキー要素は帳消しになる。

「最高……圧倒的《あっとうてき》最高……!!」

無意識のうちに俺《おれ》は「偉大《いだい》なる何か」に感謝をし、意識を喪失《そうしつ》しそうになっていた。

「センパイ、どうしたんすか!?」

藍《らん》がドスの利《き》いた声で俺《おれ》を呼び覚ます。このまま目覚めなければ、俺《おれ》は色々な意味で天に昇《のぼ》っていただろう。

「………はっ！　ざ、残念だが金はないぞ。むりだ、むり」

「何言ってるのさ。お金はいらないよ？」

――マジすか⁉

「この村に初めて来た人には無料サービスさ。さあ、よっていきなよ」

「センパイ！　帰りましょう！」

「どこに帰るんだよ⁉」

本能的に俺《おれ》の危険を察知したのか、藍《らん》が俺《おれ》を引っ張る。

だが俺《おれ》の脳内はいけない妄想《もうそう》が広がってしまう。

実はこの異世界は最高なのでは？　とさえ思う。

「俺《おれ》は帰らねーぞ！」

「だ、駄目《だめ》っす！　センパイ！　行きましょう！」

「いや待て、藍《らん》。あの女は『何ができる』と説明していねー。逆に言えば、俺《おれ》はこの店が『何をする』所なのか確かめに行かなくちゃならねーんだよ！」

キリッとした顔でヤンキーぽく藍《らん》を説得する。当然ガン無視だ。

「帰るっすよ！」

「ちょ、待てよ。俺《おれ》、年上だぞ？　お前のセンパイだかんな！　ふざけんなし！」

「センパイでも駄目《だめ》なもんは駄目《だめ》っす！」

年功序列な価値観で生きるヤンキーにしては珍《めずら》しく、藍《らん》は強情《ごうじょう》になる。そりゃまあ羅武《らぶ》してるセンパイがえっちなお店に行こうとしてる訳だし……。

「嫌《いや》だ、俺《おれ》は行くんだ！　見るだけでも！　見るだけでも！」

先っちょだけでも……！　という感じで俺《おれ》と藍《らん》が謎《なぞ》の引っ張りあいをしていると、ソルフィがやって来た。果物やパンをいっぱいに詰《つ》め込《こ》んだかごを抱《かか》えている。

「おねえさんじゃない？　こんな所でどうしたのよ」

「お、お……？」

ソルフィがダークエルフに歩み寄る。色違《いろちが》いのフィギュアのように、そっくりな二人が肩《かた》を並べる。

「おねえさんだったのか⁉」

「そうさ。私はソルフィの姉。この村の村長さ」

――⁉

「村長……だと？」

どう見ても、ただのエロい客引きのねーちゃんにしか見えない。そして水色とピンクの看板は、どう見ても怪《あや》しげなお店にしか見えない。

「ちゃんと説明してませんでしたね。ごめんなさい。姉のシルヴィです。おねえさん。こちらは聖弥《せいや》さんに藍《らん》さんです。ゴブリンに絡《から》まれていたところを、助けてもらったの」

とソルフィが俺達《おれたち》を紹介《しょうかい》する。

「……ふーん。この子がねえ」

エロい格好のダークエルフこと村長は、俺《おれ》を品定めするような目で見る。

「あの、ここって何のふうぞ……じゃなくて建物なんですか」

「教会だよ。ま、ちょっとだけ特殊《とくしゅ》な儀《ぎ》式《しき》をするところだけどさ」

「げ、すごい恥《は》ずかしい勘違《かんちが》いしてたような……」

「そりゃそうさ。勘違《かんちが》いさせたんだもの」

エロい客引きのエルフことシルヴィは、むにゅっと左右の胸を寄せ、指をくねくねとさせる。

——⁉

俺《おれ》の視線と肉体はその場に釘付《くぎづ》けになった。何たる小悪魔《こあくま》村長か。実にけしからんよね。太ももの露出《ろしゅつ》もマジでえげつない。マジで……ありがとうございます‼

「おねえさん！　またそうやって若い子をからかって！　駄目《だめ》だよ！」

「何を言ってるんだ？　ソルフィと俺《おれ》だって同い年くらいだろ？」

「聖弥《せいや》さん。私は百八十歳《さい》ですよ？　同い年だなんて、恥《は》ずかしいです……」

「「マジかよ！」」

俺《おれ》と藍《らん》が同じタイミングで声を上げる。バトル漫画《まんが》の戦闘力《せんとうりょく》みたいな数値に認識《にんしき》が追いつかない。どうみても清楚《せいそ》な同い年くらいの少女だと思っていたのだが……。

「た、確かにエルフは人間よりも寿命《じゅみょう》が長いって言うしな……はは……」

「ソルフィ、先輩《せんぱい》……かよ……！」

と藍《らん》もビビる。ヤンキーは特に上下関係の序列には敏感《びんかん》なのだ。百八十歳《さい》と言えば、圧倒的《あっとうてき》なまでの人生の先輩《せんぱい》だ。下に見ていた奴《やつ》が先輩《せんぱい》だという展開は、ヤンキー的にはこれ以上気まずいことはない。

「そんなこと言わないでくださいよぉ……。聖弥《せいや》さんには、さっきみたいに話してほしいんです……」

ソルフィの瞳《ひとみ》が潤《うる》み、耳がぴくぴくっと動く。エルフの耳は感情の動きにも敏感《びんかん》に反応するようだ。結論だけ言えば、ソルフィに萌《も》え殺されそうになっている。

君はおねえさんとは逆のアプローチで童貞《どうてい》を殺すエルフなんだね……。

「センパイ？　何か顔が変すよ？」

藍《らん》はすぐに俺《おれ》の変調に気づく。

そう言えば君はオタクを百二十％の確率で殺すヤンキーだったね……。

「……で、村長が何でこんなところに？」

「そりゃあ、お前らに儀式《ぎしき》をするためさ。〝灰の魔神《まじん》ヨルム〟が目覚めるだの何だのと、世の中がキナ臭《くさ》くなってるんだから、村としても対策をしなきゃならない」

「それが、儀式《ぎしき》ってことか」

「ああ。例えばの話、お前らがこの村に害を為《な》さないと、誰《だれ》が証明できる？」

「それは……」

俺《おれ》は答えに窮《きゅう》する。

この世界に知人を持たない俺達《おれたち》としては、客観的に証明する方法など何もない。それこそ、敵であろうゴブリンの首を持ってくるとか、そういうやつしかないだろう。うん、むりだ。

「で、儀式《ぎしき》はその証明のために行う」

「儀式《ぎしき》、か。村人と酒を飲んだり、滝壺《たきつぼ》に飛《と》び込《こ》んだりするみたいなやつか？」

俺《おれ》は適当なイメージをシルヴィに告げる。

「それはどこの地方の儀式《ぎしき》だ？　そんなことでお前らが魔神《まじん》の手の者かどうか判別できるはずがないだろう？」

そりゃそうですよね……。

「じゃあ、どうやって証明するってんだよ。つうか、魔神《まじん》って何だよ」

と藍《らん》。さすがのヤンキーでもそこは疑問に思うところだろう。

「魔神《まじん》は魔神《まじん》よ。世界の半分を握《にぎ》る存在さ。で、証明するのは水の精。お前達《たち》の体に魔神《まじん》の〝色〟や〝匂《にお》い〟が染《し》みついていないか確かめるんだ」

水の精が証明する、というのはあまり聞いたことがない設定だ。何をどうするというのか？

「水の精……？」

「おっと、質問はなしだ。全ては水の精の儀式《ぎしき》を経て、潔白を証明してからさ。この村に留まるには、水の精《せい》の儀式《ぎしき》を受けなければならない。さ、入りなよ」

と、シルヴィが怪《あや》しげな店のドアを開けた。

「ここは〝テンタシオン〟。水の精の社さ」

エロいエルフの姉ことシルヴィはこう言った。

村は水の精の加護を受けている。村の周囲を流れる水路は〝深き山グロリア〟からの雪解け水で、水路自体も魔術《まじゅつ》を発動させるための〝陣《じん》〟になっている。

水の精はそのグロリアの山奥《やまおく》に棲《す》まう妖精《ようせい》で、村全体が水の精、ひいては〝深き山グロリア〟の加護を受けている。

――従って村に滞在《たいざい》するには、水の精の許可を得なければならない。

オーケー。ここまでは理解可能だ。

だが、これのどこが儀式《ぎしき》なのかと小一時間問《と》い詰《つ》めたい。

俺《おれ》、全裸《ぜんら》。

檜《ひのき》っぽい木製の台、オン俺《おれ》。いわゆる儀式祭壇《ぎしきさいだん》ってやつだろうか。

隠《かく》すやつはタオル一枚だけ。しかもけっこう使《つか》い込《こ》まれてペラペラになってるの。吸水性は抜群《ばつぐん》で、生地《きじ》はすかすかだ。

そして仕切り一枚隔《へだ》てられた隣《となり》のブースには、同じくタオル一枚の藍《らん》。

「はぁぁ～ん」

——!?

藍《らん》の艶《なま》めかしい声。ぬちゅっ、くちゅっ、と言うインモラルな音。水の精的な何かが溶《と》かされている。これを儀式《ぎしき》と呼ぶべきか悩《なや》ましいところだが、藍《らん》の方が先に儀式《ぎしき》が始まったようだ。

「藍《らん》さん？　ちゃんと体をこっちに向けてくださいね」

「やんっ…………！　そこはだめだっつってんだろ……」

聞いたことのないような藍《らん》の声が、薄《うす》っぺらい仕切りの向こう側から漏《も》れてくる。

つうかやっぱし怪《あや》しいお店だったんじゃないか！　何が儀式《ぎしき》だよ！　最高だよ！

「もしかして藍《らん》さん、はじめてですか？」

「ち、ちっげーよ！　もうバンバンだぜ！」

だからバンバンってなんだよ。と強気に言い返したのも束《つか》の間《ま》、藍《らん》の声はまたも弱々しいものになる。

「やっ………！　そんなところぉぉ………」

「うふふっ」

仕切り一枚隔《へだ》てたその先では、藍《らん》とソルフィが何かしてる。もうこれは、言葉にしたらだめなやつですよ。

「こんなのが初めてって…………はあぁあっ……」

やったー。やっぱし藍《らん》初めてかよー。……って！　何してんの？　マジで何？　何か呼吸荒《あら》くなってない？　これはマジでいけないやつだ。つうか俺《おれ》にも見せてほしい。

間違《まちが》いない。これはマジでいけないやつだ。

「ら、藍《らん》……⁉　そこで何を」

「せんぱ……はぁあん……聞かないでくださいいぃ……」

これは大変にまずい展開だ。水の精とともに僕《ぼく》の精もスタンバっちゃう系だ。

そして、これって俺《おれ》の所にはエロいエルフ村長がやってくるパターンだよね……！

その妄想《もうそう》だけで武藤《むとう》氏のご子息がご起立した。

「いかん……！　これは……まずい！」

そしてご起立と全く同じタイミングで、部屋の扉《とびら》が開いた。

ぺらっぺらの布は何一つ隠《かく》さない。ただあるがままの真実を見せていた。

しかし入ってきたのは、黒い革製《かわせい》の下着を穿《は》いたひげ面《づら》のおっさんだった。

——⁉

「ほう……」

おっさんはぽっと頬《ほお》を赤らめる。

「いや、そのこれは…………」

ちょっと待ってほしい。なぜここでシルヴィが来ないのか。俺《おれ》がそっち系の人みたいになってるじゃないか。

ひげ面《づら》のおっさんは俺《おれ》を一瞥《いちべつ》し、「うわあ。これは驚《おどろ》いたなあ……」とどこかで聞いたことがあるようなセリフを言う。

桶《おけ》に水を入れると、股間《こかん》のあたりをごそごそとまさぐって小瓶《こびん》をだす。

瓶《びん》の中には、とろりとした液体が入っていた。桶《おけ》に入れてから木のへらでかき混ぜると、急にとろみがついてくる。

「これ、アカンやつや……」

思わず関西人でもないのに関西弁になってしまう。これはヤバイ。

分厚い胸板《むないた》のおっさんは、俺《おれ》に見せつけるようにしてローションをチャプチャプさせてかき混ぜる。とっても卑猥《ひわい》な音がする。

「それも儀式《ぎしき》の一つ、なんですか」

「俺《おれ》の趣味《しゅみ》だ」

「趣味《しゅみ》!?」

戦慄《せんりつ》が走った。あのけしからんエロエルフに騙《だま》されてホイホイやって来たらこの様だよ！

確かにこんな格好の儀式《ぎしき》を異性にやらせるのはあり得ないつうか。性なる方の儀式《ぎしき》になっちゃうけど。いくら何でもこの仕打ちはないと思う。

有無《うむ》を言わさぬ圧でおっさんが迫《せま》る。

だめだ、逃《に》げ切《き》れないと僕《ぼく》は思ったよね。

「ちょ、ちょ……！　あっー！」

……な展開はなくて、おっさんは俺《おれ》にローションめいた液体をぶっかけただけだった。

しかも頭から爪先《つまさき》までまんべんなく、どっぷりと。木のへらを使い、体のあらゆる部分に塗りたくっていった。洗い落とすのに相当な時間がかかりそうだ。

「あ、あの……。これに何の意味が？」

「これはローショ……じゃなくて水の精の力を受けた液体〝ペレ・ポーション〟だ」

「どっかで聞いたことあるネーミング⁉」

「魔神《まじん》の傀儡《かいらい》がこれを受ければ激しい痛みに見舞《みま》われる。そうでないものが浴びれば、魔神《まじん》の影響《えいきょう》を受けにくくなる、聖水だ」

「ちょっと聞いてくださいよ。ローションて言いかけましたよね？　水の精にも逆に失礼じゃないすか？」

「〝ペレ〟とは、神話の時代から受《う》け継《つ》がれる由緒正《ゆいしょただ》しき名前だ。失礼だとはとんでもない」

嘘《うそ》つけよ！　絶対ローションて言いかけただろうがよっ！

「……だが気持ちよくはなる」

「やっぱそれ、ローションですよね！」

「否定はしない」

「やっぱあるのかよ！」

まあ、ぶっちゃけそのくらいじゃもう驚《おどろ》かない。この世界は何か分からんけど俺《おれ》の地元リスペクトしてるし。ドン〇ホーテで売ってる方の〝聖水〟があっても不思議じゃねーわ。

「しかし村に入る者は、必ずこの儀式《ぎしき》を受けなければならない」

なるほど。要は村に危険な者を入れないための措置《そち》という訳だ。

異世界版のボディチェックといったところか。ローションを使うのは意味不明だけども。

「ところで、その格好に何の意味があるんですか？　何かもう、ガチガチのムチムチじゃないですか……。身に危険というか、菊門《きくもん》に危険を感じるんですけど」

「ははは。深い意味はないさ」

「さ」だと？　おっさんそんな語尾《ごび》だったか？

と俺《おれ》が疑問に感じると、おっさんが姿を消した。正確には屈強《くっきょう》なおっさんが煙《けむり》のように蒸発すると同時に、シルヴィが姿を現《あら》わした。

こんがりと焼けた肌《はだ》に、真っ白のマイクロビキニ。実にあざといコントラストだ。

「…………って、騙《だま》してたのかよ！」

「はっはっは。中々面白《おもしろ》いものを見せてもらったぞ？」

どぎまぎしたりがっかりしたり。このエロいエルフにはしてやられてばっかりだ。伊達《だて》に百年オーバーは生きていない。

「村長、聖職者じゃねーのかよ!?　ひどすぎだろ？」

「生殖者《せいしょくしゃ》？　失敬な奴《やつ》め。村を追放するぞ」

「わざと間違《まちが》えてますよね？」

そんな言いがかりで村を追放されてたまるかっつーの。

「まあそう怒《おこ》るな。それもこれも、君達《きみたち》を確かめるための手続きのようなものさ。疑わしき者にあれこれ教える間抜《まぬ》けはいないだろう？」

「……それもそうだったな」

と、俺《おれ》は自分の立ち位置を思いだす。

俺《おれ》はこのふざけた異世界から戻《もど》らなければならない。

そのためには、俺達《おれたち》をこの世界に召喚《しょうかん》した魔術《まじゅつ》のことを知らなければならない。

「ってことは、一応俺達《おれたち》は魔神《まじん》の手下じゃないことは証明された訳だ。これで話を聞かせてもらえる訳ですよね」

「うむ。そういうことになるな」

よかったと言えばよかったんだろうけど、俺《おれ》はもうローションに塗《まみ》れてべとべとだ。ほんと、散々な儀式《ぎしき》だったな。最悪だよ。

「ではどうする？　ここで腰《こし》を動かしながら私とねっとりと話をしていくか？」

「ええぇ⁉　まままマジすか⁉」

前言撤回《てっかい》。めっちゃ良《い》いですね。エロ村長は活力に満ちたバストをぷるんぷるんと揺《ゆ》らす。

異世界最高‼

とろーり、とシルヴィがローションを自分の胸に垂らした。布地が濡《ぬ》れることで、申し訳程度に隠《かく》していた部分の「輪郭《りんかく》」がしっとりと浮《う》き上《あ》がる。わーお、輪郭《りんかく》わーお。

「どうしたのさ、そんなに見ちゃって？」

シルヴィは俺《おれ》と目線を合わせたまま、マッサージするように胸をなぞる。手の動きに合わせて乳がにゅるにゅると動く。

ああもうダメだ。これはダメだ。俺《おれ》は今、童《どう》の貞《てい》を抜《ぬ》けだす〝未知の領域〟に到達《とうたつ》しようとしている。つうかムトウ氏のご子息が充血《じゅうけつ》してきた。

「や、やばい…………」

無駄《むだ》に心臓はバクバクだし、幼いムトウ氏のご子息は早くも「特濃《とくのう》ミルク」をとろとろとこぼしそうになっている。早い早い！　自分でもビックリだわ。これが童貞《どうてい》の〝スピード感〟てやつかよ。

「じゃあ、始めようか？」

我慢《がまん》も限界、いざ突撃《とつげき》……というところで邪魔《じゃま》が入った。

「ダメっす！　センパイ！　そんなの、ダメっす！」

と隣《となり》のブースから藍《らん》の叫《さけ》び声《ごえ》。お前、いつも良《い》いところで邪魔《じゃま》するのな。

「……わーったよ。今でるから、待ってろ！　……まあ、股間《こかん》をぬるぬるさせながら話を聞くのもなんだしな！」

「せせせ、せんぱい！　もしかして今…………！」

仕切りの向こう側の藍《らん》はひどく動揺《どうよう》していた。今頃《いまごろ》気づいて妄想《もうそう》をたくましくしているらしい。俺《おれ》はとっくの昔に妄想《もうそう》の翼《つばさ》を羽ばたかせ、自滅《じめつ》していた。もちろん藍《らん》には秘密だ。

「藍《らん》、村長の家で色々聞かせてもらうぞ！　大人しくしてろよ？」

「は、はいっす！」

「よし。ならば我《わ》が家《や》で食事でもしながらだな。腰《こし》を動かしながらでもいいぞ」

「逆に難易度高いな⁉」

ある意味で最高の提案だけど、藍《らん》に怒《おこ》られるのは確実だ。

シルヴィはぬるぬるになった桶《おけ》を片付けた。そして、儀式《ぎしき》の間をでる時に俺《おれ》にそっと耳打ちした。

「次はもっと良《い》いことしようね。〝喚《よ》ばれし戦士〟さん♥」

――⁉

蠱惑的《こわくてき》な声音《こわね》とわがままボディに武藤《むとう》氏は理性を失いかけた。魔神《まじん》がどうのと言っていたが、俺的《おれてき》にはシルヴィの方がよっぽど危ない。エルフというか、どうみてもサキュバス的な悪魔《あくま》だよ……。

「な、何だよシルヴィ。つうか〝喚《よ》ばれし戦士〟って何だよ」

「ふふふ……。その話は後で、ね？」

シルヴィは意味ありげに笑い、胸を揺《ゆ》らしながら儀式《ぎしき》の間をでて行った。

ぬるぬるの液体を洗い流した後、俺達《おれたち》は村を見下ろす小高い丘《おか》を登った。丘《おか》を歩く一歩が重い。あのエロ村長がぶちまけたローションは、体力を奪《うば》う特殊《とくしゅ》効果があるに違《ちが》いない……。

「妙《みょう》に疲《つか》れたな……」

「聖弥《せいや》さん、もう少しですよ」

と後ろを歩くソルフィが俺《おれ》の背中を優《やさ》しく押《お》してくれる。

ああ、やっぱしソルフィ最高だな、と俺《おれ》は思うよね。

「せんぱい！　もう少しっすよっ！」

と前を歩く藍《らん》が俺《おれ》の腕《うで》を力強く引っ張る。

ああ、やっぱし藍《らん》はちょっとこえーな……。つうか藍《らん》も同じローション儀式《ぎしき》受けたんだけどぜんぜん疲《つか》れている様子がない。

「今日の晩ご飯は私がつくります。おねえさんは村の会議で遅《おそ》くなるので」

「シルヴィ、マジで村長だったのか」

「おねえさんはこの村で最年長なので、相談役として名誉《めいよ》村長になっているんです。〝人間〟の村長と相談しながら村の運営をしています」

「ま、マジかよ……！」

エロい姉エルフ、やんごとねー身分だったのかよ。エロい感じでローションを俺《おれ》に塗《ぬ》ってたけど、実はそんなことをしている場合ではなかったのでは……？

「そんでソルフィん家《ち》は丘《おか》の上にあんのか。すげーな」

藍《らん》も目を大きくさせて驚《おどろ》く。

藍的《らんてき》にはソルフィが「弱そうなねーちゃん」から徐々《じょじょ》に序列が上がっているようだ。実際、めっちゃ年上だし。

「私達《わたしたち》と人間とでは利害が一致《いっち》していますから。エルフ族は寿命《じゅみょう》が長いので、この村の知識を受《う》け継《つ》いでいくのには都合が良《い》いんです。その分、エルフの種族は戦うことはあまり得意ではありません」

人間は村の壁《かべ》を防備し、戦いに備える。エルフは魔術《まじゅつ》と知識で人間に貢献《こうけん》する。作物がよく実り、王都に出荷《しゅっか》できているのもそのためだとソルフィは言う。

なるほど、これでエルフが強力な戦闘力《せんとうりょく》を持っていたとしたらパワーバランスは崩《くず》れてしまう。人間とエルフは互《たが》いに補いあっているようだ。

「あ、でもおねえさんは種族が違《ちが》うので、戦闘《せんとう》も魔法《まほう》も何でもできますし、何でも知っています。それこそ私の知らないことも……」

「いわゆるダークエルフってやつだな。って、二人は種族が違《ちが》うのか？」

「ええ。違《ちが》いますよ？」

「……ちょ、ちょっと待て。じゃあ姉妹《しまい》じゃないってことか？」

「血は繋《つな》がっていないけども、姉妹《しまい》です。おねえさんとはずっと昔から一緒《いっしょ》だったので」

「お、おう……」

なるほど、エルフにも複雑な家庭事情みたいなのがあるらしい。だが血は繋《つな》がってない「姉《し》妹《まい》設定」って、どっかのセレブで巨乳《きょにゅう》な姉妹《しまい》みたいだ。でも、ソルフィにそんなことを言っても
ぽかんとするだけだろう。

「いわゆる『セレブ』というものですね」

「ちょ、ソルフィ何でその単語を……？」

「ふうむ……聖弥《せいや》さんの世界では、そういう概念《がいねん》はないのですね。血が繋《つな》がってはいないけど
も『姉妹《しまい》の設定』を対外的にすることを『セレブ』と呼びます」

逆、逆！　何でそんな微妙《びみょう》なところで一致《いっち》してんだよ！　しかもこの世界の住人的にはそれ
が「当たり前」になってるし。

俺《おれ》は思いきり「何だよそれ！」と叫《さけ》びたいけど、ほんわかした雰囲気《ふんいき》のソルフィにはちょっ
と言いづらいよね。なので俺《おれ》氏は微妙《びみょう》な反応をしちゃうよね。

「お、おう。よく分かったぜ……。とりあえず家で詳《くわ》しい話を聞かせてくれよ。色々な意味で」

「はい。ああ、でもおねえさんが帰って来てからがいいですよね。おねえさんの方が魔法《まほう》も詳《くわ》しいですし。まずは二人とも疲《つか》れてるでしょうから、ゆっくり休んでくださいな」


そしてようやく俺達《おれたち》は丘《おか》の上に辿《たど》りついた。

遠くから見たよりもずっと大きな大木に、ソルフィ達《たち》の家は造られていた。

ソルフィは入口の階段を上り、胸のペンダントをぱかっと開いた。どうやら家の鍵《かぎ》をそこにしまっているらしい。

蝶々《ちょうちょう》や花、可愛《かわい》らしい動物を象《かたど》ったランタンが木からぶら下がっていた。ランタンは、俺《おれ》達《たち》が階段を上った途端《とたん》にぱっと灯《とも》って足元を照らす。

その様子は――まさに夢の国のツリーハウス、と言った感じだ。某《ぼう》ネズミな施設《しせつ》が好きな女の子だったら「可愛《かわい》い～！」なんて言ってテンションを上げるとこだ。

「マジぱねーっすね。地元じゃこんな家ないっすよ、センパイ」

はい、藍《らん》センパイは平常運転でした。

「どうぞ、中へ入ってください」

入ってすぐに目についたのは、木をくりぬいてつくったであろう大きなテーブルだ。その奥《おく》にあるのは、分厚い煉瓦《れんが》でつくられた暖炉《だんろ》。食器やフライパン、カップは木製の棚《たな》に整然と並べられている。

俺氏《おれ》は映画のセットみたいな光景に目を奪《うば》われたよね。もう可愛《かわい》いオブ可愛《かわい》い、的な。つーかこれ、普通《ふつう》に彼女《かのじょ》と来たかったわー。ヤンキーじゃなくて素直《すなお》に「可愛《かわい》い～！」ってテンション上げてくれる彼女《かのじょ》と来たかったわー。何てやさぐれていると――

「な、中々ファンシーな部屋じゃねーかっ。まあぜんぜん趣味《しゅみ》じゃねーけどよっ！」

とかいきなり失礼なことを藍《らん》は言う。何だこいつ。

「こんな小さい鉢《はち》植えとか水やんの大変だろ？　ぜってーめんどくせーよな！　手入れどうすんだ？　まあ、全然あーしの趣味《しゅみ》じゃねーけどな」

――⁉

藍《らん》センパイ、普通《ふつう》に気に入ってるみたいでした……。

そしてソルフィさんは心が広く、ツンデレ的に示された好意を普通《ふつう》に受け取ってくれる。

「これは月に一回くらい水やりをするだけでいいんですよ。手がかからない割に綺麗《きれい》な花が咲《さ》くので、オススメです」

「マジかっ！」

あれ藍《らん》センパイなんか楽しそうじゃね？　ゴブリンにグーパンしたのと同一人物とは思えなくね？

つかいきなり女子トーク始まってるし、俺《おれ》ったら蚊帳《かや》の外じゃん。ダイニングの椅子《いす》も二人はちゃんとしたふかふかの椅子《いす》だけど、俺《おれ》だけごつい木製のスツールでケツが痛い。

「ああ、聖弥《せいや》さんの椅子《いす》、足りませんね。増やしましょう」

「ま、まさか……魔法《まほう》でだすのか？　おいおいマジかよ〜」

と藍《らん》。態度とは裏腹に、ちょっと表情がテカテカしている。魔法《まほう》で椅子《いす》を出現させる的な展開を期待してるのがバレバレである。

「椅子《いす》、おねえさんの部屋にありますので。すぐに持ってきますね」

「おう………。ま、まあそうだよな……。普通《ふつう》に椅子《いす》持ってくるよな……」

藍《らん》は分かりやすいくらいにがっかりする。

藍《らん》はもしかしたら「ヤンキーな先輩《せんぱい》」こと俺《おれ》に気を遣《つか》っているのかもしれない。それで可愛《かわい》らしいグッズにツンデレ的に反応しているのだ。ヤンキーたる者、常にキアイが入ってなきゃいけないという意識があるのだろう。

「なあ。藍《らん》ってこういうの好きなのか？　むりすんなよ？」

俺《おれ》が話した途端《とたん》、藍《らん》は椅子《いす》から五ミリくらい飛び上がった。ぶるんぶるんと全身で「ノー」を表現する。どうみても「イエス」です本当にありがとうございました。

「ぜ、ぜんぜんこんなのアレっすよ！　キアイ入ってねーつうか。こんなんじゃケンカに負けそうつうか！」

そう言いつつ藍《らん》はゴブリンを殴《なぐ》ったその手で花の小鉢《こばち》を愛おしそうに包んでいる。藍《らん》はキアイの入ったヤンキーに違《ちが》いはないのだが、ファンシーなグッズにはテンションが上がってしまうようだ。

そしてテンションが上がった藍《らん》はさらに調子づいて、椅子《いす》を手にして戻ってきたソルフィに問いかける。

「じ、実は気になってたんだけどよ……」

「何がですか？」

「その耳ってコスプレなのか？」

俺《おれ》は思わず新婚《しんこん》カップルをゲストに呼ぶ某《ぼう》番組の某師匠《ぼうししょう》みたいに椅子《いす》から転げ落ちそうになる。コスプレな訳ねーだろ。

「こす、ぷれ？　……とは何ですか？」

「藍《らん》、ソルフィに変なこと教えるなよ。つか、コスプレじゃねーと思うぞ」

「はいっす……。でも気になったっす。何かのアクセだったら欲《ほ》しくて」

乙女《おとめ》かよ！　つか、自分がエルフのコスプレしたいのかよ！

「この耳、どんな風になってんだ？」

藍《らん》が不意打ちのようにソルフィの耳をくしゅくしゅっ、とくすぐった。

「あぁんっ……」

艶《なま》めかしい吐息《といき》が漏《も》れた。エルフの少女はへなへな、としゃがみ込み、胸に手を当てる。そして、とろんとした表情と弱々しい声で抗議《こうぎ》する。

「私、耳弱いんですぅぅ……」

「お、おう……悪かったな」

すごいぞ！　やっぱりエルフは耳が弱かったんだ！　と、天空の城を見つけた少年のようなテンションで、俺《おれ》は心の中でガッツポーズをした。

そのエロいリアクションたるや、マジで神がかっている。というか、神も中々にマニアックな生き物を創造なされたものである。神、グッジョブ！

だがふと思ったけど、ソルフィの耳を触《さわ》って良《い》い感じになるやつ、俺《おれ》がやる役だったんじゃねーか……？　と疑問を感じていると、家のドアが開いた。


「おかえりなさい」

とソルフィ。姉の顔を見るや、ぱたぱたとエプロンをつけてキッチンに立つ。

エプロン姿のソルフィもぐっと来るものがあるし、エルフな新妻《にいづま》というジャンルはアリだわ。

「で、この私に何を聞きたいってのさ？　スリーサイズ？　好きな体位？」

シルヴィはテーブルにつくなり、ぐいぐい攻《せ》めてくる。今はちょっと抑《おさ》えてほしい……。

「全体的に違《ちが》うからな……？　別に聞く必要ないし」

とは言いつつもむしろ聞きたくて聞きたくて震《ふる》えるむっつり武藤《むとう》氏ですが、隣《となり》にいる藍《らん》の殺気がこえー感じなのでさっさと本題に入ったよね。

「まずだ。この世界――マジナリウムは、やけに俺《おれ》がいた世界に似ている。妙《みょう》なところで共通点が多い。それはなぜだ？　シルヴィは何か知っているんじゃないのか」

衛兵のボンタンにエアロパーツの馬車、週末にこぞって市場にやってくる人々……要するに俺《おれ》の地元にそっくりなのだ。つまりはヤンキーだ。

もっともソルフィがそうであるように、この世界の人間がオラついたヤンキーかというとそうではない。

「ムトウがいた世界と似ている、か。やはり私の見込《みこ》んだとおりのようだな」

村長はむっふふふ、と意味ありげに笑う。ローションプ……じゃなくて入村の儀式《ぎしき》をしていた時に〝喚《よ》ばれし戦士〟とか言っていたけど、何かを知っている様子だ。

「そうさなあ。何から話そうか……。〝魔導文字〟の起源は神話の時代に遡《さかのぼ》るのさ。ムトウが言うヤンキーのことも、それで説明がつくのさ」

「神話だと……？」

「そうとも。マジナリウムに伝わる神話さ。もう千年も前になるか」

シルヴィはまるで見てきたかのような調子で言う。

「この世界はかつて、二つの勢力が拮抗《きっこう》していた。〝灰の魔神《まじん》ヨルム〟と〝太陽神シラーム〟さ。二つの存在がこの世界に〝命あるもの〟を生みだした。そして二つの存在は、全ての種族を巻《ま》き込《こ》んで全面戦争をしていた」

その話を聞いて、俺《おれ》は北欧《ほくおう》神話のラグナロクを思いだした。北欧《ほくおう》神話ではかつて神々の戦争があり、世界は一度終わったとかなんとか。

「センパイ、うちらの先代もそんなことしてたっすよね」

「してたけど全然スケール違《ちが》うからな？」

俺《おれ》らの地元の高校生のケンカと神々の戦いを、一緒《いっしょ》くたにするんじゃない。

「だがその戦争は、ある時突然《とつぜん》終わる。長い長い数百年にもわたる戦争だったが、いともあっさりと終わってしまった」

「何か原因があったってことか？」

「そうさ。〝太陽神シラーム〟が召喚《しょうかん》した戦士が突然《とつぜん》マジナリウムに出現した。戦士の名前はナカガワ。やはりお前達《たち》と同じように、〝魔導文字〟を操《あやつ》るものだった。強い〝魂《たましい》の力〟と声のでかさで、片《かた》っ端《ぱし》からモンスターをシメていった………」

「急に発言がヤンキーっぽくなってきたぞ⁉」

この世界に住むエルフがナチュラルにヤンキーな言葉遣《ことばづか》いをする。エルフは普通《ふつう》「シメる」とか言わない。まさか、ナカガワって……？

「千年前にナカガワがやって来たことで、この世界は大きく変わった。戦争は終わり、文明が一気に進歩した。農作物の栽培《さいばい》技術だとか、医療《いりょう》の水準も格段に向上した。何より、最強の戦士の影響力《えいきようりよく》は大きかった……。言葉だ」

「言葉、だと？」

「ナカガワが使う言葉はやがて神聖視されるようになった。そして千年の時を経て、この世界の公用語となったのさ。人々は『マジぱねーナカガワをリスペクト』しているという訳さ。ちなみに言葉を操《あやつ》れるモンスターも第二言語として彼《かれ》の言葉を使うようになった」

「それでゴブリンと話が通じたのかよっ！」

俺《おれ》はシルヴィの説明を聞いて納得《なつとく》すると同時に、心底残念な気分になった。

ただの日本語ならまだしも、ナカガワはあからさまにヤンキーな日本語をこの世界にブッコミやがったのだ。ファンタジーな世界観が台なしだよ、台なし。

「ナカガワって野郎《やろう》、俺《おれ》らの世界から来たんだろーな。たぶん間違《まちが》いねーわ」

するとシルヴィがぶるっと震《ふる》えた。

「偉大《いだい》なる戦士ナカガワを、野郎《やろう》呼ばわりするとは……！　恐《おそ》ろしい恐《おそ》ろしい」

と言って手を握《にぎ》り、親指を隠《かく》した。それは俺《おれ》の世界の迷信だ。ナカガワの野郎《やろう》、微妙《びみよう》な社会風習まで輸入しやがって……！

「間違《まちが》いないだろう。あらゆるものはナカガワが原因だ」

ローションだとか日本語をしゃべるゴブリンだとか、俺《おれ》がこの世界に感じたあらゆる「ツッコミどころ」はナカガワに収束しそうだ。

断言できる。千年前にこの世界にやって来たナカガワとか言う奴《やつ》は、ヤンキーだ。

「だがわかんねーのが、そのナカガワってヤローが戦争を終わらせたってのは信じられねえ。一人の人間に、そんなことができるかよ」

「ああ……できたようなんだ」

――!?

何かの冗談《じょうだん》としか思えない。そんなことができるのは、バトル漫画《まんが》の主人公くらいだ。まさかナカガワは最強の異能か何かを持ってたのか……?

「そもそも魔術《まじゅつ》や呪術《じゅじゅつ》は、精神の力や様々な触媒《しょくばい》、神の力を得て発動される訳だが、戦士ナカガワは自らの魂《たましい》の力――つまり精神力だけで魔術《まじゅつ》を発動させる異能を持っていた。そして〝アーデン〟〝イヒター〟〝ヴェイド〟などの戦闘術《せんとうじゅつ》を構築した。これは通常の魔法《まほう》の体系と比べると圧倒的な魔力《マジハンパねーちから》を発揮する」

――!?

いやいや、ちょっと待ってほしい。ルビの振《ふ》り方おかしいよね? ファンタジー的なワードにヤンキー概念《がいねん》がオーバーレイしてるよね? そういうのって、脳が処理落ちするんでマジで勘弁《かんべん》してくんないすか? ……という俺《おれ》の心の声はガン無視されて、シルヴィは説明を続ける。

「……そして、圧倒的な魔力《マジハンパねーちから》を使えるものはナカガワか、あるいは〝ナカガワの血脈〟と呼ばれる子孫だけだ。彼《かれ》らは精神の力だけで、特殊《とくしゅ》な魔術《まじゅつ》を発動させることができる。〝愛羅武勇〟

や〝喧嘩上等《けんか》〟は、ナカガワの血脈だけに使いこなせる特殊《とくしゅ》な魔術《まじゅつ》という訳さ。まあ千年も経《た》てば血も薄《うす》れ、〝魔導文字〟の真の意味を知る者は途絶《とだ》えているが……」

要するにこの世界は、ナカガワのような地球人が「精神力的な何か」を発動させるとお手軽に〝魔法《まほう》〟になってしまうようだ。

で、その昔に召喚《しょうかん》されたナカガワは、ヤンキー魔術《まじゅつ》で八面六臂《はちめんろっぴ》の活躍《かつやく》をして、今の世界を形作った訳だ。マジで最悪だな。

と、そんな具合で一応は理解することはできた。

しかし許せないことが一つある……！

ヤンキー的に言えば、俺《おれ》は「プッツン」しそうになっている。

〝ナカガワの血脈〟のことだ。

それってナカガワって奴《やつ》がこの世界の女の子とよろしくやったってことだろ？

オラついたヤンキーがファンタジー世界の女の子とむふふ行為《こうい》をした結果、この世界だろ？

俺《おれ》は絶対にナカガワを許さないと思ったよね。

うらやまけしからんし、何よりファンタジーな世界観が台なしだ。

ヤンキー要素で汚《よご》された異世界生活とか最悪の極《きわ》みだよ。こういうのって普通《ふつう》、最悪な現実から逃《のが》れるための異世界生活じゃねーの？　何でヤンキーのふりした隠《かく》れオタの俺《おれ》がヤンキーな異世界に来なきゃならん訳？　意味分からんわ！

……と、爆発《ばくはつ》する俺《おれ》の思考にストップをかけたのはソルフィだった。

「おねえさん、私見たんです」

「ほう？　どうしたんだ、ソルフィ」

ソルフィが俺《おれ》の手を取り、姉に言う。普通《ふつう》にどきどきするし、ソルフィてやっぱし小悪魔《こあくま》だ。

「ゴブリンと戦った時、二人は〝アーデン〟を発動させていました。それに、とてつもない魔《ま》力量《りょくりょう》を持っています……！」

「あ、まさかあの時の……⁉」

そんな特殊《とくしゅ》スキルを覚えた記憶《きおく》はまったくないが、心当たりはあった。ゴブリンと対峙《たいじ》した時、意味不明な力が発動してゴブリンが吹っ飛《ふと》んでいった。

そしてまた、藍《らん》がキアイを入れた時も同様だった。

俺《おれ》の腹の底に、殴《なぐ》られたような衝撃《しょうげき》が走ったのだ。

「藍《らん》さんも同じように、〝アーデン〟を発動させていましたよね？」

「そーいや、そんなこともあったな。夢中で気づかなかったけど」

「うむ。ムトウもランも、どうやらナカガワと同じ力を持っているようだな。というか、ナカガワの世界の人間はそういう才能があるようだな。やはり二人は〝喚《よ》ばれし戦士〟ナカガワの再来かもしれない」

「おねえさん⁉　それは……‼」

「どうしたのさ、ソルフィ」

「そ、そんな大それたことを……？　その話は、禁忌《きんき》でしょう」

「神話に禁忌《きんき》も何もないさ。もちろん、今は公《おおやけ》にする必要はないさ。今はね」

珍《めずら》しくもソルフィが取り乱しているが、そう言う設定はぶっちゃけどうでもよくなってきた。

俺《おれ》の決意は固まった。このヤンキーな異世界を抜《ぬ》けだすしかない。

「二人とも何話してんだか分かんねーけど、とりあえず俺《おれ》がやるべきことは、分かったぜ！

藍《らん》の落書き〝愛羅武勇〟が原因になって俺《おれ》らはここに来た。となれば、気になることは一つだけだ」

「ほう……？　何が気になるんだ？　私の胸か？」

あっはい。

って、そうじゃなくて。

「その魔法《まほう》とやらの解明だよ。〝愛羅武勇〟が世界を繋《つな》ぐ魔法《まほう》だってなら、早いとこもう一回〝愛羅武勇〟の魔法《まほう》を発動させるしかねえ」

「まさか。そんなことができる者など、いるはずがないだろう？　千年も前の話だぞ？」

早っ。村長何でも知ってそうな感じだったのに、諦《あきら》めるの早すぎるわ。

「ええ!?　そうなのかよ……。なあソルフィ、マジなのか？」

「はい。残念ですが……」

とソルフィもまた言葉少なに答える。

「だが王都にはマシな魔術師《まじゅつし》もいくらかはいるだろうね。ここからはかなり遠いが、行ってみる価値はあるかもしれないねえ。ちと貧乏人《びんぼうにん》にはきついかもしれないがね」

「おねえさん、聖弥《せいや》さんにそんな意地悪言わないでっ」

とソルフィが姉を諫《いさ》める。

「王都、か。そこに行けば何かあるのか?」

「保証はできない。ただ、この村で一番その手の知識があるのが私なのさ。その私が分からないんだから、ここにいてもこれ以上のものは期待できないって話さねえ。時にムトウ。ゴブリンどもをシメてくれると聞いたが、それは本当か?」

「お、おう。こうして泊《と》めてもらってるしな。ソルフィとはそういう約束だったぜ」

「なら話が早い。実は前からゴブリンのことは懸案《けんあん》だったんだ。奴《やつ》らはちょっと色々あって道行く人に悪さをしている。シメるだけならどうとでもできるが……元は奴《やつ》らも善良だった。村としても、もう少しソフトに行きたい訳だ。どうだ? ゴブリンを改心させられたなら、追加で報酬《ほうしゅう》をだしてもいいぞ。ちょうど村の会議でも、賞金をだすことでまとまっていたのさ」

「ほう。報酬《ほうしゅう》か……」

おおっと。何かRPGぽい雰囲気《ふんいき》でてきたな。そしてこれは、俺的《おれてき》にもお得な話だった。

そもそも最初はソルフィの家に泊《と》めてもらうお礼としてゴブリンをシメるつもりだった。その上、「改心させる」というオプションをつけることで金が調達できるのなら申し分ないじゃないか。これは王都に行くイベントだな。

「ちなみに金とおっぱい、どっちがいい？」

——⁉

おっぱ——と言いかけたその刹那《せつな》。藍《らん》が間髪《かんはつ》入《い》れず応答する。

「金で！」

「早っ！　藍《らん》、早すぎんぜ……」

「えっちなのは駄目《だめ》っす！」

ふっ、藍《らん》よ。お前は勘違《かんちが》いしている。俺《おれ》はえっちなのではない。藍《らん》の体よりもずっとえっちなブックやハードコアでえっちなゲームを愛好する、ド変態なオタクなんだぜ……！

何て具合で脳内でゴゴゴ感をだしていると、シルヴィが咳払《せきばら》いをする。

「おほん、それでどうなんだ？　受けてくれるか？」

そう言えば奴《やつ》らには同人誌も奪《うば》われている。あわよくば同人誌も奪還《だっかん》してしまおう。とオタクの方のムトウ氏は密《ひそ》かに思ったよね。

「いいだろう。……おう藍《らん》。いっちょやってやろうじゃねーか！　この村の治安維持《いじ》活動ってやつをよ⁉」

「センパイ、マジぱねーっす‼」

◆

ソルフィがつくってくれた食事はどれも美味《おい》しく、ついつい食べすぎてしまった。満腹で眠《ねむ》い上に、ケムトク村の夜は何もすることもないのでさっさと寝《ね》ることにした。

「普段《ふだん》使うことがないので少しカビくさいかもしれませんが……」

ソルフィは俺《おれ》と藍《らん》を寝室《しんしつ》まで案内する。薄《うす》い生地《きじ》の寝間着《ねまき》はソルフィのお尻《しり》のラインをぴっちりと強調する。控《ひか》えめに言っても最高だけど、じっと見てはいけない。

俺達《おれたち》が通された客間は、王都からの使者だとか、高貴な身分の旅人が使うらしい。

ソルフィがドアを開けると部屋に灯《あか》りが灯《とも》る。

「こ、こんなところで寝《ね》るのか⁉」

深紅《しんく》の絨毯《じゆうたん》の上にはキングサイズのベッドが鎮座《ちんざ》し、ふかふかなソファーがいくつも並べられている。まさに貴族の部屋、という感じだ。田舎《いなか》のヤンキーもどきな俺《おれ》と藍《らん》が使うには躊躇《ちゆうちよ》がある。

「お気に召《め》しませんか……？」

「いや、逆だよ。こんなすごい部屋に泊《と》まっていいのかよ⁉」

「もちろんです。もっとも、聖弥《せいや》さんは姉の部屋に泊《と》まっても良《い》いようですが」

「つざけんな、良《い》いはずねーだろ⁉　駄目《だめ》っすよ、センパイ⁉」

謎《なぞ》のローション儀式《ぎしき》のこともあってか、藍《らん》は食い気味に俺《おれ》を制止する。こんな時間だってのに忙《いそが》しいやつである。

「大丈夫《だいじょうぶ》だ、今日はここで寝《ね》る。ほら、藍《らん》も入るぞ」

「はいっす……ってこの部屋すげーっすね⁉」

藍《らん》は例によってファンシーな部屋にテンションを上げる。

窓の外は村を一望する夜景が見えて、やたらと良《い》い眺《なが》めだし調度品は無駄《むだ》にゴージャスだ。

ソルフィは「それじゃあ、ごゆっくり」と言い残して部屋をでて行った。変に空気を読む感じだったのが少し気になるところだ。

しーんと静まる部屋には俺《おれ》と藍《らん》の二人だけ。ベッドはキングサイズのが一つだけ……。

当然、俺《おれ》の中の童貞魂《どうていだましい》がベッドから離《はな》れろと囁《ささや》くよね。

「藍《らん》よ。明日はゴブリンの奴《やつ》らをシメに行くんだ。さっさと寝《ね》るぞ。俺《おれ》はそこのソファーで寝《ね》るぜ」

「センパイ！　ちゃんと布団《ふとん》で寝《ね》ないと、疲《つか》れが取れないっすよ！」

藍《らん》ががしっ！　と俺《おれ》の腕《うで》を摑《つか》む。もしかしたら藍《らん》に腕力《わんりょく》で負けるんじゃないか？　と思うほどに強い握力《あくりょく》だった。

「ソファーで寝《ね》りゃ十分だ。つうか、このソファーにしても俺《おれ》んちのペラッペラの布団《ふとん》より上等だぜ！」

「駄目《だめ》っす！　ゴブリンをシメるためにキアイ充塡《じゅうてん》っす！」

言葉とは裏腹に、藍《らん》はベッドの上でぽよんぽよんと跳《は》ねる。そのうち、枕《まくら》投げとか始まりそうな雰囲気《ふんいき》だ。キアイ充塡《じゅうてん》つうか、普通《ふつう》に楽しんでるじゃねーかよ。

「し、しかたねえなっ……。それじゃあベッドの端《はし》と端《はし》な」

キングサイズのベッドだけあって、端《はし》と端《はし》でも十分にスペースはある。さすがに藍《らん》と密着して寝《ね》られない。寝《ね》てはならない。

「わ、分かったっす」

藍《らん》は少し不満げな顔で、ベッドに潜《もぐ》り込《こ》む。


消灯し、俺《おれ》はベッドの中で二度三度と寝返《ねがえ》りを打つ。

体感時間で十分くらい過ぎた頃《ころ》、俺《おれ》はふと『そう言えば女子と同じ布団《ふとん》で寝《ね》るのって、人生初じゃね？』と気づいた。そして――。

すーすーと聞こえる寝息《ねいき》が気になる。

うーん、と漏《も》れる声が気になる。

藍《らん》の寝返《ねがえ》りで軋《きし》むベッドが気になる。体の重さがリアルだ。

掛け布団《ぶとん》越しに、藍《らん》の体温がじわりと伝わってくる。女の匂《にお》いがする……。

ここに来て、俺《おれ》の目はギンギンに冴《さ》える。

シルヴィの時とはまた違《ちが》う意味で興奮する。

いや、興奮というよりは、悶々《もんもん》としている。

ゴブリン戦に備えてキアイ充塡《じゅうてん》とかそういうレベルじゃない。明日起きられるかどうかも怪《あや》しい感じだ。

――俺《おれ》は藍《らん》に背中を向けてまるくなった。

そうだ、こういう時は素数を数えるのだ。1、3、5、7……。

違《ちが》う、これは等差数列だ。2n-1だ。

ベッドの反対側でもぞっと藍《らん》が動いた。

二次関数のことを考えながら寝《ね》たふりをする。しかし俺《おれ》の脳内のx軸《じく》とy軸《じく》に描画《びょうが》されるのは二つのπだった……。あ、πは円周率か……。

「せんぱい」

「せんぱい、おきてますか」

世界史の張作霖爆殺《ちょうさくりんばくさつ》事件のことを考えながら寝《ね》たふりをする。爆殺《ばくさつ》って中々パンチがあるワードだし、一度でいいから爆殺《ばくさつ》って単語を使ってみたい。

――!?

藍《らん》がごそごそと這《は》い寄《よ》ってくる気配がした。

今度こそ身の危険を感じた俺《おれ》は、咄嗟《とっさ》に返事をした。

「おきてるよ」

「…………よかったっす」

「明日は早いぞ」

「センパイ、近づいていいっすか？」

ヤンキーにしては殊勝《しゅしょう》だった。いつもだったら、許可を求めると同時に近づいている。いつもの藍《らん》とは違《ちが》う雰囲気《ふんいき》だ。

「どうしたんだ？」

藍《らん》はベッドの中をごそごそと這《は》い、俺《おれ》の背中にぴったりと張り付く。何気に腕力《わんりょく》が強いので苦しい。

「藍《らん》、どうしたんだ？」

「ご飯食べてベッドに入ってもまだ夢から覚めないんす。不思議っすね……夢の中で寝《ね》るなんて……」

「きっとこれは、夢じゃねーんだろうな」

「やっぱしそうっすよね。不安っす」

そうか。お前にも人並みに不安を感じる心があったか……。まあ、異世界にテンションを上げる人間なんて、マニアックなオタクとか日常生活に不満を持っているような奴《やつ》だけだ。

俺《おれ》のことだけどな。

「センパイは、不安じゃないんすか」

「まあ、何とかなると思ってるが」

俺《おれ》が望む〝異世界〟ではないが、そこまで危険ではなさそうだ。ゴブリンも殴《なぐ》れば分かってくれるタイプの奴《やつ》らだったし、実際何とかなると思っている。

「すげーっすね。何でですか？」

「何で……？　何でだろうな」

それは俺《おれ》が異世界だとかファンタジーだとか、その手のやつに慣れきったオタクだからというのが大きいかもしれない。もちろん、そんなことは藍《らん》に言えないけども。

「……あ、でも今思いだしたっす。やっぱ、不安じゃねーっす」

「何だそりゃ。話が真逆だぞ？」

「だってあーし、センパイと一緒《いっしょ》っすから。だからぜんぜん不安じゃないっす。センパイといると、無敵になれるっす」

──!?

「は、ははは……。何言ってんだよ」

「あーし、マジっすよ。センパイ」

何だこの可愛《かわい》い生物Xは……。しかも背中越《ご》しに伝わる藍《らん》のアレの感触《かんしょく》のせいで、俺《おれ》のアレがアレしそうになる。お前、実は策士か？　策士なのか？　だが騙《だま》されないぞ！　俺《おれ》はヤンキーなんか嫌《きら》いだ！　ヤンキー女は敵だ……!!　心を許せば死あるのみだ……。

「藍《らん》よ。お前のその全幅《ぜんぷく》の信頼《しんらい》は、どこからくるんだ。俺《おれ》ら知り合ってまだ三ヶ月だろ？」

「そうっすね……分かんないっす。……でも信頼《しんらい》してるっす」

だから何一つ答えになってないのだが。

「まあいい。俺《おれ》は寝《ね》るぞ」

「お、おやすみっす」

薄《うす》れる意識の中、藍《らん》の声が聞こえた気がした。

——センパイはあーしのアコガレっす。

3章

ゴブリンとかワンパンで沈めてやんよ

陽《ひ》の光が村全体をじわりと暖める頃《ころ》、俺達《おれたち》は出発することにした。俺《おれ》と藍《らん》、ソルフィはツリーハウスの階段を下りる。

「よっしゃ、奴《やつ》らをシメて金を稼《かせ》ぐぞ。舐《な》めたゴブリンどもは制裁だ」

俺《おれ》はバチンと拳《こぶし》で掌《てのひら》を叩《たた》いた。

「はいっす！　やっちまいましょう！」

藍《らん》もまた俺《おれ》をまねて拳《こぶし》を打ち鳴らした。

「あっと……これつけねえと」

と、藍《らん》がポケットからゴムをだして、手際《てぎわ》よく髪《かみ》の毛《け》を後ろに束ねる。いわゆる一つのポニーテールだ。おおっと。首筋の肌《はだ》がちらりと見えて、悔《くや》しいけどグッと来る。藍《らん》、こういう時は可愛《かわい》いよなー。

「おっしゃ。喧嘩《タイマン》の準備完了《かんりょう》っす！」

血なまぐさいセリフとは裏腹に、藍《らん》は白い歯をきらりとさせ、爽《さわ》やかな笑《え》みになる。

「おーい、ちょっと待ってくれ。武器を持って行くといい！」

階段を下りたところで、ツリーハウスの上から声をかけられた。エロいエルフの姉かつ村長のシルヴィだ。

「武器だと？」

「いくら聖弥《せいや》さんでも素手《すで》は危険ですし。ぜひ持って行ってください」

とソルフィ。依頼者《いらいしゃ》がアイテムを寄越《よこ》す場合、貰《もら》っておくのがクエスト攻略《こうりゃく》のセオリーだ。

ここは一応、もらうことにしよう。

「おう。だが剣《けん》とか盾《たて》なんて、使ったことねえぞ？　短剣《たんけん》みたいなやつの方が使いやすそうだが」

「メリケンサックだと最高なんすけどね」

「多分ちげーと思うぞ？」

藍《らん》は邪気《じゃき》のないキュートな笑顔《えがお》になる。だがメリケンサックとはヤンキー御用達《ごようたし》の凶器《きょうき》だ。

異世界にそんなものはない……と思いたい。

シルヴィが階段を下りてくる。露出《ろしゅつ》した太ももが相変わらず無駄《むだ》にエロい。シルヴィの太ももは、この世界に無駄《むだ》なものなど何一つないことを俺《おれ》に教えてくれているよね。

「ほれ、護身用に持って行くといいさ」

で、シルヴィが手にしていたブツを見て、俺《おれ》はまたも残念な気分になった。

「バットじゃねーか……」

「ほう。その古めかしい言い回しをするとは。ムトウは中々に博識だな」

とシルヴィは目を細めて、腕組《うでぐ》みをする。

「千年前から継承《けいしょう》されている『大ナカガワ聖典』によれば、たしかにこれは『バット』との記《き》載《さい》もある」

「怪《あや》しげな聖典だな⁉」

「怪《あや》しくなんかないさ。ナカガワにまつわる、伝統と格式ある聖典さ」

シルヴィが俺《おれ》にバットを手渡《てわた》す。つるりとした持ち手にやや太くて重みがある先端《せんたん》。棍棒《こんぼう》と言えなくもないが形状的にはやはりバットだ。

「低級なモンスターは、これを見ただけで震《ふる》え上《あ》がるのさ」

「いやいや、何でそうなんだよ⁉」

「神話の時代、戦士ナカガワはモンスターどもを完膚《かんぷ》なきまでに叩《たた》きのめした。その恐怖《きょうふ》の記《き》憶《おく》は、今もなお継承《けいしょう》されているって訳さ」

「何だそれは……。言ってもただのバットだろ？　何をビビることがあるんだよ？」

「いいや、本物の〝ナカガワのボルグ〟は神の恩寵《おんちょう》を受けた魔導具《まどうぐ》よ。神々の戦いを終わらせるほどの、強力な魔《ま》法《ほう》を発動させたと言われている。……その恐怖《きょうふ》の記《き》憶《おく》が、遺伝しているという訳さねえ」

俺《おれ》の脳裏《のうり》に、残念な光景が浮《う》かんだ。

ヤンキーが魔導《まどう》バットで俺《おれ》tueeし、無数のモンスターをボコボコにするシーンだ。きっと容赦《ようしゃ》ないヤンキー攻撃《こうげき》が異世界のモンスターを蹂躙《じゅうりん》したのだろう。……これもう、どっちが正義だかわかんねえな。

「そして——神話の武具は今も王国の地下に厳重に封印《ふういん》されているようだ。そう、〝ナカガワの再来〟を待っているのさ……」

シルヴィはファンタジーっぽい雰囲気《ふんいき》のあるセリフを神妙《しんみょう》な顔つきで言う。

だが落ち着いて考えてほしい。

王国の地下に保管されているのはエクスカリバーみたいなのではなく、ヤンキーのバットだ。

俺《おれ》はこれを異世界ファンタジーとは認めたくない。

シルヴィは木製のバットを掌《てのひら》で叩《たた》きながら告げる。

「これを持って行きな。もちろん本物の〝ナカガワのボルグ〟には到底敵《とうていかな》わない量産品の〝ボルグ〟だが、攻撃力《こうげきりょく》は十分さ」

「そりゃあバットだからな。殴《なぐ》る分には攻撃力《こうげきりょく》はあんだろうよ」

本来の用途《ようと》とは違《ちが》うが、異世界の人間には理解できないだろう。

「ムトウの〝力〟がどれほどあろうとも、素手《すで》では危険なこともあるかもしれない。いざという時は、これでゴブリンの頭を叩《たた》き潰《つぶ》すといい」

「さらっとエグいことを言うな……」

俺《おれ》は昨日のゴブリンとの戦いを思いだす。

確かにヤンキーめいたキアイとともにゴブリンは吹《ふ》き飛《と》んだ。(異世界的には〝アーデン〟とか言うらしい)が、それは致命傷《ちめいしょう》ではなかった。むしろあれ単独で使うよりは、敵の体勢を崩《くず》したりする、特殊戦技《とくしゅ》っぽい感じだ。

「強力なモンスターと戦うとなれば、〝アーデン〟程度の小技《こわざ》は通用しないだろう。剣《けん》と魔術《まじゅつ》だけが頼《たよ》りになる。せいぜい気をつけることだな。ふっふっふ……」

「お、おい……マジかよ⁉」

突然《とつぜん》のシリアスめいた前フリだ。俺《おれ》は異世界にそういうのは求めていないんだが……。

「聖弥《せいや》さん。おねえさんはモンスターのことは何でも知ってるから、大げさに言ってるだけなんですよっ。この辺りのモンスターはほとんど〝ただのボルグ〟で震《ふる》え上《あ》がります。それに、ゴブリンを安全におびき寄せる方法もあるので、大丈夫《だいじょうぶ》です」

ソルフィは両手で小さくガッツポーズをして「がんばりましょっ♥」みたいな感じで俺《おれ》を鼓《こ》舞《ぶ》する。控《ひか》えめなところもソルフィは可愛《かわい》いよね。

「センパイにかかりゃ、緑色野郎《やろう》なんざ敵じゃねーっす！」

藍《らん》は藍《らん》で、ヤンキー的に俺《おれ》にキアイを注入する。藍《らん》の場合、俺《おれ》以上にゴブリンをぶっ飛ばせそうではあるが。

「そうです！　聖弥《せいや》さんならできますよ！」

「お、おう……」

藍《らん》とソルフィに交互《こうご》に鼓舞《こぶ》されるという謎《なぞ》めいたプレイ。死亡フラグでないことを祈《いの》るばかりだ。

「……と言う訳だ。私は別の仕事があるので村で待っている。よろしく頼《たの》んだよ」

「仕方ねえな。よろしく頼《たの》まれたぜ！」

そうして俺《おれ》、藍《らん》、ソルフィの三人でゴブリンをシメるクエストが始まった。

が、クエストはそれだけではない。

ゴブリンは元はこの村に馴染《なじ》んでいたという。それが何らかの事情で、急に悪さをするようになったという訳だ。依頼《いらい》は単にゴブリンをボコボコにするだけでは終わらない……かもしれない。

「で、ゴブリンの巣ってやつはどこにあるんだ？」

「大体の場所は分かるんですが、ゴブリンは定期的に巣を変えるので、正確な場所は分からないんです」

「げ、だとしたら面倒《めんどう》だな。どうするんだ？」

「心配には及《およ》びません。ゴブリンをおびき寄せるための方法はあります。ゴブリンは、その……が強いのです」

途端《とたん》にソルフィが口元を押《お》さえて、俯《うつむ》く。どうしたのだろう？

「どうした、ソルフィ。声が小せーぞ？　腹から声だせよ。朝飯ちゃんと食ったか？」

と心配そうに藍《らん》が声をかける。

だが、ソルフィのリアクションは空腹というよりは「恥《は》じらい」の雰囲気《ふんいき》だ。が、藍《らん》は知ってから知らずかソルフィにぐいぐい迫《せま》る。

「せ、せ……」

ソルフィが勇気をだして、何とかその言葉を言おうとする。「せ」から始まる恥《は》ずかしい言葉とは……？

「せ？」

「ゴブリンの野郎《やろう》は、正拳突《せいけんづ》きがつえーのか？」

と藍《らん》。何でもかんでもケンカに結びつけるところがヤンキーだ。しかし意味不明である。

「違《ちが》います……。ゴブリンは、せ、せ……せいよくが強いんですっ！」

可愛《かわい》らしいソルフィの口から、飛び道具のような言葉が飛んでくる。

俺《おれ》はその正拳突《せいけんづ》きより強いパンチ力にやられそうになったよね。

「マジかよ⁉」

「そうです。実は昨日も水浴びをしていました。ゴブリンは、女が泉で水浴びをしているとやって来るので……」

「普通《ふつう》に変態じゃねーか！」

「ふふ、ふつーに変態っすね！」

さすがにこれは変態と言わざるを得ない。俺《おれ》もソルフィの裸《はだか》に興味なくもないけど、普通《ふつう》に考えてそこまで露骨《ろこつ》じゃない。

「なるほどな。ソルフィは昨日、そうしてやって来たゴブリンを説得しようとしてたのか」

で、そのタイミングで俺達《おれたち》がやって来たという訳だ。あと少しタイミングがずれていれば、ソルフィの裸《はだか》が見られたってことか。惜《お》しいことをしたものだ。

「そんじゃソルフィ、泉に入ってくれよ！」

と藍《らん》がソルフィを促《うなが》す。対するソルフィはきょとんとした顔になる。

藍《らん》を見《み》つめ、小首をかしげる。そしてずいっと藍《らん》に顔を近づけた。

「な、何だよ……？」

「藍《らん》さんも水浴びするんですよ？　ゴブリンは、若い娘《むすめ》の裸《はだか》に吸い寄せられるのです」

「ああん⁉　何言ってんだ……‼　そんなことできるはずねーだろ⁉」

「でも、ゴブリンにはこれが効果的なんですっ」

「ううっ……！」

と珍《めずら》しく藍《らん》が怯《ひる》む。

こんな場所に都合よく水着なんてあるはずもない。

——ということは即《すなわ》ちッ！　この状態で水浴びをするということは———裸《はだか》であるッ!!

なんて俺氏《おれ》はついつい浮《う》かれてしまうよね。

「あ、あーしの裸《はだか》なんて……ぜんぜん大したことねーから！」

いやいやいや藍《らん》センパイの裸《はだか》、マジぱねーっすよ？　謙遜《けんそん》なんて、藍《らん》センパイらしくねーっすよ？

「そんなことないです！　藍《らん》さんも脱《ぬ》ぎましょう！」

ソルフィグッジョブ！　ナイスアシストだ！　俺《おれ》の脳内はあの「外人四コマ」状態になる。

ガッツポーズする例のアレね。それぬーげ！　ぬーげ！

「せ、センパイも何か言ってくださいよ～」

と涙目《なみだめ》になる藍《らん》。ぬーげ！　ぬーげ！

「……藍《らん》よ。これもゴブリンをシメるためだ！　キアイでいけ！」

「き、キアイっすか……!?」

「藍《らん》さん。私の年齢《ねんれい》は百八十です…………!!　藍《らん》さんの方が、ずっと若いじゃないですか」

こ、狡猾《こうかつ》……！　と僕《ぼく》は内心で呟《つぶや》いたよね。ヤンキーは学年ヒエラルキーには弱い。そしてそれを見抜《みぬ》いたソルフィはしっかりと藍《らん》の弱点を突《つ》いてきたのだ。

「藍《らん》さんはいくつですか？」

「じゅ、じゅうろくだよ」

「私はその十倍以上の年齢《ねんれい》です」

「わ、分かるけどよ……」

ソルフィの背後に「ゴゴゴ」とか「ドドド」的な文字が見えたような気がした。俺《おれ》はソルフィの小悪魔《こあくま》っぽさをじょじょに理解しつつあったけど、それでも可愛《かわい》いから許せちゃうよね。

「さあ、脱《ぬ》ぎましょう。ゴブリンを説得するため、村の平和を守るため」

「……っだから……!! ……お前、脱《ぬ》がすの早いっつーの……!」

まるで某《ぼう》美少女戦隊の変身バンクのように、藍《らん》がぽいぽいっと脱《ぬ》がされる。あっと言う間に上のパーカーがぺろっと取られ靴《くつ》を脱《ぬ》がされ靴下《くつした》を脱《ぬ》がされ……制服のブラウスまでもキャストオフされようとする。

――!?

オーケー、分かっているとも。「キアイが入った硬派《こうは》なセンパイ」的には目を背《そむ》けるべきだ。もちろん分かっているさ。頭ではね。でもぺろんぺろんに脱《ぬ》がされていく藍《らん》なんて、二度と見る機会ないじゃん。

つか、普段《ふだん》胸ばっかり見てて気づかなかったけど、脚《あし》もけっこうエロいな。う一ん最高。

「センパイも、見てないで助けてくださいよぉお……」

藍《らん》はピンチに陥《おちい》ったヒロインみたいに懇願《こんがん》する。強気ヤンキーが弱々しくなるシチュエーション、控《ひか》えめに言っても最高だ。

最後の二枚というところで、ソルフィは手を止めた。

「――⁉　ソ、ソルフィ⁉　何を……？」

「だーめ、聖弥《せいや》さんは、あっちです」

「あ、あっち……だと⁉」

指さす先は、泉の斜《なな》め向かいの茂《しげ》みだった。うわ、めっちゃ草がぼーぼーじゃないすか。

ソルフィはエルフなのに小悪魔的《こあくまてき》に笑い、俺《おれ》を促《うなが》す。

「当たり前じゃないですかっ。もう、聖弥《せいや》さんたら」

「……はい」

俺《おれ》は渋々《しぶしぶ》泉のほとり、草が生《お》い茂《しげ》る場所で張《は》り込《こ》んだ。

暗黒だ。ファッキン雑草が俺《おれ》の視界と未来への希望を閉ざしている。世界は闇《やみ》に包まれ、俺《おれ》の心は漆黒《しっこく》のダークネスに覆《おお》われている。こんなことでは生きて行けない。こんな異世界はもう駄目《だめ》だ……。

「藍《らん》さん、やっぱり脱《ぬ》ぐとすごいんですね？」

「そ、そうか……？　おい、触《さわ》んなよ」

「すべすべだし、ここもほら……」

「へへ……そう言われるとまんざらでもねー気分だな。……え、つかソルフィのここって、

こうなってんのか？　へえー」

「もう、藍《らん》さんたらー。あれ、こんなところにほくろがありますね。儀式《ぎしき》の時は気づきませんでしたよ」

「え、マジか⁉　自分じゃ見えねーからな」

「でもこう言うのって、恋人《こいびと》が見つけたりするんですよね」

「………そそ、そういやそうだったわ。前に彼氏《かれし》にそんなこと……言われたぜっ！　もうバリバリだかんなっ！」

「うふふっ」

生殺しッ！

きゃっきゃうふふな声だけッ！

藍《らん》の嘘《うそ》下手すぎッ！

……とか悶絶《もんぜつ》していると、どこからかゴブリンがやって来た。

数は一匹《ぴき》。頭を左右にせわしなく振《ふ》り、慎重《しんちょう》に辺りを確かめているようだ。

すると奴《やつ》は、少しだけ土で盛り上がった場所を登っていった。見ればそこだけ、木漏《こも》れ日《び》が射《さ》し込《こ》んでいた。茂《しげ》みが薄《うす》くなっているようだ。

そして俺《おれ》は即座《そくざ》に奴《やつ》の狙《ねら》いを察知する。奴《やつ》の狙《ねら》いは、藍及《らんおよ》びソルフィのおっぱいだ。思わず俺《おれ》の中のヤンキーが覚醒《かくせい》した。

俺《おれ》は木の葉についた朝露《あさつゆ》で手を湿《しめ》らせた。

そして水分を髪《かみ》に馴染《なじ》ませて、髪《かみ》の毛《け》を逆立てる。やりすぎかよ、と言うくらいツンツンに髪《かみ》の毛《け》を捻《ひね》って——ヤンキーモードに切《き》り替《か》える。

ゴブリンは泉の方に意識を取られて背中ががら空きだった。俺《おれ》は悠々《ゆうゆう》とゴブリンの背後に立ち、思い切り息を吸《す》い込《こ》んだ。

「おいこら！　何してんだよ!!!」

「!?」

ゴブリンはその場で五十センチくらいジャンプして頭から転んだ。中々良《い》いリアクションだ。

「ッシャアッ！」

転んだところにすかさずボルグを叩《たた》きつけた。どすん、と鈍《にぶ》い音がして地面が凹《へこ》む。

もちろん本気で殴《なぐ》るつもりはない。直撃《ちょくげき》すれば大けがだし、さすがのゴブリンでも多少は可哀想《かわいそう》だ。

「あひゃあ！」

しかしビビリのゴブリンは顔面蒼白《そうはく》になり、一目散に走って行った。

「くっそ！　待てこら！　相変わらず逃げ足だけははえーな!?」

ゴブリンの身体能力は人間を遙《はる》かに凌駕《りょうが》していて、あっと言う間に姿が小さくなっていく。

しかし俺《おれ》には〝これ〟がある。

全力で息を吸《す》い込《こ》み、これ以上ないほどに声を張り上げた。

「待てやオラ――――――――!!!!」

この世界ではキアイというか、精神力がそのまま魔《ま》法《ほう》めいた力として発動する。が、それは誰彼《だれかれ》構わずできるものではなく、俺《おれ》や藍《らん》のような「異世界」の人間だけにできる。

……というシルヴィの話は、改めて証明された。俺《おれ》が叫《さけ》んだと同時に地面がドッ！と凹《へこ》み、逃《に》げ去るゴブリンが背中から蹴《け》られたようにして転んだ。

すかさず俺《おれ》はゴブリンに詰めよる。

「……ったく、手間取らせやがってよォ!?」

「許して…………ください…………」

「またお得意の土下座か？　良《い》い心がけじゃねーか。そんじゃあ……俺《おれ》の暴力《ごほうび》をくれてやんぜ!!」

「ひいい！　ひいいいっ!!」

俺《おれ》はボルグをとんとんと肩《かた》に当て、ゴブリンを威圧《いあつ》する。本当はこんなヤンキーめいたことしたくないんだけど……。

「気が変わったわ。テメーに選ばせてやんぜ。仲間の巣に案内してこの俺様《おれさま》にボコボコにされる。それか、俺様《おれさま》にボコボコにされてから泉に沈《しず》められるかだ。オラ、選べや……!!」

「…………!?」

ゴブリンは世界の終わりを目の当たりにしたような顔になり、泡《あわ》を吹《ふ》いて意識を失った。

そのタイミングで藍《らん》とソルフィがやって来た。

「センパイ、ゴブリンの野郎《やろう》捕《つか》まえ……って、何すかこれ⁉」

二十分ほどが過ぎて、ゴブリンはようやく意識を取《と》り戻《もど》した。俺達《おれたち》はゴブリンを縄《なわ》でグルグル巻きにして、巣まで案内させることにした。

「少しでも変なまねをしたら、これだかんな？」

俺《おれ》はバットのような形の武具――ボルグをゴブリンの肩《かた》に乗せ、とんとんと軽く叩《たた》いた。

「おううう……！　分かりました……‼」

俺達《おれたち》は山を越《こ》え谷を越《こ》え、長い吊《つ》り橋《ばし》を渡《わた》った。ゴブリンの巣は、ずいぶんと歩いた先にあった。

「ここです。あの城に……仲間もいます」

「あれが城……なのか？」

辿《たど》りついた先にあったのは廃墟《はいきょ》だった。ボロボロの石畳《いしだたみ》や崩《くず》れかけの橋が残っているおかげでかつて街があったことが辛《かろ》うじて分かるが、街は自然と一体化しつつあった。

そして城はすっかり傾《かたむ》き、とても人が住める状態には思えなかった。格好のゴブリンの巣、という訳だ。

「数百年ほど前、ここに王都があったと言われています。かつてこの世界は、七つの王国が覇《は》権《けん》を争って〝ガチの抗争《こうそう》〟を繰《く》り広《ひろ》げていました」

ソルフィがさらっとヤンキー的な言葉遣《ことばづか》いをする。こんな所にもナカガワの影響《えいきょう》が……。

「その七王国の一つが、ここでした。ゴブリンはこのような廃墟《はいきょ》や大きな樹木の洞《ほら》を転々としています」

「センパイ、さっさとこいつらのアタマをシメに行きましょうよ！」

ソルフィのファンタジー的な情緒溢《じょうちょあふ》れるセリフが台なしだ。七つの王国が支配していたファンタジー世界にヤンキーがいるとか、どう考えてもおかしいだろ？

「あんなクソおたくみてーなエロ本持ってる奴《やつ》ら、ブッ飛ばすしかねーっす！」

藍《らん》、まだエロ本のこと気にしてるのかよ！

つうかお前いい加減にしろよ？　あれ、俺《おれ》が買ったんだかんな⁉　と力の限り叫《さけ》びたい……。

「おら、さっさと案内しろ。さっさとな」

俺《おれ》はボルグをゴブリンの背中に当て、先に進むよう促《うなが》した。

が、緑色のモンスターは急に、恐《おそ》るべきことを小声で告げた。

『あの本、一緒《いっしょ》に楽しみましょう…………⁉』

『何を言ってやがるんだ……アレは…………！』

『へっへっへ……！　俺《おれ》には、分かりますよ。良《い》いですよね…………‼』

――⁉

にやあ、とゴブリンの唇《くちびる》が歪《ゆが》む。何と邪悪《じゃあく》な面構《つらがま》えだ。

やはりゴブリンは俺《おれ》の弱点に気づいていたのだ……。

このままゴブリンの巣に行った場合、最悪の展開になるだろう。

言わずもがなアレ、とは日本語で書かれた真新しい同人誌だ。前後の状況《じょうきょう》を冷静に考えれば、エロ本をこの世界に持《も》ち込《こ》んだ人間が誰《だれ》かということは、さすがの藍《らん》でも気づくはずだ。

こうなったら仕方ない。力業で押すしかねえ！

「じゃかっしゃーい‼‼」

「ひいいい！」

「てめー、何こまけーこと抜《ぬ》かしてんだよ！　さっさと頭《ヘッド》をだせっつってんだろ！　ああん⁉」

「センパイ⁉　いきなりどうしたんすか？」

「こいつがごちゃごちゃめんどくせーこと抜《ぬ》かしやがったんだよ！」

「聖弥《せいや》さん。あの本って何ですか？」

ソルフィ耳よすぎ！　色々な意味で感度良好だよね！

「さあな！　何のことか全然分かんねえ！　こいつの妄想《もうそう》なんじゃねーか？」

「そ、そうですか……？」

「そうに違《ちが》いねえぜ！　つーか二人とも！　こっからは血が流れんぜ。ここで待っててくいてくるなよ？」

「何も問題ねー！　今からこいつらの根性《こんじょう》、たたき直してやんぜ！　必ず待ってろよ？　つれ……！」

「駄目《だめ》っす！　そんなの、危ないっす！」

俺《おれ》は二人に念を押《お》し、城の奥《おく》へと進む。得体の知れないモンスターをヤンキー的な勢いで蹴《け》散《ち》らし、巨大《きよだい》な扉《とびら》の前に俺《おれ》とゴブリンは辿《たど》りついた。

「ここが王の間です。僕《ぼく》らはここに住んでいます」

長い年月を経て風化しているにも拘《かか》わらず「王の間」の扉《とびら》は頑丈《がんじょう》そうで、来る者を拒《こば》むような威圧感《いあっかん》があった。

「何匹《びき》だ。この中に何匹《びき》いる」

俺《おれ》はゴブリンにバットをこすりつけ、威圧《いあつ》する。

「昨日の二匹《ひき》です。僕《ぼく》も入れると三匹《びき》ですね」

「本当だな？」

俺《おれ》はボルグのグリップを握《にぎ》る手に力を込《こ》める。ごくり、とゴブリンが唾《つば》を飲《の》み込《こ》む音がした。

「ま、間違《まちが》いないです……」

「そうか。じゃあお前から先に入れ」

俺《おれ》はゴブリンを先に行かせた。重く引きずるような音とともに巨大《きよだい》な扉《とびら》が開かれる。

だだっ広い部屋は荒《あ》れ果《は》てていた。城の外から調達したであろう木片《もくへん》や石材を組み合わせ、鳥の巣のようなものが組み上げられていた。

そして、二匹《ひき》のゴブリンが強張《こわば》った表情でこちらを見る。

「あ、ああ…………？」

「おわああ！　どうしてここに⁉」

「おいおい、白々しいんじゃねーか？　テメーら、分かってんだろうがよ……！」

俺《おれ》はボルグを手にし、じりっと詰《つ》め寄《よ》る。

「すいません……悪気はなかったんです……」

「るっセーンだよオラァ⁉　言い訳は死んでから聞いてやんぜ！　それからなあ。俺《おれ》の同人誌を返────────⁉」

藍《らん》が突然現《とつぜんあら》われた。

このヤンキー女は俺《おれ》のセリフを「押《お》すなよ？」の前フリよろしく、完全に逆にとらえていた……。マジふざけんなし。

「センパイ、こいつらさっさとぶっ潰《つぶ》しましょうよ！」

「やっぱり聖弥《せいや》さん一人じゃ、心配なんですっ」

とソルフィもまた、藍《らん》の背中からぴょこっとでてくる。うわ、めっちゃ可愛《かわい》い。とか思うけど、このタイミングでその姿は見たくなかった……。

——数秒前までの俺《おれ》は完璧《かんぺき》だった。

ヤンキーのオラついた感じをだしつつ、並行《へいこう》して同人誌を回収しようとするオタクな部分が併存《へいぞん》していた。その絶妙《ぜつみょう》なバランスの上で、何とかゴブリンをシメようとしていたというのに……!!

「ら……藍《らん》！　ここは危ねーって言ったろ!?」

「めっちゃ安全っすよ！　だって三匹《びき》しかいないじゃないっすか！　こっちも三人だから、タイマンでボコれるっすよ！　あとエロ本、燃やしましょう！」

どんだけエロ本に恨《うら》みがあるんだこの女は！

そしてゴブリンは例によって要《い》らんことを言おうとする。

「え、でもそれってこの方の……？」

「バッキャロ————!!!」

俺《おれ》は反射的に三匹《びき》のゴブリンを殴《なぐ》った。

「ざけんなこの緑色が！」

「あがーっ！」

「たわば！」

「ひでぶ！」

「せ、センパイ…………⁇」

さすがの藍《らん》も脈絡《みゃくらく》のない突然《とつぜん》の暴力に困惑《こんわく》する。だが今の俺《おれ》は力で押《お》す以外に方法がない。

なぜなら今の俺《おれ》は――ヤンキーなのだから。

だがいずれこのままではコトが露見《ろけん》する。その瞬間《しゅんかん》が俺《おれ》こと武藤聖弥《むとうせいや》氏の命日になるだろう。

もはや同人誌を取《と》り戻《もど》すとか言う、甘《あま》っちょろい幻想《げんそう》を持っている場合じゃない。

この状況《じょうきょう》を切《き》り抜《ぬ》ける方法を……探さなければならない。

――⁉

ふと脳裏《のうり》に、シルヴィとの会話が過《よ》ぎった。

シルヴィは言っていた。

ゴブリンどもは何らかの事情で悪さをしている、と。

これは行けるか？　いや、迷っている暇《ひま》はない。これ以上グダグダな時間が続けば藍《らん》は今度こそ俺《おれ》を怪《あや》しむ。信じるしかないだろう。シルヴィのセリフは、このクエストをクリアするための伏線《ふくせん》だったのだ、と。

俺《おれ》は再び〝気合いの入った武藤《むとう》センパイ〟になった。

「おう藍《らん》！　どうやらよ、こいつらにも〝事情〟ってやつがあるみてーだ！」

俺《おれ》は拳《こぶし》を固く握《にぎ》り、胸をどん！　と叩《たた》いてみせる。ヤンキー的気合いの発露《はつろ》だ。そして藍《らん》には効果的だった。

「せ、センパイ⁉」

何かを察したように、藍《らん》は瞳《ひとみ》をうるっとさせる。

「こいつは〝男同士〟でケリつけねーと駄目《だめ》な話なんだ………わりーな！」

「せ、せんぱい……！　マジぱねーっす！　マジ……マジハンパねーっす！」

「……分かってくれりゃいいんだよ。いーからちょっと待っとけよ？」

俺《おれ》はヤンキー風なセリフでお茶を濁《にご》して扉《とびら》を閉めた。

あぶね！　あぶね！

扉《とびら》を閉めて、俺《おれ》は深い深いため息を漏《も》らした。

「ふううううう………マジで生きてる気がしねぇ‼　おいお前らッ‼　何なんだよッ‼」

俺《おれ》の発言にゴブリンがビビる。

「マジで生きた心地《ここち》がしねぇ！　つーかよ。いちいちあの本の話すんなや！　ややこしくなんだろ！」

「えっ！　駄目《だめ》なんですか？」

「そうだよ！　いちいち説明すんのもめんどくせーけど、あの女達《たち》がいる前で喋《しゃべ》るな！」

ゴブリンは壊《こわ》れたオモチャのようにカクカクと頷《うなず》く。直接話せばこんなにも簡単な話だというのに、俺《おれ》はずいぶん遠回りをしてしまったようだ。

さ、次だ。

次が本題だ。こいつらは何かの理由があって村の人々とかソルフィに絡《から》んだりしてる。それをはっきりさせなければならない。

「それからよ、お前ら何で村に迷惑《めいわく》をかけんだ？　あれもやめろっつーの」

「……僕《ぼく》らだって、こんなことはしたくないんです……」

しおれていたゴブリン×三は、さらにしゅんとしてうなだれる。

「あんだと？　どういうことだ？」

「ほら、僕《ぼく》らの先祖って元々魔神《まじん》の眷属《けんぞく》じゃないですか」

「は？　知らねーし！」

「そ、そんな～」

「私って、〇〇じゃないですか～」とか言うウザい女のような口調、マジでやめてほしい。お前のことなんて誰《だれ》も興味ないし、そのセリフが許されるのは相当な美少女だけだっつーの。

……とは言え、昨日シルヴィからその辺りの話は聞いていた。

かつてこの世界には二つの神々がいて、それぞれの眷属《けんぞく》を巻《ま》き込《こ》みながら大規模な戦争をしていた。人間とモンスターはそれぞれの陣営《じんえい》にかりだされ、ゴブリンは暗き民《たみ》――つまり〝灰の魔神《まじん》ヨルム〟の眷属《けんぞく》として戦っていた、という訳だ。

「で、魔神《まじん》がどうしたんだっつーの」

「千年前、僕《ぼく》らの王は敗北し〝地下世界〟に封印《ふういん》されていました。それが今になって、復活して戦争を始めようとしているらしいんです」

「復活だと？」

「というか、もう復活の予兆がでてるじゃないですか。去年なんて地面が何度も割れたし、嵐《あらし》が七回も来たんですよ」

そう言えばシルヴィも謎《なぞ》のスケベ儀式《ぎしき》の時にそんなことを言っていた。魔神《まじん》が復活しようとしている、と。

「なので今のうちから悪いことしてないと、そもそも〝神々の戦い〟が始まる前に魔神《まじん》に殺されますし。この裏切り者が！　って感じで」

ゴブリンはぶるるっと震《ふる》える。

モンスターにとっては、ナカガワの次に恐《おそ》ろしいのがこの魔神《まじん》という存在のようだ。

「ははーん。お前ら情けねえな？　魔神《まじん》にビビって仕方なくって感じなのか？　村の人ら、めーわくしてるって話だぞ」

「……!!　そりゃ僕《ぼく》らだってやめたいですよ!!　普通《ふつう》の生活したいですし。でも、僕《ぼく》らみたいな弱小モンスターなんて、真っ先にやられるじゃないですか!!」

「ほんと、真っ先ですよ！」

「指先一つでやられます！」

「マジかよ……」

ゴブリン×三は、泣きそうな顔で窮状《きゅうじょう》を訴《うった》える。

俺《おれ》は少しだけ悲しくなった。ゴブリンのその必死な様子がどこか「陰《いん》キャ」っぽくて、中学の時の俺自身《おれじしん》に重なって見えたのだ。そして今でこそヤンキーの皮を被《かぶ》っているけど、素の俺《おれ》もこんな感じだし……。

「だが、悪いことは悪いことだ！　……やめろっつってんだろ」

俺《おれ》はボルグを地面に「どすん！」と叩《たた》きつけてゴブリンをビビらせる。

「はい……でで、でも……！　本当に魔神《まじん》は恐《おそ》ろしいんです!!」

「は？　この俺《おれ》がお前らに命令してんのに!?」

「すみません、それだけは勘弁《かんべん》してください!!!」

俺《おれ》のクエストは「ゴブリンを改心させる」だ。

が、ゴブリンは頑《がん》として土下座を続けて、膠着《こうちゃく》状態になっている。あのエロ村長、中々難しい仕事を投げやがって……。

「なあ、じゃあどうすりゃいいんだ？」

「分からないです！　僕《ぼく》らには、分からないです！」

完全にクラスのヤンキーの言いなりになってるモブＡＢＣじゃん……。

と、不意に俺《おれ》の過去の記憶《きおく》が蘇《よみがえ》った。

――クラス。

――ヤンキー。

この忌《い》まわしき単語が脳裏《のうり》を過《よ》ぎり、そして最適な答えが導きだされる。

「お前ら……だが俺《おれ》に刃向《はむ》かうとどうなるか、分かるだろうな？」

ごくり、とゴブリンが息をのむ。

たっぷりと間を置き、俺《おれ》はその言葉を告げた。

「俺《おれ》は、あの〝ナカガワ〟の後継者《こうけいしゃ》だ」

「⁉」「⁉」「⁉」

ゴブリン×三は世界の終わりのような表情になり、目を白黒させる。いいぞ、もう一押しだ。

「この俺《おれ》こそが……マジパネーあの〝ナカガワ〟の………後継者《こうけいしゃ》だ‼」

「あわわわ……‼」「も、もう駄目《だめ》だあーッ‼」「ママー‼」

ナカガワの威光《いこう》は抜群《ばつぐん》だった。

ゴブリン達《たち》にとって、奴《やつ》らのボス――魔神《まじん》はちびるほどに恐《おそ》ろしいものだ。

が、千年前にこいつらの祖先をフルボッコにしたナカガワは、もっと恐《おそ》ろしいはずだ。

……という俺《おれ》の仮説は見事に的中した。

これぞ「センパイの威光《いこう》を借りる後輩《こうはい》ヤンキー」メソッドだ。

うん、俺《おれ》めっちゃ小物だな！

「だからこそ！　テメーらは俺《おれ》に従うべきだと思わねえか？　俺《おれ》、マジでナカガワの後継者《こうけいしゃ》っつうか後輩《こうはい》だぜ？　武藤聖弥《むとうせいや》だぜ⁉」

「たたた、確かにそうかもしれませんが……。〝ナカガワ〟の後輩《こうはい》って本当ですか？　それは禁忌《きんき》——」

ゴブリンその一のセリフに被《かぶ》せるように、ゴブリンその二が大きな声で、

「馬鹿野郎《ばかやろう》！」

と叫《さけ》んだ。

「このお方がここまで言うんだぞ。逆にナカガワの後輩《こうはい》に決まってるじゃないか！　禁忌《きんき》を言えるということは、逆に本物だろうがよ！　逆に間違《まちが》いないだろうがよ！」

ゴブリンその二は意味不明な感じでまくしたてる。何だよ逆て。

ふと俺《おれ》は、昨日のエルフ姉妹《しまい》の会話を思いだす。あの二人もそんな話をしていて、ソルフィはずいぶんと恐《おそ》れおののいていた。「ナカガワの再来」とやらは、この世界じゃタブーなのかもしれない。

……一応、問《と》い詰《つ》めておくか。

「おいお前ら！」

「は、はい‼」

「お前ら、何で『ナカガワの再来』にビビってんだよ⁉」

「そりゃもう……………。千年前の大戦争がまた始まるかもしれないじゃないですか。そうなれば〝ナカガワの再来〟は僕《ぼく》ら〝暗き民《たみ》〟をボコボコにするじゃないですか。神話に書いてあることがまた起こるなんて、縁起《えんぎ》でもないじゃないですか」

ゴブリンはビビりながら訥々《とつとつ》と話す。

「縁起《えんぎ》でもないのは、人間の皆《みな》さんも同じですよ……。神々の戦争ですから」

——ふむ。

何となくゴブリンやソルフィがビビっていた理由が摑《つか》めてきた。

かつてこの世界では神々のガチ気味な大戦争が起こった。そして戦闘《せんとう》民族のヤンキーが〝異世界〟からこの世界に召喚《しょうかん》され、最強のヤンキーパウアで戦争を終結させた。

で、それ自体はナカガワtuee最強伝説みたいな話ではあるが、この世界的にはやはり縁起《えんぎ》でもないことなのだろう。

言うなれば「ナカガワの再来」というのは、神が戦闘《せんとう》民族のヤンキーを召喚《しょうかん》し、戦争に備えてアップしてる状態を意味する訳だ。

そう考えると確かに縁起《えんぎ》でもないし、〝禁忌《きんき》〟だという理由も納得《なっとく》がいく。

「なるほど……。そういうことかよ……」

とりあえず俺《おれ》は俺《おれ》の立場を理解したよね。

で、立場を理解したからには、やることは一つだ。

俺《おれ》はボルグを振《ふ》りかぶり「ドゴオ‼」と地面に叩《たた》きつけた。

そしてハッタリを効かせ、見得を切る。

「何一つ問題はねぇ！　なぜなら俺《おれ》が、そのナカガワの再来だからだ！　はえー話、俺《おれ》が魔神《まじん》の野郎《やろう》を速攻《そっこう》でぶっ潰《つぶ》せば良《い》いんだろ？　この俺《おれ》がやるっつったら、やるんだよ！　そして俺《おれ》は……テメーらのことは攻撃《こうげき》しねえ！　分かったな！　分かったらテメーら、俺《おれ》に従え。な？」

「わわわわ……分かりました！」

ゴブリンはビビリつつも感動したような表情になる。大体作戦どおりだ。

ぶっちゃけ魔神《まじん》とかどうでもいいけどね。このクエストをクリアするためにはゴブリンを騙《だま》してでも改心させればそれでオッケーな訳だし。

「分かりゃいいんだよ。村の奴《やつ》らと仲よくするんだぞ。村長には、俺《おれ》から話しとく」

「ああ……！　ありがとうございます！　心を入《い》れ替《か》えます！　武藤《むとう》さんについて行きます！　舎弟《しやてい》にしてください！」

「またコアな日本語知ってんな⁉」

ゴブリンどもは目をきらきらさせ、俺《おれ》の舎弟《しやてい》になろうとする。

モンスターを仲間にするシステムのRPGとかあるけど、ヤンキーぶった陰《いん》キャなゴブリンを仲間にしても良《い》いことなさそうだ。やめとこ。

「ついてくんなよ。普通《ふつう》に暮らせ」

「すいませんでした！　普通《ふつう》に暮らします！」

平伏《ひれふ》したゴブリンはやはり潔《いさぎよ》く引き下がる。それはそれで気持ち悪い。

と、俺《おれ》から同人誌を奪《うば》った（と思《おぼ》しき）ゴブリンがおずおずと例のブツを差しだしてくる。

そして実に名残惜《なごりお》しげに言う。

「武藤《むとう》さん……この本、とてもよかったです。絵も上手《うま》いし。このあたりじゃ見たことがないですよ⁉　どこで手に入れたんですか？」

ゴブリンは普通《ふつう》に同人誌のページをめくり、一つ一つのコマを興奮気味に早口で指摘《してき》する。

さっき俺《おれ》に『一緒《いっしょ》に楽しみましょう……⁉』と言ったのは心からそう思っていたようだ。

「お、おう。俺《おれ》の世界にはその手の専門店がある。これは買ったばかりの新作だ」

「ええっ⁉　本当ですか‼　専門の店があるんですか？　すごいなー」

ナカガワの影響《えいきょう》で日本語を操《あやつ》り、同人誌を愉《たの》しむ性欲が強いゴブリンは、もはや俺《おれ》の理解を超《こ》えている。何なんだよ、いったい……。

だが。

俺《おれ》はこいつらと友達になりたいと、一瞬《いっしゅん》だけ思ってしまった。

三匹《びき》のゴブリンはぶっちゃけて言えば完全に陰《いん》キャだ。そしてその陰《いん》キャ具合に、俺《おれ》は仲間意識を覚えてしまったのだ。

元ネタも知らないような奴《やつ》らにこの本をやるのは癪《しゃく》だ。

しかしこいつらは違《ちが》う。元ネタこそ知らないが、それ以上に同人誌への情熱を持っている。

俺《おれ》はそんなことを思ったのだ。

ただ一つ、悲しいことがあるとすれば――。

俺《おれ》はこのゴブリン達《たち》とは〝ヤンキー〟として接しなければならないということだ。

「……………おう。テメーらにそれ、やるよ」

「ええっ？　それって？」

「いいから、やるっつってんだよ」

「どういうことですか？　やっぱり俺達《おれたち》を殺す気ですか？」

「訳分かんねーこと言ってんじゃねーよ！　俺《おれ》の気が変わったんだ。単純に、お前らにやるよ」

俺《おれ》はまだ一度もその同人誌を読んでいない。

だがこれで良《い》いと思った。

ゴブリンも改心したし、シルヴィから報酬《ほうしゅう》も貰《もら》えるのだ。悪い取引じゃない。

◆

「金、マジで全然足りねーじゃねーかよ」

ザクザク、と畑を耕しながら俺《おれ》は呟《つぶや》く。

確かにシルヴィから報酬《ほうしゅう》は受け取った。それもまあまあ良《い》い感じの額だ。定期便の馬車に乗って王都に行くこともできるらしい。

が、王都に滞在《たいざい》できるだけの額ではなかった。

よく考えたら、王都に行ったとしても「愛羅武勇」について詳《くわ》しく知っている人間を捜すには時間も金もかかる……。

そんな訳で俺《おれ》と藍《らん》はシルヴィの紹介《しょうかい》で村の外れにある畑を耕していた。

「センパイ、日焼けしたっすね！」

「そう言う藍《らん》もかなり焼けてんな！ ……まさか異世界で農作業をするとは思わなかったぜ」

「でもガッコーの勉強より楽しいっすよね」

藍《らん》は麦《むぎ》わら帽子《ぼうし》を被《かぶ》って首にタオルを巻いている。完全に農作業用の格好だが、スレンダーなボディも相まって妙《みょう》に似合っている。照りつける太陽と畑を耕すヤンキー女の組み合わせは、妙《みょう》に絵になっているのだ。

「つーか藍《らん》よ。金稼《かせ》ぐのが目的じゃねーからな？」

「もちろん分かってるっす！ またこの間のゴブリンみてーな仕事があるといいんすけどね！」

藍《らん》の言うように、派手なクエストでどーんと稼《かせ》ぎたいところではあるが、ケムトク村はあまりにも平和だった。故《ゆえ》に肉体労働。悲しみしかない。

「そういやセンパイ、ゴブリンどもをどうやって改心させたんすか？　まだ話聞いてねーっす」

——!?

藍《らん》が不意に俺《おれ》の核心《かくしん》部分を突《つ》く。完全なる俺《おれ》の小物エピソードでしかないっつーの。

「おう……それはだな………」

「あのゴブリン野郎《やろう》どもと話つけたんすよね。で、奴《やつ》らにはどんな〝事情〟があったんすか？」

「藍《らん》よ。これは〝男〟の〝約束〟だからよ……。拳《こぶし》だけがケンカじゃ、ねーんだぜ？」

俺《おれ》は何か大物ぶった感じで言ってみる。

藍《らん》は雑草の中に紛《まぎ》れていた花を手にし、「きゅーんっ！」と音が聞こえそうな顔になる。このヤンキー女、たまに乙女《おとめ》に変身するのな。

「男気ってやつっすね……！　センパイ、マジすげーっす！」

すまない藍《らん》。お前が鳳倫羅武《フォーリンラブ》してるセンパイは、割と小物なんだ……。

「そんじゃもう少し頑張《がんば》るか！　昼までに、この区画を終わらせっぞ！」

「了解《りょうかい》っす！」

「終わったら飯だ！」

「何食いますかね!?」

そんなしょうもない話をしていると、遠くから集団がやって来た。

つやつやとした毛並みの馬に跨《またが》り、重々しい鎧甲冑《よろいかっちゅう》を纏《まと》った一団。

騎士団《きしだん》、という単語が頭を過《よ》ぎった。

「……おお。やっぱこの異世界にも騎士《きし》がいるのか。ってことはもしや…………？」

俺《おれ》はエルフを初めて見た時のような心持ちになった。

しかし俺《おれ》は気を引《ひ》きしめる。

まず、藍《らん》にオタク的なリアクションは禁物だ。オタバレのリスクは回避《かいひ》しなければならない。

そしてもう一つには、この妙《みょう》にヤンキーをリスペクトした異世界に、金髪《きんぱつ》縦ロールの女騎士《きし》なんているはずがない。期待するから落胆《らくたん》する。だったら最初から期待なんて、しなければいいのだ……！

「セ、センパイ？　どうしたんすか……？」

「何でもねーぜ……！　ちょっと疲《つか》れただけだ！」

「無理は駄目《だめ》っすよ？　何だったらあーしがやっておくっす！」

「そんなこと、藍《らん》にやらせる訳にはいかねー。大丈夫《だいじょうぶ》だよ」

と、俺《おれ》は騎士団《きしだん》をチラ見した。……って、普通《ふつう》にいた！

いたよ!?　女騎士《きし》！

その瞬間《しゅんかん》、俺《おれ》の中でその一団は〝くっころ騎士団《きしだん》〟的なネーミングになったよね。

やっぱしいるんだなー。女騎士《きし》って。武装した金髪碧眼《きんぱつへきがん》の女の子とか、眼福ですなあ。

「あれ、こっちに近づいてくるっすね。あーしらに用すかね？」

「まさか。俺達《おれたち》に用とかあるはずねーだろ」

しかしくっころ騎士団《きしだん》の進行方向に村はなく、俺達《おれたち》がいるだけだ。ここは畑のど真ん中で、目的地らしい目的地はどこにもない。

あれよあれよと言う間に金髪《きんぱつ》縦ロールの騎士《きし》が、俺《おれ》の目の前にやってくる。

そして──

「貴様がムトウセイヤか」

凛《りん》とした声色《こわいろ》の騎士《きし》は、いきなり俺《おれ》を名指しした。それにしても綺麗《きれい》な顔してぶっきらぼうな態度と口調だ。ア〇ルが弱そうでとても良《い》いよね。……って、そうじゃなくて。

「なぜ俺《おれ》の名を……？」

「答えろ。貴様がムトウセイヤか」

「お、おう……。そうだよ。悪いか」

「悪くはない。むしろ上等だ……。我《わ》が名はターヤ・アークティカ。我《わ》が主グローランド帝国《ていこく》が第一王女、カタリナ姫《ひめ》の命により、貴様を捕《と》らえに来た」

──⁉

「ちょ！　何だいきなり⁉　意味分かんねーよ！」

「ならばここで分からせてやろうか」

女騎士《きし》の目つきが鋭《するど》くなる。

刹那《せつな》、鎧甲冑《よろいかっちゅう》の一団が、抜刀《ばっとう》の構えを取った。重い金属音がガシャガシャガシャ！　とのどかな畑に鳴《な》り響《ひび》いた。

「……いや、それでも意味分かんねえ……。理由を説明しろよ」

俺《おれ》は精一杯《せいいっぱい》の虚勢《きょせい》を張る。突然《とつぜん》のことにそれ以上の頭が回らない。さっきまで〝くっころ騎《き》士団《しだん》〟とか思っていたけど、ガチの騎士《きし》だった。何だ、この突然《とつぜん》のシリアス要素は……。

女騎士《きし》がさっと左手を挙げ、背後に目配せをした。

すると一人の騎士《きし》が前にでてくる。その馬の後ろには、ゴブリンが乗せられていた。

「これでも分からないか……？　こいつに見覚えはあるだろう」

あの時のゴブリンだ。後ろ手に縛《しば》られてうなだれている。

「ああ。確かに俺《おれ》はこの間こいつに会った。だが、それがどうしたってんだよ」

「愚《おろ》かな。これ以上の隠匿《いんとく》は罪を重ねるのみだぞ？　本当にそれでいいのか？」

「な、何のことか……意味が分からねえな」

「ならば、あの猥褻《わいせつ》なる本は、貴様のものではなかったとでもいうのか？　エロドウジンなどと言うのだったかな？」

——⁉

女騎士《きし》は、やはり淡々《たんたん》とした口調で言葉を発する。

整った顔立ちの美少女の口から「エロ同人」などという危険なワードが出てくる事態に俺《おれ》は

さらに俺《おれ》は言葉を失った。

女騎士《きし》は同人誌を天高く掲《かか》げ、高らかにゴブリンに問いかけたのだ。

「さあゴブリンよ。貴様はこの猥褻極《わいせつきわ》まる本を、誰《だれ》から受け取った？」

「そこの方から貰《もら》いました」

はやっ！　お前もうちょい粘《ねば》れよ！　寝返《ねがえ》るスピード感パねーな⁉

「やはりそういうことなのだな。ならば、決まりだ」

「……ですが！　この人は、とても良《い》い人なんです！　どうしてえっちなのはいけないんですかっ！」

ゴブリンは意外にも俺《おれ》をフォローするが、女騎士《きし》は聞く耳を持たない。自分がすべきことをただ遂行《すいこう》するだけ、と言った様子だ。

「そんなことは聞いていない。問題はこの男がエロドウジンを持っていたかどうかだ。この男は罪深き卑猥《ひわい》本を持っていた。そういうことで良《い》いのだな？」

女騎士《きし》が凄《すご》む。

そしてゴブリンは──

「はい認めます」

また即答《そくとう》かよ⁉　まあ陰《いん》キャってそういうところあるしな……。やっぱしあの時フルボッコ

戦慄《せんりつ》した。

の刑《けい》に処すべきだったわ。

「貴様を王都へ連行する。しかるべき裁きを受けるのだ」

ゴブリンの証言を受けて、女騎士《きし》はそう言い渡した。

「せ、センパイ…………!!」

藍《らん》が切羽《せっぱ》詰《つ》まった声をだす。

エロ同人が露見《ろけん》した今、俺《おれ》は藍《らん》の顔を見られなかった。

そして俺《おれ》はどうすればいいのか分からなかった。

これは俺《おれ》だけの問題じゃない。ここで抵抗《ていこう》した場合、藍《らん》がどんな目に遭《あ》うか分からない。

それにシルヴィ——この村の村長や関係のない村人にさえ迷惑《めいわく》をかけてしまうかもしれないのだ。

「………」

「せいぜい我らが姫《ひめ》の寛大《かんだい》なる裁きを期待することだな」

「待てやコラ! んなことして許されると思ってんのか!? センパイなめんなよ!?」

こんな状況《じょうきょう》だというのに藍《らん》はブレなかった。あくまでヤンキーだった。

「ら、藍《らん》……! やめろ!」

「でも! このままじゃセンパイが……!」

「きっと何かの誤解だ。大丈夫《だいじょうぶ》だ。戻《もど》ってくる」

「駄目《だめ》っす！　センパイ、行かないでくださいよ！」

俺《おれ》はようやく藍《らん》を振《ふ》り返《かえ》った。頬《ほお》と目は真っ赤に充血《じゆうけつ》し、今にも泣きそうな顔で俺《おれ》を見つめていた。

「観念したようだな。連れて行け」

「……なあ、教えてくれよ。この世界じゃ、あの手の本を持っていることは罪なのか？」

俺《おれ》はキリッとした目元の女騎士《きし》に問いかける。

「姫《ひめ》はこうおっしゃっている。『この本は私を愚弄《ぐろう》している』とな」

どうやらエロ同人それ自体に罪はないらしい。だが「姫《ひめ》を愚弄《ぐろう》」とは？　俺《おれ》はますます混乱する。

「意味分かんねーよ。どういうことだよ……」

「私は貴様に意味を教えるためにここにいるのではない。貴様を捕縛《ほばく》すること、抵抗《ていこう》すれば殺すことが役割だ」

女騎士《きし》の会話はどうにも要領を得ない。

が、間違《まちが》いなく言えることがある。

この先——ろくでもない未来が俺《おれ》を待ち受けている。

あれだけ王都に行く金を稼《かせ》ぐために働いていたというのに、皮肉なことに俺《おれ》はタダで王都へ行くことになってしまった。

ケムトク村とはケタ違《ちが》いの規模の都市ではあったが、そんなものは俺《おれ》にはどうでも良《い》いことだった。

◆

「独房《どくぼう》は地下だ。裁きの刻が来るまで、祈《いの》り続けておくことだ」

じめじめとした石畳《いしだたみ》の廊下《ろうか》を俺《おれ》はどんどんと下る。

呼吸をすればするほど酸素が薄《うす》くなりそうな、そんな閉鎖的《へいさてき》な空間で俺《おれ》は過ごさなければならない。その事実を思うだけで、余計に胸が苦しくなる。

「なあ。姫《ひめ》はなぜ俺《おれ》を……？」

「姫《ひめ》は戯《たわむ》れに我々とともに狩《か》りをしていた。偶然《ぐうぜん》にもゴブリンが、我々の目の前に現《あら》われた。ひどく狼狽《ろうばい》していたので問《と》い詰《つ》めたところ、例の本があった」

ゴブリンめ。何てことをしてくれたんだ……！　同人誌みたいな大事なものは、本棚《ほんだな》にちゃんとしまっておけと言いたい。

「なあ。俺《おれ》はどうなるんだ……？」

「姫《ひめ》はこう言っていた。このものは必ずや死刑《しけい》にしなければならない、と」

――!?

「どういうことだよ！　マジで意味分かんねーよ!?　ああん？」

俺《おれ》は思わず女騎士《きし》に食ってかかった。やはり〝力〟は発動した。だが女騎士《きし》は微動《びどう》だにせず、顔色一つ変えずに答える。

「……ほう。貴様は〝ナカガワの血脈〟だったか。だが弱い……そんなものがこの私に効くはずがなかろう！」

女騎士《きし》が独房《どくぼう》の鍵《かぎ》を開け、俺《おれ》を中へと入れる。

そこにあったのは――それこそ、世界史の資料で見た道具ばかりだった。

そう、拷問《ごうもん》器具だ。人間の肉体を効率的に痛めつけるための道具が、独房《どくぼう》に設置されていたのだ。

――!?

「おい……！」

鉄の扉《とびら》が無慈悲《むじひ》に閉ざされ、女騎士《きし》は鉄格子《てつごうし》越しに告げる。

「貴様は死刑《しけい》になるだろう。姫《ひめ》ご自身がそうお望みなのだからな。あのドウジンシとやらに描《えが》かれていた女は、姫《ひめ》そのものだった。……と姫《ひめ》ご自身がそうおっしゃっている。これを不敬と言わずして何と言う？」

「何だと……？　俺《おれ》は……!!」

そんなものは、偶然《ぐうぜん》の一致《いっち》だ。

確かにあの同人誌はかなりハードで、高貴な姫《ひめ》が陵辱《りょうじょく》されるパターンのやつだ。だが仮に似ていたとして、俺《おれ》が死刑《しけい》になる意味が分からない。

「ふざけるな！　そんなことで死刑《しけい》になってたまるかよ！」

「私の知ったことではない。姫《ひめ》が似ていると言っているのだ。それが何よりの証拠《しょうこ》だろう！」

俺《おれ》はこれ以上の会話を諦《あきら》めた。騎士《きし》にとって君主の言葉は絶対だ。どれだけこの状況《じょうきょう》が不自然だとしても、従者は姫《ひめ》を疑ってはならないのだ。

徹頭徹尾《てっとうてつび》無愛想だった女騎士《きし》は、やはり最後まで無慈悲《むじひ》だった。


女騎士《きし》の足音が遠ざかり、俺《おれ》は独りになる。

「つざけんなよ！　何なんだよいったい！」

俺《おれ》は思わず誰《だれ》もいない空間に怒鳴《どな》りつける。

素はもちろん非ヤンキーな俺《おれ》だが、さすがにこの理不尽《りふじん》な状況《じょうきょう》には怒《いか》りと絶望しかない。

その絶望を加速させるのは……部屋に並ぶ拷問《ごうもん》器具だ。

「…………ん？　何だこれ」

俺《おれ》はその拷問《ごうもん》器具の奇妙《きみょう》なことに気づいた。これは拷問《ごうもん》器具というよりは、むしろ……？

廊下《ろうか》の方からコツコツと足音が響《ひび》いてきた。誰《だれ》かが来ている。さっきの騎士《きし》とは違《ちが》う種類の足音だ。

「あなたが、あの本の持ち主なのですか？」

鉄格子《てつごうし》の向こうから女に呼びかけられた。声がした方を見ると、息が止まるような美人が立っていた。この女が姫《ひめ》なのだろう。俺《おれ》は直感的にそう思った。

「……聞いているのですよ。あの本の持ち主は、あなたなのですか？」

「違《ちが》う。俺《おれ》のじゃない……」

「嘘《うそ》をおっしゃい。嘘《うそ》はさらにあなたの立場を悪くしますよ？　容赦《ようしゃ》ない〝責め苦〟があなたに科されるでしょう」

「何が責め苦だ！　ざけんなよ⁉」

「何もふざけてはおりません。容赦《ようしゃ》ない〝責め苦〟をあなたに科します……」

扉《とびら》の向こうで、ジャラリと音がした。姫《ひめ》が鍵《かぎ》の束を手にしているのだろう。そして、扉《とびら》の中でガチャガチャと音がして――扉《とびら》が開いた。

「お、おい！　何のつもりだ……⁉」

どういう訳か女は檻《おり》の中に入ってくる。

年齢《ねんれい》は十代後半から二十代前半くらいだ。セミロングでふわりとまとめられた髪形《かみがた》に小振《こぶ》りなティアラ。レースのチョーカーは上品に首もとを隠《かく》し、その隙間《すきま》からのぞく赤い紐《ひも》が控《ひか》えめなアクセントになっている。

　まさに「姫《ひめ》」と呼ぶにふさわしい雰囲気《ふんいき》だ。

　しかし意味不明なのはこの状況《じょうきょう》だ。なぜ単独でこの独房《どくぼう》に入ってきたのか？　普通《ふつう》、お付きの者が背後に控《ひか》えているはずだが？

「あなたを死刑《しけい》にします」

「ふざけんなよ！　唐突《とうとつ》すぎんだろ！」

　裁判さえすっ飛ばして死刑《しけい》って、どういうことだ？　まあ、どうせファンタジーな異世界だ。ろくな裁判もされずに終わるのだろう。

　状況《じょうきょう》は確定した。俺《おれ》はここを抜《ぬ》けださなければ死ぬ。

　俺《おれ》は周囲の様子をうかがう。やはり兵士の姿はどこにも見あたらない。この部屋には、俺《おれ》と姫《ひめ》だけだ。今ここで姫《ひめ》を突《つ》き飛《と》ばして、逃《に》げるか？

　あるいは姫《ひめ》には、一対一になるだけの理由があるのか？

「罪状はもちろん不敬罪です。王の名と名誉《めいよ》にかけて、あなたを亡《な》き者にします。……そのために豚《ぶた》の皮と他の死刑囚《しけいしゅう》の首と黒魔術《くろまじゅつ》を用いて、あなたの首を二度切れるようにします」

「…………!?　ちょっと待て。何だ、それは」

「死刑《しけい》の執行《しっこう》は、斬首《ざんしゅ》です。黒魔術《くろまじゅつ》でつくられた首は中々よくできていて、ちゃんと血もでます」

俺《おれ》は姫《ひめ》の言葉を頭の中で整理する。

黒魔術《くろまじゅつ》で首を二度切れるようにする？　それを斬《き》ることで死刑執行《しけいしっこう》……？

意味が分からない。それって、俺《おれ》は死なないってこと？

意味の分からなさに、俺《おれ》は逆に恐怖《きょうふ》さえ覚える。

何だ？　何が起ころうとしているんだ？

「……それじゃ、ぶっちゃけ俺《おれ》は死ぬことにならない訳だが、何がしたいんだ？」

「そのとおり。あなたは人民の前で〝死ぬ〟だけです。…………はあ、はあ……」

姫《ひめ》の様子がおかしくなる。

「ふふ、ふふふ……っ」

端正《たんせい》で整った顔を紅潮させ、呼吸も心なしか荒《あら》い。高貴な身分の姫《ひめ》には悪いが、俺《おれ》は「きもっ」と少しだけ思った。

「あ、あの……？　どうしたんですか？」

「決まっているでしょう。死刑《しけい》になったあなたは、誰《だれ》のものでもない。つまり、私のものなのですよ？」

――!?

恐怖《きょうふ》で全身が打ち震《ふる》えた。そして俺《おれ》は、この部屋に並べられた拷問《ごうもん》器具の意味をようやく知った。俺《おれ》が「死んだこと」になったその後で、俺《おれ》は永遠の責め苦を――

「まさか……俺《おれ》は…………？」

「その後であなたは永遠に私の別邸《べってい》で……私を、私を……っ。陵辱《りょうじょく》するのです……!!」

逆かよ!?

この姫《ひめ》を俺《おれ》が陵辱《りょうじょく》？　突然《とつぜん》のことに脳がフリーズする。というか、姫《ひめ》の唇《くちびる》から「陵辱《りょうじょく》」という単語がでたことさえ、信じられない。というかその仕事は、オークさんの仕事では？

俺《おれ》が責め苦を与《あた》える方？　意味が分からん。

「……確認《かくにん》だが、俺《おれ》が、あなたを陵辱《りょうじょく》する、ということですか？」

俺《おれ》が陵辱《りょうじょく》、の言葉を口にしただけで、姫《ひめ》は鞭《むち》に打たれたような声をだす。

「はあああんっ!!」

まさかこの人って……。

「あのー、姫《ひめ》？　もしかしてあの本を見て」

「いやあああん!!」

駄目《だめ》だこいつ……。

「すいませんマトモに話してもらえます？」

「ああああっ。私としたことが取り乱して……。そうです。あなたなら、私を満たしてくれると確信しました。あの狩《か》りの日、あのゴブリンが持っていたえっちな本の本当の持ち主なら、私を満たしてくれると。やはり、その確信は間違《まちが》いなかったようです！」

「何勝手に確信してんだよ！」

だから俺《おれ》はまだそれ一度も見ていないんだっつーの。何で俺《おれ》以外の異世界の奴《やつ》らばっかりが俺《おれ》が買ったエロ同人を見てんだよ。マジふざけんなし。

「この世界──マジナリウム広しと言えど、あのようは刺激的《しげきてき》な本を持つものは存在しません。あなたこそが、あなたこそが……私の運命の人です！　聞けば異世界からやって来たと言うではないですか。あの、あの……。あの本みたいな触手《しょくしゅ》はあるのですか？」

「あるはずないだろ！」

「でも、この本には！」

「俺《おれ》が触手《しょくしゅ》があるように見えるのかよ⁉」

「ないのですか？」

「ねーよ！」

俺《おれ》が使える触手的《しょくしゅてき》なやつは一本だけだよ！　しかも使ったことない新品な！

姫《ひめ》の頭の中は全くもって理解不能だが、とりあえず状況《じょうきょう》は分かった。オーケー、俺《おれ》はたぶん冷静だ。藍《らん》もいないことだし、ヤンキーはオフにして考えよう。

「……話を整理させてほしい…………。まず、俺《おれ》は本当に殺される訳ではないんだな？」

「もちろんです。はあはあ……」

こんなにも端正《たんせい》で美しい姫《ひめ》がキモく思えてしまう。黙《だま》っていればクールビューティな女性だというのに。

「で、俺《おれ》を殺すのは、あくまでも対外的に殺したように見せかける、と？」

「ええ。王家にも体面があるので。不敬な者は殺します」

「つうか、なんでそんなまどろっこしいことを？」

「それしか方法がなかったのです。あの本の持ち主を見つけるためには、配下の騎士団《きしだん》を動員しなければなりません。それが……」

と姫《ひめ》は今さらぽっと頬《ほお》を赤らめ、口元を押さえる。

「なるほどねえ。姫《ひめ》一人の変態性欲を満たすために騎士団《きしだん》を動かすなんて、なあ」

「いやああんっ！」

姫《ひめ》は体をくねらせて悶《もだ》える。どうやら意図しないうちに姫《ひめ》を言葉責めしてしまったようだ。

……だがここまでの流れは何となく分かった。

つまり、姫《ひめ》はこのエロ同人の持ち主を捜《さが》しだすために策を講じたのだ。

姫《ひめ》は王家の体面のために、姫《ひめ》を侮辱《ぶじょく》するエロ同人の持ち主を捜《さが》しださせた。だが本当の狙《ねら》いは別にある。俺《おれ》を「死刑《しけい》」にして、その後で俺《おれ》を姫《ひめ》の所有物にする、という訳だ。

二重の意味で恐《おそ》ろしく変態的な計略だ。

「さあ。私を陵辱《りょうじょく》してください。あのエロドウジンみたいに！　あのゴブリンからの情報によれば、この本は、エロドウジンと呼ぶそうではないですか!?」

姫《ひめ》が内側から牢獄《ろうごく》の鍵《かぎ》をかける。俺《おれ》と姫《ひめ》は二人きりになってしまった。

「ちょ……！　待て待て！」

気持ちの整理がつかない。というか、エロ同人は読んでもリアルはちょっと……。というタイプの俺《おれ》に、そんなことができるはずがないだろう。童貞舐《どうていな》めんなっつーの。

「どうしたのですか？　さあ、思うさま私を……はあはあ……」

この牢獄《ろうごく》には、まさにそれ専用の道具が準備されていた。

拷問《ごうもん》用の道具というのは、裏を返せば……。まあそういうことだ。大人が楽しむ、Sから始まるアレな遊びだ。三角形のこれとか、鎖《くさり》つきの変な腕輪《うでわ》とか。どうやって使えってんだよ……。

姫《ひめ》が勝手に盛り上がっていく。

「さあ。死刑《しけい》の前に一度、私を打ってください……！」

「さっそく死刑《しけい》の建前が消えてるんだが⁉」

逆の立場から言うのもなんだが、姫《ひめ》としては騎士団《きしだん》を遣《つか》わせてまで確保した不貞《ふてい》の輩《やから》こと俺《おれ》を一旦死刑《いったんしけい》にした上で、秘密裏《り》に確保しなければいけない。

今俺《おれ》が姫《ひめ》を陵辱《りょうじょく》したら、その計略からしておじゃんになる。こんな無茶苦茶な姫《ひめ》、俺《おれ》が人民だったらショックで立ち直れないわ。

「良《い》いではないですか、少しくらい」

「良《い》い訳ねーだろ！　誰《だれ》かに見られたら、それこそ王家の体面に関わるのでは⁉」

「そんなあ……」

姫《ひめ》はびくんびくんと肩《かた》を震《ふる》わせた。

「何だこの発情した雌豚《めすぶた》は……」と俺《おれ》は割とマジで思ってしまった。

これまで、女の子を〝雌豚《めすぶた》〟なんて思ったことは一度もない。何となく、女の子って怖《こわ》いイメージあるし。女の子に上にでるの苦手だし。

が、この女は別だ。

こいつは真性の変態、真性の雌豚《めすぶた》だ。どこのエロゲーだよ。

「あなたはどのみち死刑《しけい》になって私を陵辱《りょうじょく》するんですよ？　今からでも早すぎることはないでしょう？」

「断る！　大体死刑《しけい》になんてならんし。とんだ茶番じゃねーか……」

俺《おれ》は少しずつ勇気を取《と》り戻《もど》しつつあった。さすがにあの騎士団《きしだん》には引いたが、この世界はやはりどこかふざけている。

調子に乗りすぎればガチで女騎士《きし》に殺されそうだが、上手《うま》く立ち回れば、何とか逃《に》げられるかもしれない。

まてよ――？　と俺《おれ》はさっそく脱出策《だっしゅつさく》を思《おも》いつく。

「姫《ひめ》――いや、お前は責められるのが良《い》いのか？　あの本……姫騎士《ひめきし》これくしょんのように……」

「ええ……。あの本みたいに……」

「なら、お前は俺《おれ》の命令を聞くんだな？」

「ああっ♥何でも聞きますぅ……」

「そうか……良《い》いだろう。まず、お前を縛《しば》ってやろう……」

姫《ひめ》がてかてかとした瞳《ひとみ》で俺《おれ》を見つめる。ここまでのやりとりさえなければ、僕《ぼく》は恋《こい》に落ちていたよね。

でも、それじゃだめだ。こんな変態マゾ豚姫《ぶたひめ》の良《い》いようにされてはいけない。ここはある意味では天国だが、純真な俺《おれ》はドン引きしている。

「はあはあ……」

姫《ひめ》は中々のアホなのではないだろうか？　姫《ひめ》を縛《しば》って口を塞《ふさ》いでしまえば、簡単にここを抜《ぬ》け出《だ》すことができる。

「さあ、早く………」

部屋にはその手の拘束具《こうそくぐ》がそろっている。実に良《い》い感じだ。このまま姫《ひめ》の動きを封《ふう》じて、牢《ろう》の鍵《かぎ》を奪《うば》えばこっちのものだ。あとは城をソリッドに走り、スネークの如《ごと》く忍《しの》べばミッションコンプリート。脱出《だっしゅつ》ゲームのクリアだ。

「……はあはあ……はあはあ。ちなみに逃亡《とうぼう》したら本当に死刑《しけい》です」

「って死刑《しけい》かよ！」

「死刑《しけい》です。普通《ふつう》に殺します。首を普通《ふつう》に切り落とします。牢《ろう》をでたら、〝遠鳴の石〟で衛兵を呼び寄せます」

「普通《ふつう》に恐《おそ》ろしい……！」

「はい。私を陵辱《りょうじょく》していただけないのなら殺すしかありません……はあはあ……」

変態マゾ豚姫《ぶたひめ》は、そこは案外冷静だった。びっくりするぐらい普通《ふつう》に「死刑《しけい》」と言ってのけた。その躊躇《ちゅうちょ》ない感じに俺《おれ》は戦慄《せんりつ》した。

姫《ひめ》は自分のモノにならないなら殺してしまえパターンのお方だったのだ。

「さあ……。私を××××××」

そのセリフは、もはや聞いてられないまでに過激なものになる。

プレイの中では姫《ひめ》の上に立っているが、実質的には姫《ひめ》は俺《おれ》の命を左右する立場にある。二重三重の意味で倒錯《とうさく》しているし、俺《おれ》は姫《ひめ》に変態レベルで圧倒的《あっとうてき》に負けたような気分になる。

エロ同人だとかオタクだとか、そんなチャチなもんじゃない。

本気を出した大人は、そんじょそこらの高校生のオタクなんて相手にならないほど変態なのだ……。

「ここまで来たら……もう……我慢《がまん》できませんっ！」

――!?

見てはいけないものを見てしまった。

姫《ひめ》のスレンダーな四肢《しし》が赤い縄《なわ》で縛《いまし》められていた。チョーカーの隙間《すきま》から見えていた赤い紐《ひも》は、早い話が緊縛《きんばく》用の縄《なわ》だった……。

そんな時に、助け船がやって来た。

「何をしている!!」

さっきまでの俺《おれ》にとっての敵——ターヤという名の女騎士《きし》が、鉄格子《てつごうし》の向こう側から怒鳴《どな》りつけた。そして怒鳴《どな》られたのに、俺《おれ》の心は安堵《あんど》していた。

今度は逆に、姫《ひめ》の動きが固まる。しかしそれもつかの間。スカートをさっと戻《もど》し、一瞬《いっしゅん》でツンと澄《す》ました表情に切《き》り替《か》える。

「何でもありませんわ」

「……姫《ひめ》!? なぜそんな所に? お怪我《けが》は?」

「大事はありません。聞けばこの者は異世界からやって来たとのこと。処刑《しょけい》する前に詳《くわ》しく話を聞こうとしたのです」

——嘘《うそ》つけ!

俺《おれ》は声を大にして叫《さけ》びたかった。

が、その場合俺《おれ》は普通《ふつう》に死刑《しけい》になるだろう。

普通《ふつう》に首を切られてジ・エンドだ。首を切られる瞬間《しゅんかん》、中学の時のクラスメートの遠藤《えんどう》君が「痔《じ》・遠藤《えんどう》」みたいなしょうもないあだ名を付けられていたなあ。なんてことを思いながら死んでいくことになる。

それは勘弁《かんべん》だ。

よって俺《おれ》は二人の会話の成り行きを見守った。

「お戯《たわむ》れがすぎます！　そんなもの、牢《ろう》の外で良《い》いではありませんか。いや、そもそも会話を交《か》わすことさえ汚《けが》らわしい。あり得ないことです！」

「大丈夫《だいじょうぶ》です。この者は話せば分かるようです。それに、武器は持っていないのでしょう？」

「確かに、入城の時に全て確認《かくにん》しましたが……。しかしこの者が魔術師《まじゅつし》だったらどうするのですか？」

「ターヤ。実際私は何もされていなかったわ……。これ以上は良《い》いでしょう？」

何もされてはいないが、姫《ひめ》の方から積極的にされには来たけどな？

「――――承知いたしました」

女騎士《きし》は不承不承引き下がる。

俺《おれ》はその変わり身に驚《おどろ》きを禁じ得ない。この屈強《くっきょう》な女騎士《きし》を言葉だけで押《お》さえつける威厳《いげん》もある。姫《ひめ》はやはり姫《ひめ》なのだ。まあ変態だけどな。

「ならば……こやつの処遇《しょぐう》はいかほどに」

「そうね」

姫《ひめ》は、もったいつけたような感じで、ツカツカと牢《ろう》の外にでる。そして振《ふ》り返《かえ》りざまに俺《おれ》に告げる。

「ムトウセイヤと言ったかしら？　残念だけどもあなたは〝死刑《しけい》〟で決まりよ。もっともこのグローランド帝国《ていこく》は、神と王、そして律法が支配する国。正しき裁きは五日後に下されるでしょう」

女騎士《きし》のターヤが姫《ひめ》から鍵《かぎ》を受け取る。牢《ろう》は再び閉ざされる。

姫《ひめ》が女騎士《きし》の目を盗《ぬす》んで振《ふ》り返《かえ》る。

『ご主人さまあ……』みたいな表情だった。や、やめてくれ……。と俺《おれ》は戦慄《せんりつ》する。

姫《ひめ》はやはり発情したマゾ豚《ぶた》そのものだ。マジで勘弁《かんべん》してほしい。

五日後、俺《おれ》は死刑《しけい》になるらしい。

それは物理的な死ではなく、社会的な死ということなのだろう。もしかしたら、魔術的《まじゅってき》な何かで俺《おれ》の姿からして変えられて、別の経歴を与《あた》えられるのかもしれない。

頭の片隅《かたすみ》にいるオタクで変態な方のムトウ氏はこう言う。

「それってある意味で異世界でむふふな展開じゃね？　異世界最高！」

そして。

もう一人の俺《おれ》は、藍《らん》のことを思いだしていた。

4章

姫ないわー、マジでないわー

「いけません姫《ひめ》！　この者は危険です！」

牢《ろう》の外の叫《さけ》び声《ごえ》で目が覚めた。例の愛想《あいそ》が悪い騎士《きし》——ターヤが何やら言い争っていた。相手はやはり姫《ひめ》のようだ。俺《おれ》は石畳《いしだたみ》から頭をもたげ、会話に聞き耳を立てる。

「この男がナカガワの再来などと…………？」

「ケムトク村の村長が〝ナカガワの再来〟ではないか、と進言しているのですよ。なればこそ、不用意に事を進めるべきではないでしょう」

なるほど……。シルヴィが俺《おれ》を取《と》り戻《もど》すために動いているのかもしれない。で、理由付けとしてナカガワの名をだしているのだろう。

「王である父上も、私が直《じか》に確かめることを認めています。あなたが口だしすべきことではありません」

「…………ですが…………!!」

「主君を諫《いさ》めるのも従者の務め。ただし、今回に限って言えば間違《まちが》ったことは何一つ、ありません。全ては私が判断することです」

姫《ひめ》は女騎士《きし》の頬《ほお》を撫《な》でる。女騎士《きし》はとろんとした感じになって、姫《ひめ》に跪《ひざまず》く。

「……し、承知しました。全ては姫《ひめ》のために――――」

女騎士《きし》は主従以上の感情を抱《いだ》いてるのかもしれない。うん、そういう関係も萌《も》えポイント高いわー。だがターヤよ。お前の主は滅茶苦茶《めちゃくちゃ》変態だからな？

「決まりですね。さあ、この者を……」

女騎士《きし》は牢《ろう》をガン！　と蹴《け》っ飛《と》ばして俺《おれ》に告げる。それにしてもこの女騎士《きし》、俺《おれ》に対しては超絶塩対応《ちょうぜつ》である。

「立て。貴様を移送する」

「移送？　裁判は四日後だろ」

「貴様は異世界からの召喚者《しょうかんしゃ》にして神話の戦士――ナカガワ――の後継者《こうけいしゃ》を名乗っていたそうだな。その真偽《しんぎ》を姫《ひめ》が直々に確かめる。姫《ひめ》の別邸《べってい》に移送するのだ」

「この私が、神の名においてあなたを確かめるのです」

と姫《ひめ》。セリフとは裏腹に、ムラっとした雰囲気をかもしだしている。

「もし姫《ひめ》に何かあれば、この私が八《や》つ裂《ざ》きにしてくれよう。覚悟《かくご》しておくことだな」

「当たり前だ。俺《おれ》は何もしねえ」

って、実際は姫《ひめ》に何かしなければ俺《おれ》が死刑《しけい》になるんだろうがな。

「良《い》いだろう……早くでろ！」

女騎士《きし》に促《うなが》され、俺《おれ》は渋々《しぶしぶ》地下牢《ろう》をでる。

あまりにもスムーズな展開に、俺《おれ》は姫《ひめ》の欲望の強さと実務力の高さを見た。でもその実務力は、もっと国民の方に振《ふ》り分《わ》けた方が良《い》いと思うよ、切実に。

硬《かた》い石畳《いしだたみ》の上で一夜を過ごしたせいか、馬車に揺《ゆ》られている間ずっと頭がぼんやりしていた。が、別邸《べってい》を見た途端《とたん》に目が覚めた。姫《ひめ》の住まいは、まさに「王族の屋敷《やしき》」という感じの豪奢《ごうしゃ》な建物だった。

(す、すげー……。普通《ふつう》に異世界っぽいな)

馬車が屋敷《やしき》の前に止まる。そして馬車を降りると、メイド服の幼女が門の前に立っていた。

「姫《ひめ》、お帰りなさいませ。こちらは……？」

「例の者よ」

と姫《ひめ》が言うと「ぺっ」と吐《は》き捨《す》てるような表情を一瞬《いっしゅん》つくり、俺《おれ》を睨《にら》みつける。

「あの卑猥《ひわい》な本の持ち主が、なぜここに？」

「どのような処刑《しょけい》にするにも、正しき手続きが必要ということです」

メイド幼女はまたもドブネズミを見るような目で俺《おれ》を一瞥《いちべつ》する。俺《おれ》はそのメイドを心の中で暫定的《ざんていてき》に「幼女先輩《せんぱい》」と名付けた。

「馬車の移動は少々疲《つか》れました。まずはお茶にしましょう。イーラ、お願いね」

「はい……今お持ちします」

俺《おれ》は姫《ひめ》の居室に通され、ソファーに腰掛《こしか》けた。

幼女先輩《せんぱい》ことイーラは楚々《そそ》とした所作でお茶を淹《い》れる。紅茶のような茶葉にお湯を注ぐと、甘酸《あまず》っぱい香《かお》りが部屋に漂《ただよ》った。その香《かお》りと侍女《じじょ》を慈《いつく》しむような姫《ひめ》の横顔に、俺《おれ》はくらっと来てしまう。昨日のマゾ豚姫《ぶたひめ》の印象からは想像がつかない。

「外して頂戴《ちょうだい》」

姫《ひめ》が言うと、幼女先輩《せんぱい》はぺこりと頭を下げて部屋をでて行った。

「あの……。なぜ俺《おれ》はここにいるんでしょうか」

「あなたが神話の聖戦士〝ナカガワ〟の再来かどうかを確かめるためです」

「というのは口実なんでしょう……？」

「はい」

「正直かよ！　……って、すいません。変な口の利《き》き方をしてしまって」

思わず姫《ひめ》にタメ口を聞いてしまった。仮に雌豚《めすぶた》だとしても王族は王族だ。言葉を間違《まちが》えばリアル死刑《しけい》かもしれない……。

「そうですね。立場は私の方が上です。ですが昼は王女だけども、夜はあなたの奴隷《どれい》という設定の方が興奮しますので、口の利《き》き方には気をつけてください」

「どこからツッコミを入れたものやら……」

「どこからでも突《つ》っこんでください」

「下品かよ!?」

俺《おれ》の中で姫《ひめ》の名は「肉欲姫《ひめ》」に決定したよね。建前が崩壊《ほうかい》するスピード感からしても、姫《ひめ》には肉欲しかねーわ。

「ところですいません。まだ姫《ひめ》の名を聞いていないのですが……」

と、俺《おれ》はヤンキーでもなんでもないテンションで姫《ひめ》と対峙《たいじ》する。藍《らん》がいない以上、ヤンキーになる必要は全くないのだ。

「そう言えばそうでしたね。私はカタリナ・アンズ・フィリアーヌ。この国の第一王女です」

「それって、ものすごい身分なんじゃや!?」

「ええ。いつもは、このグローランド帝国《ていこく》を治める王家の長女として公務に携《たずさ》わっています。でも夜は聖弥《せいや》さんの奴隷《どれい》です♥」

「違《ちが》います♥」

国民が知ったらマジでドン引きだよ。年貢《ねんぐ》とかも納めなくなって国土が荒《あ》れるよ？

そして例によって突如《とつじょ》として俺《おれ》に馴染《なじ》みがある単語が出現している。どうせネタは割れてるけど、一応聞いてみよう。

「……ところで、姫《ひめ》の名前の『アンズ』というのは？」

「そんなことも知らないのですか？　マジナリウムを支配する王家は全て『ナカガワ』にちなんだミドルネームを入れるのですよ」

やっぱしナカガワが原因かよ！　なぜ「アンズ」なのか理解に苦しむが、どうせナカガワのクラスメートに「アンズちゃん」みたいな女子がいたんじゃねーの？　と適当に解釈《かいしゃく》する。

「知りませんでしたが……ある意味で思ったとおりでしたよ」

「と、いう訳で、続きをしましょう」

「めっちゃ唐突《とうとつ》だし全然『という訳で』になってないすからね？」

しかし姫《ひめ》は強引《ごういん》に話を進める。

「という訳で、〝人類知の書庫〟に行きましょう」

「ほんと強引っすね。書庫……ですか？」

「ええ。城の地下にある大書庫です。そこにはマジナリウムの歴史書だとか、古今東西の魔導書が収集されています」

なるほど、この世界にも図書館的なものがあるらしい。となれば「愛羅武勇」の手がかりもあるかもしれない。姫《ひめ》も何だかんだで、俺《おれ》という存在をちゃんと見極《みきわ》めようとしているようだ。

「聖弥《せいや》さんは書庫で……この魔導具の縄《なわ》を使って……はあはあ」

と、思った俺《おれ》がアホだった。姫《ひめ》は早くもプレイのための道具を準備していた。

「何すか、その縄《なわ》は⁉」

「とても良《い》いものです♥ もちろん拒否《きょひ》したら死刑《しけい》です」

「つうか拒否《きょひ》しなくても死刑《しけい》でしょうが……」

「静寂《せいじゃく》な書庫の空間で私は……はぁあっ………!!」

手がかりを調べるとかやっぱし無理だ。こやつ、単に図書館でやりたいだけじゃねーかよ。

どうりで強引《ごういん》に話を進める訳だぜ。

「はいはい、分かりましたよ」

それにしてもまずいことになった。俺《おれ》は数日のうちに、かぎ括弧《かっこ》付きの「死刑《しけい》」になる。

死んだ後は、姫《ひめ》にエロ同人みたいなことをするジョブを与《あた》えられて、この別邸《べってい》で生活することになる。

これはまずい。

マジでまず……いか？

つうか思ったけど、まさかこのシチュエーションて最高なのでは？ あ、普通《ふつう》に最高じゃん。

そう気づいた途端《とたん》、心がぐらっとしたよね。

異世界生活的には超《ちょう》アリだ。ヤンキーのふりしなくていいんだし。姫《ひめ》は死ぬほど変態だけど可愛《かわい》い。可愛《かわい》いつうか美人系だ。しかも俺《おれ》は今、ヤンキーのことを考えずにフラットな感じで姫《ひめ》と会話できている。地味に幸せだ……。

でも。

皮肉なことに脳裏《のうり》に浮《う》かぶのはあのヤンキー後輩《こうはい》だ。

あいつのことだ、間違《まちが》いなく心配しているだろう。村長のシルヴィが動いているのも、藍《らん》に頼《たの》まれてのことだろう。

このまま俺《おれ》が「死刑《しけい》」になるのは、藍《らん》があまりにも可哀想《かわいそう》すぎる。

そしてそう思ってしまうということは、俺《おれ》は藍《らん》が――

「聖弥《せいや》さん、今おかしなこと考えましたね。ぶっ殺します」

「急にキャラが変わった⁉　いやいや、考えてないですって。地下書庫ってのはどこすか？　早く行きましょうよ。ほらほら！」

「なあんだ……。やっぱり聖弥《せいや》さんもやりたかったんじゃないですか！　でしたら早く行きましょう。別邸《べってい》から地下通路が延びています。そこを通れば、誰《だれ》にも見つかりません」

俺達《おれたち》は暗い通路を二十分ほどかけて歩き、最後には石畳《いしだたみ》の階段を上がる。すると、壮麗《そうれい》な建物が視界一杯《いっぱい》に広がった。

「……すごい広い。書庫というよりは図書館……いや、美術館みたいだ」

などとアホのような感想しかでてこないほどに、書庫はガチだった。

本が壁《かべ》一面にずらりと並べられていて、手彫《てぼ》りで装飾《そうしょく》を施《ほどこ》された書架《しょか》は細部に至るまで手が込《こ》んでいる。

そして「司書」のような人がカートに本を載《の》せて歩き回り、学者か学生か分からないが、人々はそれぞれに調べ物をしている。中は静寂《せいじゃく》に包まれていたが、同時に人々の知的な営みの熱で満たされているようだった。

姫《ひめ》は美しい足取りで俺《おれ》を先導する。

「さあ。はじめましょうか……」

俺《おれ》のポケットの中には小さな人形が入っている。それは、姫《ひめ》に渡《わた》された「呪《のろ》いの人形」だ。姫《ひめ》の体と人形は亀甲縛《きっこうしば》りにされていて、「呪術《じゅじゅつ》」によってリンクされている。

つまり、俺《おれ》が人形を縛《しば》る紐《ひも》をくいくいと引っ張ると――

「はあああん♥」

こんな具合で姫《ひめ》が悶《もだ》える仕掛《しか》けになっている。

「もう少し声を抑《おさ》えて……！　他の人に聞こえますよ！」

姫曰《ひめいわ》く、これは「邪神《じゃしん》〝カーカス・ボドム〟との力の契約《けいやく》によって生みだされた忌《い》まわしき呪具《じゅぐ》」らしい。だがさすがの邪神《じゃしん》でも、こんな企画《きかく》モノのAVみたいな力の使い方をされたらドン引きするだろう。

「そ……そう言えば『聖弥《せいや》さんがナカガワの再来かどうかを確かめる』という建前を思いだしました。一応尋問《じんもん》します」

「何そのついで感。適当すぎません？」

「こんなことをしていても何も気持ちよくありませんもの。さっさと済ませましょう。それで聖弥《せいや》さんは、いったい何をしてこの世界に来たというのですか？」

俺《おれ》は手近な紙に「愛羅武勇」の文字を書き連ねた。

「これです。単純にこの文字を壁《かべ》に書いただけです」

「なるほど……確かにこれは、ナカガワが残していった魔導文字。そう言えばこれは『大ナカガワ聖典』にもありましたね」

と姫《ひめ》は司書よろしく書庫の廊下《ろうか》を歩んでいく。そして一冊の本を手に取ってぱらぱらとページをめくった。

「愛羅武勇は〝太陽神シラーム〟がナカガワを召喚《しょうかん》した際に使われた文字です。ナカガワは異世界において、この文字を描《えが》きました」

と大ナカガワ聖典を見せられるも『愛羅武勇』の箇所《かしょ》しか文字が読めない。どうやら千年前の時点では日本語はそこまで浸透《しんとう》していなかったらしい。

「神に喚《よ》ばれるような心当たりはおありですか？」

その手の妄想《もうそう》は中三で卒業したし、神と顔見知りでもない。というか神に召喚《しょうかん》されるという話だったら、俺《おれ》はとっくに神に会っているはずだ。

「ま、まさか……。いくらなんでもあるはずがない」

「そうでしょうね。となれば『愛羅武勇』の話はおしまいです」

「……でも実際、これを書いた途端《とたん》に光の扉《とびら》みたいなのが出現したんですよ……。俺《おれ》がナカガワの再来かどうかは分からないけども」

「聖弥《せいや》さん。何の証拠《しょうこ》もない発言を信じる訳にはいきません。〝ナカガワの再来〟が現《あら》われたということは、みだりに喚《よ》ばれし戦士の名前をだしてはなりません。神話にはこうもあります。神々の戦争が近づいていることを意味するのです。

『全てが終わった後、神はナカガワを故郷に帰すことにした。ナカガワは神に告げた。神よ。再びこの地で戦いがある時、聖なる文字〝愛羅武勇〟を壁《かべ》に描《えが》く者を喚《よ》びたまえ。その者は、マジぱねー我《わ》が弟子《でし》なり』」

珍《めずら》しく姫《ひめ》がシリアスな表情になる。姫《ひめ》の雰囲気《ふんいき》に押《お》されて、つっこみたくてもつっこめない。まじめな顔で突然《とつぜん》「マジぱねー」とか言うのやめてほしい。

「わ、分かりました……以後気をつけます」

「はい確認《かくにん》はおしまいです。建前終了《しゅうりょう》。はあはあ……」

「結局、自分の欲望優先かよ！　そんな適当で良《い》いんですか⁉」

この世界は千年前、神々がガチの戦争をした。そして今、戦いに敗れて地下世界に封《ふう》じられた灰の魔神《まじん》が目覚めようとしているらしい。その話を踏《ふ》まえれば、ほいほいと〝ナカガワの再来〟を死刑《しけい》にするのはあり得ないだろう。

「もし仮に、俺《おれ》がガチで世界を救う戦士だったらどうすんだよ……戦争が始まった時に戦士いませーんて話になるんじゃ？」

「もちろん、全く問題はありませんよ？」

と姫《ひめ》はきゅんきゅんした表情で、俺《おれ》を見つめる。

「あなたは本当に死刑《しけい》になる訳ではありませんもの。『死刑《しけい》』の後、黒魔術《くろまじゅつ》で別人の姿にしますが、もし本当に世界を二分する神々の戦《いくさ》が始まり、そしてあなたが本当にナカガワの再来だとしたら……あなたが生きていたことにすればよいのです。魔術《まじゅつ》を解くのは簡単なので」

——!?

斜《なな》め上の発想に俺《おれ》は言葉を失った。

この肉欲姫《ひめ》、何たる策士だ。確かに俺《おれ》は本当の意味では死なない。つまり、この世界に戦士が本当に必要になった時に俺《おれ》を試《ため》せばよい。姫《ひめ》はそう考えているのだ……。

「元々私は、あなたの言葉の真偽《しんぎ》を確かめる必要はないのです。これが私の策りゃ」

「てい」

俺《おれ》はポケットの中の人形を軽く抓《つね》った。

「くぅううーん♥」

姫《ひめ》は腰《こし》を引いて悶《もだ》える。

ふざけんなし。どう転んでも俺《おれ》はデッドエンドというか、姫《ひめ》エンドじゃねーかよ……。

悩《なや》ましい。実に悩《なや》ましい。

何が？　姫《ひめ》エンドが割と悪くないことだ。姫《ひめ》エンドでも、まあまあ幸せつうか。童《どう》貞《てい》を卒業できそうなのは間違《まちが》いないし。顔だけなら可愛《かわい》いし、責め苦を受けて歪《ゆが》める表情も悩《なや》ましい……。

「てい」

「ああんっ♥」

「そりゃ」

「……あああああんっ♥　そ、そこは……♥」

「おや？　姫《ひめ》ではありませんか!?　お体の調子が悪いのですか？　お付きの者はどちらへ？」

と、プレイに介入《かいにゅう》してきたのは司書の女性だった。心配そうな顔で姫《ひめ》に歩み寄る。姫《ひめ》がお戯《たわむ》れの真っ最中だとは思いもよらないだろう。

「大丈夫《だいじょうぶ》よ……。ちょっと靴《くつ》の具合が悪くて」

具合が悪いのは靴《くつ》よりも頭の方ですけどね！

「ですが……」

「気にしないで。いつものことですもの」

「いつものこと……なのですか？」と司書。

「いつものこと……なんすか!?」と俺《おれ》。

俺《おれ》と司書とでセリフの認識《にんしき》がぜんぜん違《ちが》う。姫《ひめ》、いつもこんなことしてんのかよ……。真実を知ればこの女の人も別の国に移住してしまうかもしれない。

——!?

そして俺《おれ》は戦慄《せんりつ》した。

姫《ひめ》が目で促《うなが》しているのだ。「もっとしめつけて♥」と。マジ勘弁《かんべん》しろし。ここでそんなことをやれば、司書の人にバレるっつーの。

「やらなければ死刑《しけい》です」と、姫《ひめ》がさらに目線で促《うなが》す。ここで言う死刑《しけい》は、間違《まちが》いなくリアル死刑《しけい》の方だ。

俺《おれ》は観念して、ポケットの中にある「呪《のろ》いの人形」の感触《かんしょく》を確かめる。そして、亀甲縛《きっこうしば》りにされた人形の紐《ひも》を引っ張った。

「…………ッ♥」

姫《ひめ》が息をのみ込《こ》んで悶絶《もんぜつ》する。その様子に俺《おれ》は手に汗《あせ》を握《にぎ》り、思わず人形を締《し》め付《つ》ける力を強めてしまう。しまったと思う間もなく、姫《ひめ》はさらに悶絶《もんぜつ》する。

が、幸いにして、司書は気づいていないようだった。

「今は、客人を案内しているところです」

と姫《ひめ》は息も絶え絶えな様子で司書に告げる。

「こちらが？」

「ええ。彼《かれ》は遙《はる》か遠くの異国からの使者です」

姫《ひめ》はしれっと嘘《うそ》をつく。姫《ひめ》、俺《おれ》を死刑《しけい》にするとか言っていただろうが……。

「武藤聖弥《むとうせいや》です。訳あって姫《ひめ》に案内をしていただいています」

と俺《おれ》が言うと、司書はかしこまって頭《こうべ》を垂れた。王族が直々に案内するような客人が目の前にいたら、普通《ふつう》はそうなるだろう。

「ムトウ様、これをどうぞ。初めて書庫に来る者に渡《わた》しております」

と、その女性は俺《おれ》に薄《うす》い水色の石を渡《わた》した。

「これは？」

「記念品です。客人にお渡《わた》しする、一日限りの書庫の通行証です」

「記念品か。まあ、くれるというなら貰《もら》っておく」

女性は俺《おれ》に石を渡《わた》し終えると、いそいそと自分の仕事に戻《もど》っていった。カートにたくさんの本を積《つ》み込《こ》み、書棚《しょだな》に戻《もど》していく。

「聖弥《せいや》さん。今のはとてもよかったです」

「いやいやいや……。かなり危なかったですよ……。心臓に悪すぎる」

バレた時にダメージを受けるのは姫《ひめ》自身だとしても、怖《こわ》いものは怖《こわ》い。姫《ひめ》の変態プレイに付きあっていたと王に知れたら、それこそ死刑《しけい》になりそうだし……。

「次は聖弥《せいや》さんの番です。何でも私に聞いてください。書庫の書物の内容は、大体頭に入っていますので。もちろん責めていただかなければ死刑《しけい》です」

「わ、分かりました……」

姫《ひめ》は俺《おれ》の疑問を解決したいというよりは、プレイの一環《いっかん》として俺《おれ》に質問させたいようだ。

「聖弥《せいや》さんは私が喋《しゃべ》ってる間に締《し》め付《つ》けてください。特に人が近くにいるところで……。はあはあっ……」

クールビューティな美貌《びぼう》に博覧強記《はくらんきょうき》な頭脳。姫《ひめ》はまさに完璧《かんぺき》な女性だ。なぜ神は彼女《かのじょ》に変態性を与《あた》えてしまったのだろうか。マジで小一時間ほど問《と》い詰《つ》めたい。

「ああ……そうだなあ。あのナカガワが神話の戦士だってことは嫌ってほど分かったが……強すぎないですか？　曲がりなりにも神々の総力戦だってのに、ナカガワがボルグ一本で事態を収拾《しゅうしゅう》させたってのは想像できない」

「ええ、そのとおりです。さすがに神話の戦士と言えど、単独で神々の戦いを終わらせることはできなかったでしょう。ですが、ナカガワは太陽神の恩寵《おんちょう》を受けたボルグを持っていました。それはまさに人智《じんち》を超《こ》えた神の鉄槌です。そして〝ナカガワのボルグ〟は今も、ここからさらに地下にある〝聖遺物の間〟で封《ふう》じられています……」

「せ、聖遺物なのに封印《ふういん》？　しかも、ここよりも深いところに……!?　呪《のろ》われた武器みたいだ」

「ええ。とらえ方によっては呪《のろ》われた力やもしれませんね。なぜなら千年を経た今も〝ナカガワのボルグ〟は神の力が降り注いでいます。保管を誤れば危険な事態になるでしょう……」

〝ナカガワのボルグ〟にどの程度の威力《いりょく》があるのかは知らないが、姫《ひめ》は珍《めずら》しくシリアスな口調になる。

「そんな強力な武器をヤンキーが振《ふ》り回《まわ》していたということか……。そりゃ確かに危険極《きわ》まりない訳だぜ……」

そりゃ言葉も日本語になるし、ヤンキー的なワードが浸透《しんとう》する訳だ。ヤンキーにみだりにtuee武器を与《あた》えた世界の恐《おそ》ろしい末路である……。

「ところで聖弥《せいや》さん。ご自身の義務をお忘れですか？」

「う……それは………」

「さあ聖弥《せいや》さん。もっと人がいるところで」

「マジすか」

頭がおかしいとしか言いようがないが……断れば死刑《しけい》だ。

俺《おれ》は仕方なしに人形の紐《ひも》を引っ張った。邪神《じゃしん》の〝呪《のろ》い〟が発動し、姫《ひめ》の気持ち良《い》いところに縄《なわ》が食《く》い込《こ》んだ。地下書庫に、いっそう大きな喘《あえ》ぎ声が響《ひび》いた。

「あああああああんっ♥」

俺《おれ》と姫《ひめ》は再び地下通路で別邸《べってい》に戻《もど》る。これからもこの日課が続くと思うと憂鬱《ゆううつ》だ。

「明日はどこに行きましょうか♪」

「どこにも行きたくないっての」

「じゃあ死刑《しけい》です」

「死刑《しけい》って言えば何とかなると思ってません⁉」

「もちろんですとも。私はあなたの生死を左右する立場にありますので」

と、さらりと言いのけるのは、やはり第一王女だ。しかも「生死」を「精子」なんて言わない辺りはあのエロ村長とは違《ちが》う。この姫《ひめ》は、死刑《しけい》にすると言ったら死刑《しけい》にするのだ。恐《おそ》ろしい……。

『そういうことか。実に面白《おもしろ》い話を聞けたよ』

――⁉

突然《とつぜん》、俺《おれ》の脳内で誰《だれ》かの声が聞こえた。

何だ？　何だこれは……？　突然《とつぜん》の出来事に俺《おれ》の思考はフリーズする。

『そう驚《おどろ》くなって。私だよ。シルヴィさ』

――⁉

俺《おれ》の頭の中に響《ひび》く声は、確かに乳がでかいエルフの村長だった。シルヴィ、こんな魔術《まじゅつ》も使えるのかよ。

『さっき石を渡《わた》しただろう？　遠鳴の石。中に蓄積《ちくせき》された魔力《まりょく》を消費しながら、思念で会話をするための魔導具さ。おっと、おかしな動きはするなよ。姫《ひめ》に気づかれちゃまずい。落ち着いて、頭の中で声をだすのさ』

『な、何だって？』

あの時、俺《おれ》に石を渡《わた》した司書がシルヴィだっただと？　……そう言えばあの祭壇《さいだん》でシルヴィは、ガチガチのムチムチなおっさんに変身していた。今回もまた俺《おれ》はまんまと騙《だま》されてしまった訳だ。

『姫《ひめ》は別のことに夢中みたいだったから、簡単に渡《わた》すことができた』

俺《おれ》は念のため、ポケットの中の人形を刺激《しげき》して姫《ひめ》に「あんっ♥」と言わせる。

姫《ひめ》はとりあえず悶《もだ》えさせておけば、俺《おれ》の不自然さに気づくことはないはずだ。

『……まさか、さっきのがあんただったとはな』

『中々上手《うま》い演技だったろう？　他人に化けるのは、私の十八番《おはこ》さ』

シルヴィの、ねるりと耳の奥《おく》を舐《な》めるような甘《あま》い声が脳裏《のうり》に響《ひび》く。

『ところで、だ。姫《ひめ》は、城の深くに〝ナカガワのボルグ〟がある、と言っていたな？』

『ああ。強力すぎてめっちゃ深い所にあるとかなんとか』

『なるほど。やはり思ったとおりか……。しかし書庫のさらに下に封印《ふういん》されているとは盲点《もうてん》だった』

『ん？　何か作戦でもあるのか』

『なあに、こっちの話さ』

シルヴィは、思わせぶりな口調で答える。ナカガワの強力すぎる武器と俺《おれ》の脱出《だっしゅつ》がどう関わってくるのかは今一つ分からないが、とにかく俺《おれ》は姫《ひめ》から逃《に》げだしたかった。

『シルヴィ、このままじゃ俺《おれ》は死刑《しけい》になるくさい……』

『うむ、遠鳴の石は音も聞こえるからねえ。死刑《しけい》、けっこうじゃないか。プレイも中々楽しそうだったぞ？』

――!?

石を受け取ってからの会話が筒抜《つつぬ》けだったのか？　まずい、藍《らん》に知られたら「変態糞《くそ》オタク殺す」みたいな話になる。

『ち、違《ちが》う……！　拒否《きょひ》すれば死刑《しけい》なんだぞ。仕方ないだろう』

『ランには秘密にしておくとも……。そして裁判で勝てる方法を思いついたのさ』

――!?

『な、何だと？　早く教えてくれ』

『ふっふっふ。残念だが、ちょっとえっちな雑談をしている間に石の魔力《まりょく》が切れそうだ！』

『ふざけんなし！』

『安物だったからなあ……』

『バッテリー切れるの早いわ！』

『君達《きみたち》を泊《と》めた時に、思った以上に食費がかかったからなあ……。それで安い石しか買えなかったのさ（遠い目）』

『ここでその話します⁉　つうか遠い目、って口で言われても』

というか、石を受け取ってからまだ一時間も経《た》ってない。昔のガラケーでさえもっと持つわ。……なんて愚痴《ぐち》を言ってても仕方がない。話をさっさと進めよう。

『じゃあ、手短に話してくれ』

『そうさなあ。ランのおっぱいは、中々良《い》い形をしている』

『だからふざけんなっつーの！　……シルヴィ？　ねえ、ちょっと！　シルヴィ⁉』

音声が途絶《とだ》えてしまった。乳でかエロ村長、何の役にも立ってねえ……！

俺《おれ》は再び、無意識のうちに人形を縛《しば》る紐《ひも》を強めに引っ張っていた。

「せいやさああああんっ♥」

そんな訳で二日ばかりが過ぎた……。

結局俺《おれ》は、別邸《べってい》の庭を散歩したり姫《ひめ》のプレイに付きあったり幼女先輩《せんぱい》にガン飛ばされたり……というしょうもない時間を過ごしていた。

「聖弥《せいや》さんは……なぜいつも不満そうな顔なのですか？」

散歩を終えて部屋でお茶を飲んでいると、姫《ひめ》は不安げな顔で問いかける。

「不満しかないでしょう、常識的に考えて。俺《おれ》はどう転んでも死刑《しけい》になるんだし。一応、俺《おれ》にも将来ってやつがある訳ですし」

「そうですか。私の将来の夢は、聖弥《せいや》さんにねっとりと陵辱《りょうじょく》していただくことです」

変態願望を小学生の将来の夢みたいに言うんじゃない！

「駄目《だめ》だこいつ……」

しかし姫《ひめ》の瞳《ひとみ》はどこまでも透《す》き通《とお》り、変態的なセリフがまるで嘘《うそ》のように思えてしまう。たった今発した言葉だというのに、姫《ひめ》の整った美貌《びぼう》が記憶《きおく》を書《か》き換《か》えてしまうようだった。

「姫《ひめ》……。そんなことでは嫁《とつ》いだ先の王子様がドン引きですよ」

「大丈夫《だいじょうぶ》です。それが発覚した暁《あかつき》には、聖弥《せいや》さんの存在ごと抹消《まっしょう》します」

「ふざけんなし！」

「もちろん冗談《じょうだん》です」

もしかしてこの異世界も悪くないんじゃね？　なんて思う時もたまにあるが、王族ジョークはマジで危険だ。何とかして抜《ぬ》けだしたいと思うが、時間だけが過ぎていく。タイムリミットは着実に迫《せま》ってきているのだ。

「ところで、俺《おれ》がここに住み続ける場合、俺《おれ》はどうなるんです？」

「魔術《まじゅつ》で姿を変えます。そして下男として働いていただきます。夜はもちろん……。聖弥《せいや》さんは、女性経験がないように見受けられます。この際ですから私と一回くらい……」

――!?

姫《ひめ》がさらっと過激なことを言う。というか、なぜそれを知っているのだ？

「そ、そんなことはねーよ。もう……バリバリだぜ！」

って、不意に口をついてでたのは藍《らん》が言っていたセリフだ。

「いいえ。私には分かりますよ？　これまで、何人もの殿方《とのがた》に責めていただく妄想《もうそう》をしてきましたが、聖弥《せいや》さんが一番初々《ういうい》しかったです」

「くっ……。だがどうして分かったんだ……」

と、俺《おれ》はアホ丸だしでリアクションをしてしまった。

「いいえ？　たった今分かりました」

姫《ひめ》は扇子《せんす》を開いて、口元を隠《かく》して笑う。

「……うおおい！　もしかして鎌《かま》かけてたのかよ！」

「ちゃんと話を聞いていないからですよ？　私は、何人もの殿方《とのがた》に責めていただく妄想《もうそう》をしていると申しましたよ？」

「妄想《もうそう》かよっ！　くそ、要《い》らんことを言ってしまった……」

「どうして恥《は》ずかしがるのですか？　本当に愛した方にしか体を許さないということは、とても気高きこと。聖弥《せいや》さんは、紛《まぎ》れもなく高潔な心をお持ちの方です」

それは違《ちが》います。俺《おれ》はえっちな女の子が大好きですが、基本的には次元が一つ足りない女子が好きなんです。あとヘタレなんです。……何て言えるはずもないし、姫《ひめ》に二次元カルチャーの説明をするのも時間がかかりそうだ。

「聖弥《せいや》さんのような方は、この国では本当に魅力的《みりょくてき》なのですよ。やはり世界が違《ちが》うと、価値観も違《ちが》うのでしょうか」

「そんなことを言われると……どんな顔していいのか分からない」

古典的なセリフを言ってみるも姫《ひめ》に分かる訳もなく。まあ、普通《ふつう》に口元は笑ってるけども。

「私の変態性はさておいて――」

「自覚はあるんですか」

「私は……その、聖弥《せいや》さんのことを憎《にく》からず思っています」

窓から温かい風《ふ》が吹き込み、かぐわしい花の香《かお》りが室内に溢《あふ》れる。

お、何だ？　姫《ひめ》が可愛《かわい》い感じになってるな？　と、外を見たら幼女先輩《せんぱい》が窓際に花束を並べてうちわであおっていた。

「姫《ひめ》、何ですかあれ」

「演出です」

「演出すか……」

まあ、そこは深く触《ふ》れないでおこう。

「聖弥《せいや》さんは〝ナカガワ〟のように強くあり続けようとしています」

それには色々と深い訳がある。俺《おれ》だって好きこのんでヤンキーなんてしたくないわ。

「聞けば剣術《けんじゅつ》や魔術《まじゅつ》のたしなみがないにも拘《かか》わらず、ゴブリンを撃退《げきたい》したというではありませんか。普通《ふつう》はそんなことはできるものではありません」

「いや、めっちゃ楽勝だったけど？」

「それは、それだけ聖弥《せいや》さんが…………聖弥《せいや》さんの言葉を使うならば『気合いの入ったヤンキー』であるということなんですよ。そこが……とても良《い》いのです」

——!?

姫《ひめ》の瞳《ひとみ》が熱を帯びる。

また、マゾ豚《ぶた》モードの時とは違《ちが》うような感じだ。

俺《おれ》はこの瞳《ひとみ》の感じを、何となく知っている。

藍《らん》だ。藍《らん》もまた〝気合いの入った武藤《むとう》センパイ〟を見ている時はこんな感じだ。焦《じ》れて熱を帯びたような瞳《ひとみ》をするのだ。

幼女先輩《せんぱい》の演出も相まって、姫《ひめ》がよりいっそう可愛《かわい》く見えてしまう。

「うわ、ちょっと照れるんすけど……」

「聖弥《せいや》さんは大して実力がない小物であるにも拘《かか》わらず、気合いとハッタリだけで状況《じょうきょう》を切《き》り抜《ぬ》けています」

「……俺《おれ》のこと馬鹿《ばか》にしてません？」

「いいえ！　その勇気こそが魔力《まりょく》の発動たる〝魂《たましい》の力〟の根源です。やはり聖弥《せいや》さんは、凡《ぼん》人《じん》にはない何かを持っています。だからこそ……聖弥《せいや》さんにはここにいてもらいたいのです」

……う。

それを言われると揺《ゆ》らぐ。

俺《おれ》はゴブリンを殴《なぐ》るのでさえも躊躇《ちゅうちょ》するほどにヘタレだ。そもそもただの高校生だし。

しかもヤンキーが嫌《きら》いだ。

無事釈放《しゃくほう》されたとしても旅は続く。つまり、なんちゃってヤンキー稼業《かぎょう》の再開だ。ヤンキーなモンスターを、さらなるヤンキーパワーで撃退《げきたい》しなければならない。泣ける。

死なない体だとか、初期ステータスがブッチギリだとかならそれでも構わないが、俺《おれ》めっちゃ普通《ふつう》だし……。

「さあ。一緒《いっしょ》に暮らしましょう。聖弥《せいや》さんは『死刑《しけい》』です♥」

うわあ……と俺《おれ》は思ったよね。

変態な欠点を相殺《そうさい》してあまりあるほどの破壊力《はかいりょく》だ。というか、変態スイッチ入っていない姫《ひめ》、普通《ふつう》に可愛《かわい》いのでは……？

いやいや。だとしてもやっぱしあり得ない。この人は一国の姫《ひめ》だぞ？

「姫《ひめ》のような身分の方が、俺《おれ》のような奴《やつ》と関係を持つなんて無理に決まってる」

「そんな。聖弥《せいや》さんは私を性奴隷《せいどれい》にする人生は不満ですか？　○○○で、孕×××種△△汁△△生○○」

「伏《ふ》せ字《じ》でよく分かんねえけど、肝心《かんじん》な字が隠《かく》しきれてねえ……！」

「そのとおり。欲望を隠《かく》す必要はどこにもないのです。非人間族に比べれば私達《わたしたち》人間の命は儚《はかな》いもの。せっかく一緒《いっしょ》になったのですから、楽しみましょう？」

姫《ひめ》がスカートの裾《すそ》をつつ、と持ち上げて笑う。清楚《せいそ》さと淫靡《いんび》さが入り交じった、とても蠱惑《こわく》的な笑《え》みだ。

ぐらり、と。心が揺《ゆ》らいだ。

……駄目《だめ》だ駄目《だめ》だ。いくらなんでもそれはない。

確かに冷静に考えれば、姫《ひめ》とここで過ごせば異世界生活における大抵《たいてい》の欲求は叶《かな》えられそうだ。オタクであることを隠《かく》す必要もない。

——それでも俺《おれ》の脳裏《のうり》に浮《う》かぶのは、あいつの泣き顔だった。

部屋のドアがノックされ、幼女先輩《せんぱい》が部屋に入ってくる。

「失礼します。小物のムトウに面会の者が来ております。いかがなさいましょうか？」

「さらっと失礼だな⁉」

「お引き取りください、と伝えなさい」

「ですが……」

と幼女先輩《せんぱい》は言いよどむ。

「何か事情があるのですか？」

「面会できる条件を満たしている、とその者は申しております。〝血と相愛の糸は切り難《がた》し〟と」

「……向こうに法を熟知した知恵者《ちえしゃ》がいるようですね。あの村長でしょうか」

「ですが、この者に家族か恋人《こいびと》がいるとは思えませんが？　生涯《しょうがい》において一度たりとも誰《だれ》からも愛されなかった可能性さえあります」

「辛辣《しんらつ》だな⁉」

俺《おれ》の言葉はやはり無視される。この幼女、姫《ひめ》には絶対の忠誠を誓《ちか》っているようだが、それ以外のモブには冷たい。そんなんじゃ世の中渡《わた》って行けないぞ？　みたいな説教をしたくなるけど、よく考えたら俺自身《おれじしん》もニート気質だと気づいたので、口を閉ざしたよね。

「姫《ひめ》、それでいかがなさいましょうか………？」

「ここグローランドは、律法と正義によって治められ、神の恩寵《おんちょう》を受ける国。――神の御心《みこころ》のままに」

「……はい。神の御心《みこころ》のままに」

幼女先輩《せんぱい》はあまり納得《なっとく》がいかない感じだったが「神の御心《みこころ》のままに」みたいな大正義っぽい決めセリフを言われると、どうしようもないようだ。

「で、その面会者ってのは？」

俺《おれ》は幼女先輩《せんぱい》に問いかける。そして久しぶりにまともな返事が返ってくる。

『カンナヅキラン』と名乗っている」

――⁉

「ら、藍《らん》だと？　あいつが来ているのか？」

「聖弥《せいや》さんのその反応、やはり条件は満たしているようですね〝血か相愛で結ばれる〟者は、裁きの前といえども面会することができます。つまり、家族か恋人《こいびと》ですね。……誰《だれ》なのですか？」

姫《ひめ》は事務的に、そして少し不満げに説明する。

「誰《だれ》って……」

藍《らん》と相愛かって言うと違《ちが》うけど、ここで変なことを言いだしたら藍《らん》が追い返されてしまう。

「そりゃあ〝血か相愛で結ばれた〟者ですかね」

「あ、今ちょっと思わせぶりで女たらしな風で言いましたね。絶対に許さないし死刑《しけい》です。もう何がなんでもマジでぶっ殺します。さっさと面会してきてください。もちろん地下の監獄《かんごく》で」

「ええっ⁉　何その反応⁉」

突如豹変《とつじょひょうへん》した姫《ひめ》に言われるがままに、俺《おれ》は地下牢《ろう》に向かった。

形式的に薄暗《うすぐら》い牢獄《ろうごく》に入れられ、藍《らん》が来るのを待つ。

姫《ひめ》はやはりぷりぷりとした雰囲気《ふんいき》をだしながら、「半刻後《はんとき》にまた来ます」と言い残して足早に去って行った。

しばらくすると、藍《らん》が牢獄《ろうごく》の前にやって来た。

「先輩《せんぱい》!! マジ先輩《せんぱい》っすね⁉」

いつもよりも高めのテンションで藍《らん》が鉄格子《てつごうし》をガシガシと揺《ゆ》らす。お前、元気よすぎだろ。

「怪我《けが》ないすか⁉ つーかこんな糞狭《くそせま》いところで何日もいたんすよね？ 大丈夫《だいじょうぶ》すか？」

「大丈夫《だいじょうぶ》だ。俺《おれ》、最強だかんな？」

「先輩《せんぱい》、マジぱねーっす！」

すまない藍《らん》。実際は五分くらい前にここに来たんだ。

その辺りの説明をしたら、姫《ひめ》とのあれこれも話さなくてはならない。〝気合いの入った武藤《むとう》センパイ〟像が崩壊《ほうかい》し、俺《おれ》は二重三重の意味で死ぬ。

「でもシルヴィの話じゃ死刑《しけい》じゃないすか！ マジありえないっす！」

「問題ねえ！ 俺《おれ》は絶対に死なない。死刑《しけい》になったとしても……生き続ける」

「そ、そんな……！ 死んじゃ嫌っす!! あーし、これからどうすりゃいいんすか……」

藍《らん》は俺《おれ》の発言を「死んでも見守ってやる」的な方向で解釈《かいしゃく》したようだ。が、俺《おれ》の場合は文字どおり死刑《しけい》の後も生きて行くことになる……。

「死刑《しけい》は！ 死刑《しけい》だけはありえないっす！ つーか、あんな糞《くそ》オタクが好きそうなキモいエロ本なんて、先輩《せんぱい》が持ってるはずないっす！ 冤罪《えんざい》っすよ、冤罪《えんざい》！」

ごめんよ、藍《らん》。それは事実なんだ。

あと、姫《ひめ》はその俺《おれ》さえも凌駕《りようが》する変態なんだ。

「先輩《せんぱい》はこんなところで終わるウツワじゃねーんですよ！」

よく通る声が、地下牢《ろう》に反響《はんきよう》した。

「おい藍《らん》、誰《だれ》が聞いてるか分かんねーんだ……」

俺《おれ》は例の通信用の石を思いだす。牢《ろう》には誰《だれ》もいないが、絶対に監視《かんし》の目はあるはずだ。ヘタなことを口走れば藍《らん》にも危険が及《およ》ぶかもしれない。

「つうか村長が言ってたっすけど。先輩《せんぱい》はこのマジナリウムとか言う世界に喚《よ》ばれた……ええと、気合いの入ったヤンキーなんすよ？　五つのヤンキー王国を束ね、灰の魔神《まじん》と戦う最強のヤンキーなんすよ？」

何言ってんだこいつ……。

突然《とつぜん》の脈絡《みやくらく》のないセリフに俺《おれ》は困惑《こんわく》する。藍《らん》てこんなキャラだっけ？

「ら、藍《らん》？　お前、どうしたんだ？」

「魔神《まじん》とガチで殴《なぐ》りあえる戦士を死刑《しけい》にするとか、マジあり得ないっす！」

藍《らん》が錯乱《さくらん》しているのか、とも思ったがどうやら違《ちが》うらしい。俺《おれ》はすぐに違和感《いわかん》に気づいた。

これは藍《らん》の言葉ではない。

シルヴィだ。シルヴィが藍《らん》を通して、俺《おれ》にメッセージを伝えようとしているのだ。恐《おそ》らく監《かん》視《し》の目を想定して、藍《らん》に吹《ふ》き込《こ》んでいたのだろう。

俺《おれ》は藍《らん》の芝居《しばい》に合わせ、困惑《こんわく》した様子で応じる。

「お、おい……藍《らん》？　いったいどうしちまったんだ？」

「キアイが入ったヤンキーは、〝ナカガワのボルグ〟を使えるんすよ！　だから、先輩《せんぱい》なら間《ま》違《ちが》いないっす！」

裁判でシルヴィはそう俺《おれ》を弁護するつもりなのだ。そして藍《らん》を通して俺《おれ》に「口裏を合わせろ」と伝えているのだ。

つまり俺《おれ》は〝太陽神シラーム〟に喚《よ》ばれた戦士の再来であり、例の武具──〝ナカガワのボルグ〟を使いこなす戦士である、と。

「だが藍《らん》よ。姫《ひめ》はそう思っていないみてーだぞ？　必ず殺すって言ってたが」

「先輩《せんぱい》、姫《ひめ》は無理でも王にスジを通せば行けるっす！」

「な、何言ってんだ⁉　確かにそうかも知れねーけど……」

「これはこの国の問題なんで、グローランドの国王をヤればいいんすよ！　先輩《せんぱい》が気合いが入った漢だってこと、王のバカタレに見せつけてやりましょうよ！　グローランドの頭《ヘッド》をシメるっす！」

「待て待て待て！　ここでその発言はマジでやべーからな⁉」

藍《らん》のセリフは過激だし無茶苦茶だ。

が、シルヴィの入《い》れ知恵《ちえ》と考えれば納得《なっとく》がいく。

姫《ひめ》は変態的な私利私欲によって俺《おれ》を確保しようとしている。しかし実に不本意だが、俺《おれ》がナカガワの再来――神に喚《よ》ばれた戦士だと国王に認めさせれば、さすがに死刑《しけい》はあり得ない。

「勝機が見えてきた………か？」

「何とかなるっす！」

「藍《らん》。お前の言いたいことは、分かったぜ………!!　必ず戻《もど》っから、待ってろよ！」

「は、はいっす……！」

言うべきことを言い終えた藍《らん》はほっとしたのだろうか、鉄格子《てつごうし》にぐったりともたれかかった。

「お、おい。藍《らん》!?」

鉄格子《てつごうし》の隙間《すきま》から藍《らん》に手を差しのべる。すると――

「ふぇぇぇ………」

藍《らん》が聞いたことのないような弱々しい声を上げて、涙《なみだ》を流した。

俺《おれ》の手《て》の甲《こう》に涙《なみだ》が落ちる。生温《なまぬる》い涙《なみだ》はすぐに冷たい水になる。

そして俺《おれ》は、脈絡《みゃくらく》なくこう思った。

――女の子だ。

ガチのヤンキーだとか何だとか言っても、つまるところ藍《らん》はただの女の子だ。

こんな訳の分からん異世界に放りだされ、先輩《せんぱい》である俺《おれ》とも離《はな》ればなれになっていた。これが当たり前のリアクションだ。どんだけ気合いが入ったヤンキーでも、辛《つら》いに決まっている。

「…………せんぱい、せんぱい……!! ちゃんと生きてて、あーし、嬉《うれ》しいっす……!!」

「藍《らん》、しっかりしろよ？　な？」

藍《らん》は俺《おれ》の手をぎゅっと掴《つか》む。藍《らん》の体温が伝わってきた。

姫《ひめ》はやはり可愛《かわい》いし、心が揺《ゆ》れたのは事実だ。

だが藍《らん》の涙《なみだ》を見たらそんなことは全て吹《ふ》き飛《と》んでしまった。

ヤンキーだとかオタクだとか言ってる場合じゃない。俺《おれ》は、危《あや》うく大事なものを見失うところだった。

「ぜってー戻《もど》るからな」

◆

動物で例えるなら藍《らん》は犬だ。好意がダダ漏《も》れで、ことあるごとに俺《おれ》にすりすりと寄ってくる。

一方で姫《ひめ》は猫《ねこ》だ。

確かに変態マゾ豚《ぶた》な肉欲姫《ひめ》ではあるが、執務《しつむ》の時はむしろツンとしていて、ここぞという時にだけすり寄ってくる。まさに猫《ねこ》タイプの女子だ。

……と思っていたのは勘違《かんちが》いだったようだ。

「聖弥《せいや》さん今日はどんな拘束具《こうそくぐ》で行きましょうか？」

昨日、藍《らん》が帰っていった直後から、姫《ひめ》がグイグイと迫《せま》ってくるようになった。猫《ねこ》は猫《ねこ》でも、かなりアグレッシブな化け猫《ねこ》みたいになっている。

「あの、姫《ひめ》？　裁判は明日ですよ？　今日くらいは、大人しくしてましょう」

というか一応、俺《おれ》と姫《ひめ》は加害者と被害者《ひがいしゃ》の関係にある。俺《おれ》は姫《ひめ》を冒瀆《ぼうとく》するようなスケベブックを持っていた訳で。姫《ひめ》はそれに憤慨《ふんがい》した訳で。建前の上では。

「どのみち、俺《おれ》は死刑《しけい》になるんですし。時間はいくらでもありますよ」

胸《むね》の奥《おく》がちくりと痛む。

明日俺《おれ》は、無罪を勝ち取るつもりだ。

シルヴィの言葉のとおり、ナカガワの再来だと言い張るのだ。きっとシルヴィには何かの考えがあるのだろう。

「言うこと聞いてくれないんですか？　じゃあ死刑《しけい》です♥」

俺《おれ》は何も悪くない。俺《おれ》のエロ同人を姫《ひめ》が勝手に回収し、勝手に発情しているのだ。

むしろ俺《おれ》は、被害者《ひがいしゃ》だ。

でも何だろう、この気持ちは。

「俺《おれ》はそういう運命なんだ。……覚悟《かくご》は決めている」

俺《おれ》はまた姫《ひめ》に嘘《うそ》をつく。こんな時どんな顔をしていいのか分からない。

少なくとも、笑っている場合ではない。

「そうですか。ならよかったです。あの〝血と相愛の糸〟に会ってから聖弥《せいや》さんが変な気を起こしていないかと思いまして」

姫《ひめ》の勘《かん》は鋭《するど》い。きっとアグレッシブな猫《ねこ》型女子になっているのも、そのせいなのだろう。

「それじゃあ死刑《しけい》になる前に、最後のお楽しみに行きましょう♥」

と、姫《ひめ》はまた例の人形を俺《おれ》に渡《わた》す。

「……………姫《ひめ》には負けましたよ。仕方がないですねぇ」

大丈夫《だいじょうぶ》だ、気を確かにしろ。と俺《おれ》は俺自身《おれじしん》に言い聞かせる。

この変態的なプレイも今日でおしまいだ。だったら、少しくらい姫《ひめ》に尽《つ》くしてあげよう、と思った。

「今日は〝聖遺物の間〟でやりま……おほん。お連れします」

「何か色々とやること前提になってますよね？」

「お連れします」

「そうすか……。でもそれって例の〝ナカガワのボルグ〟がある場所では？　そんな所に俺《おれ》を連れていって良《い》いんですか」

「聖弥《せいや》さんが死刑《しけい》になる前の思い出に、神話の聖遺物をお見せしようと思いまして」

まあ、プレイなんでしょうけどね……とか雑《ま》ぜ返すと話が進まないので、

「分かりました。じゃあ行ってみましょうか」

最後の日だ、姫《ひめ》を満足させてあげようと俺《おれ》は殊勝《しゅしょう》にも思ってしまった。

いつものように俺《おれ》と姫《ひめ》は地下通路を通り、書庫まで歩いた。姫《ひめ》とのプレイもこれで最後と思うと、妙《みょう》に感慨深《かんがいぶか》いものがある。

「〝聖遺物の間〟は、地下書庫のさらに地下にあります。王族や資格を持つ魔術師《まじゅつし》ですら、中々入ることはできません」

「それは……〝ナカガワのボルグ〟のせいなんですか？」

「ええ。今でこそ力を封《ふう》じていますが、迂闊《うかつ》なことをすれば暴走し、三日三晩、炎《ほのお》を吐《は》き続けます。仮に封印《ふういん》を外すとなれば、数人の魔導師が一日がかりで慎重《しんちょう》に封印《ふういん》を解かなければならないのです——さあ、つきました」

何度となく階段を下っていたので、大体地下の五、六階くらいだろうか。

〝聖遺物の間〟は石の扉《とびら》で固く閉ざされていた。が、姫《ひめ》が扉《とびら》に触《ふ》れると意外にも「すっ」という感じで左右にスライドした。

シルヴィでさえも神妙《しんみょう》な顔つきで説明した〝神話の武器〟が、目の前に鎮座《ちんざ》していた。

「これが、あの神話の武具……？」

「はい。これが、神々の戦いを終わらせた太陽神の恩寵《おんちょう》——〝ナカガワのボルグ〟です」

「お、おう………」

俺《おれ》は言葉を失った。

というよりは、慎重《しんちょう》に言葉を選んでいたら、答えるタイミングを逃《のが》してしまった。

それは「よくあるタイプのヤンキーが改造したバット」だったのだ。

殴《なぐ》る部分は針金がぐるぐるに巻き付けられ、釘《くぎ》が打《う》ち込《こ》まれていた。ヤンキーがケンカで使いそうなやつだ。……とは言え、いくらなんでも〝聖遺物〟をつかまえて「ただのヤンキーバットじゃん！」みたいに言うのはさすがに失礼だと思ったのだ。

「見覚えは、あります」

「やはり……そうなんですね。聖弥《せいや》さんは、ナカガワの……」

「それにしても物々しいですね。近づいても？」

〝ナカガワのボルグ〟は天井《てんじょう》と床《ゆか》から伸《の》びる鎖《くさり》に縛《しば》り付《つ》けられ、宙に浮《う》いた状態になっていた。

「ええ。鎖《くさり》には永続的に魔力《まりょく》が供給されているので、大丈夫《だいじょうぶ》です」

バットに近寄ると、本体部分におぞましいものが見えた。

――仏恥義理《ぶっちぎり》
――悪羅悪羅《おらおら》
――夜露死苦《よろしく》
「うわ、でた……！」

どう見てもヤンキー文字です、本当にありがとうございました……。

「聖弥《せいや》さん、どうしたのですか？」

「このヤンキー漢字、間違《まちが》いないです。やっぱりナカガワは、俺《おれ》が知っている『人種』です」

「……聖弥《せいや》さん？　ま、まさかこれが読めるんですか？　これらの文字は、大賢者《たいけんじゃ》にさえも理解不能な魔導文字ですよ？」

「あっはい。『ぶっちぎり』『おらおら』『よろしく』です」

「………‼　ほ、ほんとうですか……⁉　本当にそう読むんですか？」

「ええ。そう読むんです。あと、全然すごくないっす……」

姫《ひめ》は意外にも無邪気《むじゃき》に喜ぶ。博覧強記《はくらんきょうき》な姫《ひめ》は、変態であると同時に知的好奇《こうき》心と向学心に溢《あふ》れているようだ。だがこんなヤンキー漢字を読めても仕方がない。

「じゃあこれは？」

「むむ。何だこりゃ…………」

『夜露死苦《よろしく》』の隣《となり》に『南無婆亜』という漢字が小さく書き込まれていた。

「うーん。これは……読めないな。なむばばあ？　ななばあ……？」

「聖弥《せいや》さんにも読めないものが……？　やはり魔導文字は奥《おく》が深いですね」

「まあ、読めなくても問題はないですけど」

ヤンキーなんてアホばっかりなのだ。どうせナカガワも、知ってる漢字を並べて書いてみたのだろう。

と、ここまでやってきて俺《おれ》はあることに気づいた。

夜露死苦
南無婆亜

まだ一度も姫《ひめ》を責めていなかった。ぼちぼち始めなければ死刑《しけい》になるかもしれない。

「ところで姫《ひめ》。そろそろ始めましょうか？」

「……いいえ。今日は、大丈夫《だいじょうぶ》です」

「は？　そのために俺《おれ》をここに連れてきたのでは？」

と、姫《ひめ》は俺《おれ》に向き直り、ボルグが安置される床《ゆか》を指さした。

「聖弥《せいや》さん、ここを見てください。何だと思いますか？」

床《ゆか》は黒ずんで汚《よご》れていた。特に意味もなさそうな黒ずみだったが、目を凝《こ》らすと――

「床《ゆか》の汚《よご》れ？」

姫《ひめ》は、横に首を振った。

「いいえ。これは、人間の焼《や》け跡《あと》です」

「――⁉　や、焼《や》け跡《あと》？」

「これまで何人もの自称《じしょう》喚《よ》ばれし戦士が、〝ナカガワのボルグ〟の所有権を主張してきました。しかし結果はいずれも……このとおりです。この武器を我《わ》が物にするためには、いくつかの問いに答えなければなりません。そして、それに答えられなかった者は――」

姫《ひめ》は俺《おれ》の腕《うで》をきゅっと摑《つか》んだ。

黒い痕《あと》を見つめ、切なさと寂《さび》しさが混じった表情で囁《ささや》く。

「聖弥《せいや》さん。そんなことは絶対にない、と思いますが、裁判の場でナカガワの再来を公言した場合、あなたは神の名において炎《ほのお》の試練を受けなければなりません。……そんなことは、絶対にやめてください」

確かに俺《おれ》は、選ばれし戦士でもなければ気合いが入ったヤンキーでもない。

故《ゆえ》に、ボルグの質問に答えられるはずなど、ない。

俺《おれ》は正真正銘《しょうしんしょうめい》の偽者《にせもの》だ。

だが最後にはシルヴィが何とかやってくれるはずだ。きっと大丈夫《だいじょうぶ》なはずだ。

だってそうしなけりゃ、藍《らん》に会えなくなるんだろ？

――だから俺《おれ》は信じなければならない。

――だから俺《おれ》は、姫《ひめ》に心を偽《いつわ》った。

「姫《ひめ》、何を言っているんですか？　俺《おれ》は死刑でしょう？　安心してくださいよ……」

姫《ひめ》の澄《す》んだ瞳《ひとみ》。

まるで魂《たましい》の奥底《おくそこ》にある俺《おれ》の濁《にご》りさえも見透《みす》かすような色だ。何だよ、ふざけんなよ。姫《ひめ》って変態マゾ豚《ぶた》でしたよね？　そんな軽口を俺《おれ》は叩《たた》きたくなる。人形の紐《ひも》を引っ張り「あん♥」とか言わせたくなる。

しかし姫《ひめ》の瞳《ひとみ》から一筋の涙《なみだ》が流れていて、俺《おれ》は何も言えなくなる。

「聖弥《せいや》さん。お願いですから、私が望む死刑になってください……。私は、聖弥《せいや》さんを失いたくは、ありません」

◆

法廷《ほうてい》は大聖堂のように天井が遙《はる》か高く、奥行《おくゆき》がある部屋だった。赤いカーペットが敷《し》き詰《つ》められ、一歩足を踏《ふ》み入《い》れただけでひりつくような空気を感じた。

法廷《ほうてい》の中央には判事。俺《おれ》から見て左側に座《すわ》るのは金髪碧眼《きんぱつへきがん》の女騎士《きし》と姫《ひめ》と体格の良《い》い壮年《そうねん》の男——王だ。

右側には村長のシルヴィに妹のソルフィ、そして藍《らん》が座《すわ》っている。

俺《おれ》は両手を縄《なわ》で縛《しば》られ、法廷《ほうてい》を進む。群衆は法廷《ほうてい》にぎっしりと詰め込まれ、俺《おれ》が一歩進むごとにざわめきが起こる。

「静粛《せいしゅく》に、静粛《せいしゅく》に！　これより〝太陽神シラーム〟の名において、ムトウセイヤの裁判を始める。この裁判は太陽神とグローランド国王、そして人民の立ち会いの元、静粛《せいしゅく》かつ厳粛《げんしゅく》に執《と》り行《おこな》われる。双方《そうほう》いかなる結果になろうとも、裁きの結果を神の言葉として受け入れることを誓《ちか》いますか……？」

「誓《ちか》います」

と、姫《ひめ》。

俺《おれ》は誓《ちか》うつもりなど毛ほどもないが「誓《ちか》います」と答えておく。

そして判事が場を仕切り、姫《ひめ》の発言を促《うなが》す。

「まずはカタリナ姫《ひめ》の方から、ムトウセイヤの罪を述べてください」

姫《ひめ》は立ち上がり、俺《おれ》のエロ同人を高く掲《かか》げた。

「本の内容については、今ここで証明する必要はありません。後で目を通せば済みますから。問題は、誰《だれ》がこの本の持ち主かということです。

断言します。この私、ひいてはグローランド帝国《ていこく》を冒瀆《ぼうとく》する猥褻極《わいせつきわ》まりない本を持っていたのは、この者です。狩《か》りをしていた時にこの本を持っていたゴブリンを問《と》い詰《つ》めたところ、その証言が得られました。詳細《しょうさい》については私の配下が説明をします」

と、女騎士《きし》のターヤが立ち上がる。

「この者がエロドウジンという名の猥褻《わいせつ》な本を持っていた。それはゴブリンの証言からも間違《まちが》いないだろう――――」

女騎士《きし》はゴブリンがエロ同人を持っていたこと、その持ち主を調べ上げたこと、その結果俺《おれ》に辿《たど》りついたことを淀《よど》みなく述べた。その後に続くように、姫《ひめ》が追い打ちをかける。

「また、この本の紙とインクを分析《ぶんせき》にかけたところ、グローランドはもちろん、周辺諸国にも流通していないものだと判明しました。聞けばムトウなる男、遙《はる》か彼方《かなた》の国からやって来たとのこと。これも一つの傍証《ぼうしょう》でしょう……」

「異議あり！」

シルヴィが鋭《するど》い声とともに立ち上がる。

「そもそもだ！　非人間族は立場が弱い！　ゴブリンなんてちょっと脅《おど》せば簡単に嘘《うそ》を言う。証言としては疑わしいと思いませんか？　判事殿《どの》！」

「……貴様。その発言は、私が嘘《うそ》をついていると申すか？」

と女騎士《きし》。

「はっ！　これだから脳筋馬鹿《ばか》は。ここは法廷《ほうてい》さ。そんなおどしじゃなくて、論か証拠《しょうこ》で戦いな！」

「貴様――!!」

女騎士《きし》が叫んだ瞬間《しゅんかん》、判事が制止した。

「双方《そうほう》とも静粛《せいしゅく》に!!　これ以上は、法廷侮辱《ほうていぶじょく》となるぞ！」

シルヴィが、どすっと腰《こし》を下ろして座《すわ》る。そして女騎士《きし》を挑発《ちょうはつ》するように大声をだす。

「これはこれは、大変失礼しました判事殿《どの》に騎士殿《きしどの》。……ですが一つだけお願いがあります。まずは、ゴブリンを脅《おど》してなどいないと〝太陽神シラーム〟にお誓《ちか》いいただけますか!?」

「静粛《せいしゅく》に！」

あたりがざわつく。

「……そう。ゴブリンは発言を強要された。そしてムトウは、あの本に指一本触《ふ》れていない。そうだろう？」

――!?

シルヴィがにやりと笑い、俺《おれ》に目線で合図する。

それは事実だった。同人誌には、表面のビニール部分しか触《ふ》れていない。そしてそのビニールは、ゴブリンが破いて捨ててしまった。

そう、俺《おれ》は同人誌の中身には文字どおり指一本触《ふ》れていないのだ。

同人誌を読めなかったことがここに来て功を奏しているのは、何とも皮肉な話だった。

「ムトウセイヤ。これを認めますか？」

と判事。

「もちろんだ。認めるぜ！　ああ。俺《おれ》は、一度たりともその本に触《ふ》れていない。指一本な」

俺《おれ》の発言を後押《あとお》しするように、ソルフィが付け足す。

すっくと立ち上がり、けなげな感じで判事にもの申す。

「『シケシの粉』を使えば、本に残存した汗《あせ》を調べることができます。必要であれば、いつでもお調べいたします！」

「……ふむ。それならば確実でしょうな」

と判事。即座《そくざ》に姫《ひめ》が手を挙げる。

「異議あり！　手の汗《あせ》を処分する方法など幾《いく》らでもあります！　それにこの本はもう、何人もの手に渡《わた》っている。そうなれば、シケシの粉で判別をつけるのは至難。

断言します。この数日、私は直々にこの者を観察しました。そこで分かったことはただ一つ、この者の視線は、あまりにも猥褻《わいせつ》です。私を見る目は、異常者そのものです！　この私カタリナ・アンズ・フィリアーヌの名誉《めいよ》に懸《か》けて、彼《か》の者の斬首《ざんしゅ》を求めます！」

姫《ひめ》に言われたくねーし！　俺《おれ》は声を大にして叫《さけ》びたい。姫《ひめ》の方が俺《おれ》の何十倍も変態だ、と。

しかし姫《ひめ》の発言は「なるほどね」的なリアクションで迎《むか》えられた。

客観性が一ミリもない発言だというのに、法廷《ほうてい》はどよめき、判事も深く納得《なっとく》するような表情を見せる。姫《ひめ》の隣《となり》に座《すわ》る王も同様だった。

あれ、俺《おれ》ってそんなにエロい顔してんの？　マジでショックなんだけど……。

「ムトウセイヤ。反論することは？」

判事は形式的に俺《おれ》に問いかける。心証的には俺《おれ》は黒だろう。さすがは一国の姫《ひめ》だ。ここまで簡単に法廷《ほうてい》を左右されてはどうしようもない。

「そんなの、何一つ証拠《しょうこ》にならないだろう」

「なるほど。他には？」

「…………」

やはり、そういうことなのだ。これは最初から結論ありきの裁判なのだ。オーケー。それはもちろん分かっている。

だからこそ、俺《おれ》はシルヴィを信じたのだ。そしてシルヴィがこの時とばかり立ち上がり、高らかと宣言した。

「聖なる文字〝愛羅武勇〟を描《えが》きし戦士が、再びこの地マジナリウムに召喚《しょうかん》されるであろう！　というのはマジナリウムの神話ですが……皆《みな》さん、この者、ムトウセイヤの名前をどう書くかご存じか？」

シルヴィはあらかじめ準備していた紙を法廷《ほうてい》に広げる。

藍《らん》の手書きの文字で「武藤聖弥《むとうせいや》」と書かれていた。

「まず、この男――ムトウはあのナカガワと同じ世界からやって来た！　そしてこの文字は、まさしく『聖』なる文字！」

シルヴィが俺《おれ》の「聖」の一文字をぐるりと囲う。

あ、そう言えば。と俺《おれ》は思いだす。確かに俺《おれ》の名前には「聖」の字が入っている。

ぶっちゃけて言えば、ちょっとヤンキーが入ったうちのオヤジが調子こいてつけた名前だ。

だから「聖弥《せいや》」の名前は好きじゃない。

――が、こじつけとは言え、その名前が俺《おれ》を助けるというのは不思議なものだ。

「そう。こいつの名前には、『聖』の一文字が入っている。ムトウの愛人――カンナヅキランからその話を聞いた時、私は確信したのさ。こいつこそ、間違《まちが》いなくナカガワの再来だ、とね」

法廷《ほうてい》が「ざわっ」と音を立てた。

ナカガワの再来、という言葉のインパクトは姫《ひめ》の言葉以上に絶大だったのだ。「ナカガワ……ナカガワ……」と聞こえてくる。

「今や神々の戦いが再び始まるという噂《うわさ》がまことしやかに囁《ささや》かれている。だというのに、マジナリウムを統《す》べる五つの国は、全くもってバラバラだ。そこに聖なる名を持つものが、突如《とつじょ》として現《あら》われた。……これは天の導きとは思わないか？」

「世迷《よま》い言《ごと》を！」

女騎士《きし》が反論する。

「そんな話は認めない！　このような貧弱《ひんじゃく》で惰弱《だじゃく》な男がナカガワの再来など……!!」

絵に描《か》いたような前フリにシルヴィが切り返す。

「ならば、こうしてはいかがでしょう。大書庫のさらに地下に眠《ねむ》る〝ナカガワのボルグ〟を、この者に使わせるのです！」

――!?

シルヴィは、そうはっきりと言い切った。

これにはさすがの俺《おれ》も焦《あせ》った。

そんなの使えるはずない。しかも姫《ひめ》にボルグを使えなかった者は死ぬと念押しされてるし。

「この者ならば、試練を越《こ》えられるはず！」

シルヴィは、にやりと笑う。

完全に予想外の展開だった。俺《おれ》はシルヴィが上手《うま》いこと判事を言いくるめるものだとばかり思っていた。ボルグを使える使えないの話になれば、俺《おれ》は圧倒的《あっとうてき》に不利だ。

だって、俺《おれ》は喚《よ》ばれし戦士でもなんでもないのだ。

それこそ姫《ひめ》が言うように、焼け死ぬかもしれない。

おいおいおいおいおい……！

これって、普通《ふつう》にヤバいんじゃ？

いや、違《ちが》うか？　実はシルヴィに奥《おく》の手《て》があって、ここから逆転するのか？　俺《おれ》はこれまでにないほどに焦《あせ》っていた。地下で見た床《ゆか》の黒い痕《あと》が脳裏《のうり》を過《よ》ぎる。俺《おれ》は、死ぬのか？　本当に死ぬのか？

そして——。

姫《ひめ》もまた蒼白《そうはく》になっていた。無意識なのだろうか、ぎゅっとスカートの裾《すそ》を握《にぎ》って俺《おれ》を見《み》つめる。

ソルフィも同様だ。「おねえさん？　大丈夫《だいじょうぶ》なの？」と不安げな顔でシルヴィを見《み》つめる。

ただ、藍《らん》だけがことの重大さに気づいていない。

そのことが、俺《おれ》の胸を酷《ひど》く締《し》め付《つ》けた。

判事が問う。

「それではムトウセイヤよ。どうなのだ？　お前は〝ナカガワの再来〟なのか？　〝ナカガワのボルグ〟を手にする資格が、本当にあると言うのか？」

「…………お、おう！　使えるさ！　当たり前に使えるってんだよ！　俺《おれ》は、マジナリウムの五つの王国を束ね、太陽神とともに戦う戦士だ！　さっさと持って来い！」

あーあ、言っちゃったよ。

まあ一応は藍《らん》経由でシルヴィから指示があった話だし。ってかシルヴィ、何か考えあるよね？　何か言ってよ……と俺《おれ》はシルヴィに視線を送った。

しかしシルヴィはただ笑うだけだった。

それどころか――

「そう、彼《かれ》こそがナカガワの後継者《こうけいしゃ》――ムトウセイヤだ！」

と断言してしまう。だが俺《おれ》はそんな戦士なんかじゃない。

法廷がどよめく。姫《ひめ》の唇《くちびる》が震《ふる》えている。行き場のない感情が溢《あふ》れ、それでもギリギリのところで抑え込《こ》むような表情になっている。もはや俺《おれ》の方に視線を向けることも、ない。

最悪なことが起ころうとしている。

おかしい。

こんなはずじゃなかった。

順当に行けば最悪でもかぎ括弧《かっこ》つきの死刑《しけい》になるはずだった。それも辛《つら》い最後だが、これは本当の意味で最悪の展開だった。本物の死刑《しけい》だ。

ざわついた法廷内を静めるように、王が立ち上がった。

威厳《いげん》をたたえた様子で法廷内に宣言する。

「ナカガワの再来がここにいるということは……神々の戦いが近いことを意味する。世界は変わり、剣《けん》と魔術《まじゅつ》の日々が訪《おとず》れるであろう。……もっとも、この者が真の〝ナカガワの再来〟であるならばの話だがな。ここにいる全ての者が証人だ！　〝ナカガワの再来〟とはまさしく禁《きん》忌《き》であり、口にしたからには真か偽かを確かめなければならない！

二日後、神の名においてボルグの儀式《ぎしき》を執《と》り行《おこな》う。この者が真のナカガワの再来ならば〝太陽神の恩寵《おんちょう》〟が、偽者《にせもの》であるならば〝ボルグの業火《ごうか》〟が与《あた》えられるであろう！」

Yankee Muso!

5章

激突！ ヤンキー後輩VS爆乳エルフ

俺《おれ》は再び姫《ひめ》の別邸《べってい》の鉄格子《てつごうし》にぶち込《こ》まれ、儀式《ぎしき》の時を待つ。

姫《ひめ》は苛立《いらだ》ちと悲しみが混じった微妙《びみょう》な表情で俺《おれ》の前に立つ。

「聖弥《せいや》さんは騙《だま》されたのです。……私の言うことをちゃんと聞いていればよかったものを」

「そ、そんなはずは……」

そうは思いたくなかった。シルヴィは多少アレなところはあるが、きっと俺《おれ》を助けるために動いていたのだ。

「残念ながら、今回は本当に死にます。これは非常にまずい状況《じょうきょう》です」

姫《ひめ》が珍《めずら》しく表情を強張《こわば》らせる。

ナカガワの儀式《ぎしき》とやらは、本当にガチのやつのようだ……。

それでも俺《おれ》はまだシルヴィを信じていた。きっと何か考えがあるはずなのだと。そう、俺《おれ》をこの変態姫《ひめ》から逃《にが》すための何かが……。

「裁判で聖戦士ナカガワの名を騙《かた》った時点で、〝ボルグ〟の試練を受けることになるのは必定なのです。それだけ公式な場でナカガワの名をだすことには――重い意味があるのです。あれだけ言ったのに、あなたという人は……」

姫《ひめ》の言葉は、腹の底に響《ひび》くような重みがあった。

「それは、あの村長もよく知っているはずです。もう百年以上は村長をしているのですから……。向こう見ずの愚《おろ》か者《もの》が〝ナカガワのボルグ〟の灰になるのを幾度《いくど》となく見てきたはずです」

牢獄《ろうごく》の松明《たいまつ》が姫《ひめ》の横顔を照らす。夜も更《ふ》け、冷たい石畳《いしだたみ》が俺《おれ》の尻《しり》をじわりと冷やす。牢獄《ろうごく》の夜は寒く、そして俺《おれ》は姫《ひめ》の悲しげな表情に言葉を失った。

「……嘘《うそ》だろ？」

確かにあの法廷《ほうてい》でシルヴィは、ただ怪《あや》しげに笑うだけだった。

だが俺《おれ》は疑念を振《ふ》り払う。

シルヴィには何らかの狙《ねら》いがあるはずだ、と。

「ダークエルフは元は灰の魔神《まじん》の眷属《けんぞく》。今でこそ人間と融和《ゆうわ》する者も多いけれど、その本質は変わりません。村長はあなたが失敗するのを、死刑《しけい》になるのを見て愉《たの》しんでいるのでしょう。

……ですが、最後の方法があります」

……と、姫《ひめ》の雰囲気《ふんいき》が変わった。ガシャガシャと牢獄《ろうごく》の鍵《かぎ》を開けて俺《おれ》に詰《つ》め寄《よ》る。あれ、これってい つものやつじゃね？

「姫《ひめ》⁉　いきなりどうしたんですか⁉」

「聖弥《せいや》さん、四の五の言わずこれを飲んでください。さあ、ぐいっと！」

　ムラムラした雰囲気《ふんいき》を漂《ただよ》わせ、姫《ひめ》は胸の谷間から禍々《まがまが》しい瓶《びん》を取りだした。

瓶《びん》を開けると、甘《あま》いのに苦々しく、目が渋《しぶ》くなるような刺激臭が牢《ろう》の中に立ちこめる。

「いやいや、明らかにヤバい薬ですよね⁉　結局殺す気じゃないですか⁉」

「殺しはしません。これは昼間だけ女児の姿になる〝霊薬《れいやく》〟です。聖弥《せいや》さんは相当な変態とお見受けします。女児になるのは最高の展開ではないですか？」

「どこが最高だよ！　つうかいつから俺《おれ》はそんなキャラに？」

「違《ちが》うんですか？」

「違《ちが》いますから！」

　薬を飲まされて子どもになる展開、どっかで見たことあるぞ⁉　でも俺《おれ》は探偵《たんてい》じゃなくて偏《へん》差値《さち》低めの高校生だし。

「さあこれを！　聖弥《せいや》さんの死体は私が偽造《ぎぞう》しておきます！　犯人は私の狂信者《きょうしんしゃ》ということにして〝死刑《しけい》〟も〝儀式《ぎしき》〟も回避《かいひ》するのです……‼」

　死体の入《い》れ替《か》わりに密室殺人とか、いよいよもって名探偵《めいたんてい》がでてきそうだな？　俺《おれ》の死体を俺《おれ》（幼女）が検分するみたいな？　そのうちヤンキーの藍《らん》ねーちゃんとニアミスしたり声だけでやりとりしたりする展開もあるよな⁉

「それはナシです！　ナシで！」

「夜は元の姿に戻《もど》るので、その後は分かっていますね？」

「話を聞けっつーの！　つうかさっきまですげーシリアスでしたよね？」

この肉欲姫《ひめ》、相当マジになってる。何が何でも俺《おれ》を確保するつもりのようだ。

「私は聖弥《せいや》さんを失いたくありません。このままでは本当に死ぬしかありませんもの。これを飲みさえすれば、昼は侍女《じじょ》のイーラと働き、夜は私を奴隷《どれい》に……」

た、確かに幼女先輩《せんぱい》と働くのは面白《おもしろ》そうだし、幼女に変身するのに興味がないことはないが……やはり駄目《だめ》だ。

結局のところ、藍《らん》が悲しむことにかわりはないのだ。

「ひ、姫《ひめ》……。確かに俺《おれ》は姫《ひめ》のことは嫌《きら》いではない。頭おかしいとは思うけど。でも……駄目《だめ》なんです。俺《おれ》は俺《おれ》のままでいなければならないし、死刑《しけい》もなしだ！」

「それは都合がよすぎます。私達《わたしたち》は全てを手に入れることはできない……。常に何かを捨てなければ何かを得ることはできません」

「いやいやいやちょっと待ってくださいよ！　それっぽいセリフ言ってますけど、元々の原因は姫《ひめ》ですからね⁉」

マジで幼女にされそうなので、俺《おれ》は逃《に》げることにした。

牢《ろう》の扉《とびら》が開けっ放しだし、幸いにしてここは姫《ひめ》の別邸《べってい》だ。さすがの俺《おれ》でも、幼女先輩《せんぱい》に腕《うで》っ節《ぶし》で負けることはないはずだ。

「あの、姫《ひめ》。悪いけど逃《に》げます。マジで逃《に》げます！」

これからどこに行く？　もちろん分からない。だが逃《に》げなければならない。とりあえず逃《に》げて、村に戻《もど》ろう。村に戻《もど》り、やけくそになった体でエロ村長の乳を揉《も》みしだいてやろう……!!

「そうはさせませんっ！」

ぬん、という感じで姫《ひめ》が通せんぼする。しかし俺《おれ》には奥《おく》の手《て》がある。例の亀甲縛《きっこうしば》りの呪《のろ》いの人形だ。こんな時のために、ちゃんと取っておいたのだ。

「てい」

「あんっ♥」

ひめはもだえている。こうかはばつぐんだ！

「そりゃっ」

俺《おれ》はさらに人形の紐《ひも》を背中からくいくいと引っ張る。それに連動して、姫《ひめ》を縛《しば》る縄《なわ》が姫《ひめ》のスレンダーな四肢《しし》に食《く》い込《こ》む。

「ああああああっん♥　せいやさまっ……行っちゃだめですぅ…………!!」

「ふはは！　この醜《みにく》いメス豚《ぶた》め！　これか！　これがいいのか！」

なんて具合で俺《おれ》はノリノリになったよね。

もうヤケクソだった。何はなくとも姫《ひめ》をここで無力化し、逃《に》げだすのだ。

「ほーら、ほーら。どうだ、どうだああ⁉」

「あああっ♥もっと下さいぃいい…………‼」

中々良《い》い感じに姫《ひめ》が仕上がって来たところを見計らって、俺《おれ》は牢《ろう》から足を踏《ふ》みだした。

「俺《おれ》は逃《に》げるっ！　逃《に》げてやるぞ‼」

「聖弥《せいや》さん……！　最後にせめてキスだけでも…………」

「え、キスですか。……ってマジですか？」

俺《おれ》は一瞬《いっしゅん》で素に戻《もど》ってしまう。

情けないことに、その言葉を聞いた途端《とたん》に頬《ほお》が赤くなってしまった。姫《ひめ》の変態性からしたら、あまりにもまっとうなオーダーだ。だがそのまっとうなギャップに、俺《おれ》は普通《ふつう》にどぎまぎする。

あんだけ変態的なプレイしといて最後はちゅーですか……⁉　逆に興奮しますよ⁉

「ええ。これで今生の別れになるのなら」

「……いやいやいやいやいや、やっぱり駄目《だめ》ですわ。さすがにこんな場所じゃちょ——っとむりだし、何か今日、ちゃんと歯磨《みが》いてないんすよ俺《おれ》。なっはっはー」

と、童貞《どうてい》パウア全開で姫《ひめ》から逃《に》げようとすると、
せんぱ————い‼

牢《ろう》の上の方からヤンキー後輩《こうはい》のよく通る声。えっどうしてこんな時にやって来るんすか。つーか、マジで藍《らん》の声だったか？　でも俺《おれ》のことセンパイって呼ぶの藍《らん》しかいねーよな……ってやっぱし藍《らん》でしたー。

「センパイ！　探したッス！」

「藍《らん》じゃねーか……どうした………うぉおっ⁉」

ヤンキー後輩《こうはい》が勢いに任せて俺《おれ》に抱《だ》きつく。俺《おれ》の目の前にたわわに実る二つの果実がどーん。強制フルスクリーン広告みたいに俺《おれ》の視界が埋《う》め尽《つ》くされる。

俺氏《おれ》の意識はどっかに持って行かれる。ら、藍《らん》センパイの乳圧《にゅうあつ》マジぱねーっす……。童《どう》の貞《てい》には毒だよ、これ。

「は、離《はな》してくれ……‼　藍《らん》、どうしてこんなところに⁉」

「ソルフィと一緒《いっしょ》に来たっす！　ソルフィが眠《ねむ》くなるケムリ焚《た》いて、屋敷《やしき》の奴《やつ》らを眠《ねむ》らせてるとこっす！　つーかセンパイ急ぎましょう！　マジヤバイっす……‼」

「お、落ち着け。どうしたんだよ⁉」

「どうしたもこうしたも、ええと、シルヴィが何かやべえバケモンを……ってセンパイ？　何すかその女。って裁判の時の女じゃないすか‼」

ものすごいテンションで何か言おうとしていた藍《らん》が急停止する。そして背後にいる女性――カタリナ姫《ひめ》にガンを飛ばす。藍《らん》的にはもう「感動の再会」みたいな感じじゃなくなってるし。

やっべ、諸々《もろもろ》の事情が発覚したら「二股野郎武藤聖弥《やろうむとうせいや》マジでブッ殺す」展開じゃん。おし、誤魔化《ごまか》そう。

「ちょうど今、檻《おり》をブッ壊《こわ》して逃《に》げようとしてたところだ！」

藍《らん》は訝《いぶか》しげに俺《おれ》を見ながらも、ややテンションを上げる。

「マジすか⁉　あーしらが来るの狙《ねら》ったタイミングで檻《おり》ブッ壊《こわ》すとか、マジぱねーっす！」

「あったりめーだろ‼　全部分かってんだよ！」

ヤンキーぶる緊張感《きんちょうかん》が妙《みょう》に懐《なつ》かしい。どこか地元に帰ってきたような感覚さえある。

「聖弥《せいや》さん、何だか雰囲気《ふんいき》が違《ちが》いませんか…………？」

姫《ひめ》、それは俺《おれ》が藍《らん》の前だとヤンキーっぽくなるからなんですよ。どっちかというと、姫《ひめ》の前にいる時の俺《おれ》の方が素に近いです。……とか言えるはずもなく。

「ああん？　何だオメー。センパイに馴《な》れ馴《な》れしいぞ？」

「あなたこそ何ですか？　私と聖弥《せいや》さんは非常に深い仲になっているのです。あなたこそ馴《な》れ馴《な》れしいですよ」

火がついた藍《らん》はガンガンに姫《ひめ》に迫《せま》る。姫《ひめ》も姫《ひめ》で全然引く感じじゃない。こいつは破滅《はめつ》の予感がするぜ……！

「っざけんな！　あーしはセンパイのコーハイだかんな！　舐《な》めんなよ⁉」

藍《らん》、それ当たり前だかんな？

「私は聖弥《せいや》さんとお互《たが》いに舐《な》めあってましたが⁉」

姫《ひめ》、嘘《うそ》はやめてくれませんかねえ⁉

「はあああ？　ざけんなし……！　な、な、何でセンパイとそんなことしてんだよっ！　いや、う、嘘《うそ》だ！　嘘《うそ》に決まってんだろ、そんなこと……」

「おい藍《らん》、信じるなよ？」

「ももももも、もちろんっすよ！　センパイが、センパイが、そんなこと……うわああ！」

下ネタはヤンキー処女にばつぐんの効果を見せる。こいつはもう駄目《だめ》だ。

「あーしだって、もうやりまくりだぜ！　つーかお前のせいでセンパイと離《はな》ればなれになったんだぞ！　ふざけんなっつーの！」

「いいえ、私と聖弥《せいや》さんは出会うべくして出会ったのです。ヒメキシコレクションという聖弥《せいや》さんの本が私達《わたしたち》を結びつけたのです！」

——⁉

「ちょ……！　それは…………‼」

「ヒメキシコレクションだあ？　何だそりゃ？　また変なまほーってやつか？　よく分かんねー言葉で誤魔化《ごまか》そうったってそうはいかねーからな⁉」

藍《らん》のオタ知識の少なさもあいまって、話が微妙にかみあってねえ……。でもすげーひやひやするんですけど。マジで勘弁してほしい。

と、二人のやりとりに寿命《じゅみょう》を縮めていると、ソルフィがやって来た。

「聖弥《せいや》さーん!!」

「おお！　ソルフィじゃねーか！」

うん、やっぱしソルフィは天使だし縮んだ寿命《じゅみょう》も延びるよね。俺《おれ》の心のオアシスだよね、とか思っていたら――

「聖弥《せいや》さん、王都に急ぎましょう！　早く儀式《ぎしき》をしなければ！」

「ど、どうしたんだいきなり!?」

いきなり寿命《じゅみょう》が縮まることを言われました。つうか俺《おれ》、儀式《ぎしき》から逃《に》げるために脱獄《だつごく》するんだが。ソルフィも俺《おれ》を助けるために来たんじゃねーの？

「おねえさんが〝ナカガワのボルグ〟を狙《ねら》っています！」

「な……!!　どういうことだ!?」

「そうだった。あーしもそれ言おうとしてたんすよ！」

藍《らん》もソルフィに同調する。どうやら外はヤバイ状況《じょうきょう》になっているらしい。

それにしても意味が分からない。なぜシルヴィが〝ナカガワのボルグ〟を狙《ねら》うのだろうか？

珍《めずら》しく藍《らん》までもが慌《あわ》てふためいているし。

「お二方。その話、詳《くわ》しくお聞かせ願おうかしら？」

姫《ひめ》の澄《す》んだ瞳《ひとみ》がソルフィをきっと見つめる。すっかりマゾ豚《ぶた》モードを解除し、完全なグローランド帝国《ていこく》第一王女のカタリナ姫《ひめ》に戻《もど》っている。その変わり身の早さには毎度のことながら驚《おどろ》かされる。

「はっ……姫《ひめ》!? 申し訳ありません。どうかお許しを」

ソルフィは驚《おどろ》いた様子で跪《ひざまず》く。そりゃあ姫《ひめ》がこんなところにいるとは、思いもしなかっただろう。

「構いません。今の話が事実なら事態は急を要します。シルヴィが寝返《ねがえ》ったのですか？」

「はい。〝ナカガワのボルグ〟を奪《うば》うつもりです。おねえさんは裁判で聖弥《せいや》さんが儀式《ぎしき》を受けるよう仕向けさせました。聖弥《せいや》さんの裁判を利用して封印《ふういん》を解かせようとしていたのです！」

「なるほど。平時であれば〝ナカガワのボルグ〟は封印《ふういん》され、何人たりとも奪《うば》うことはできない。しかし、儀式《ぎしき》が執《と》り行《おこな》われる前後であれば封印《ふういん》も解除されている……」

残念なことに、その説明は辻褄《つじつま》が合っていた。

シルヴィは裁判で俺《おれ》を助けるようなことを言っていたが、結局俺《おれ》は儀式《ぎしき》を受けるはめになっていた。シルヴィの意図は不可解だったが「ボルグの封印《ふういん》を解除させる」という目的だと言うならば納得《なっとく》がいく。

「だとしても理解できねえ！　なんでそんなことを？　理由がねえだろう」

「ダークエルフは元は灰の魔神《まじん》の眷属《けんぞく》。こうなることは必然でしょう。百年前から村長をしていたのも、この時を狙《ねら》っていたのかもしれません」

姫《ひめ》は淡々《たんたん》と告げる。

まるで非人間族のことなど、最初から信じていなかったかのように。

「おいおい、それじゃあマジでシルヴィが魔神《まじん》とやらの手先みてーだろうが？　なあソルフィ。本当にマジなのかよ……？」

しかしソルフィは暗い表情で答える。

「……はい。おねえさんは裏切りました。魔神《まじん》の傀儡《かいらい》として、〝ナカガワのボルグ〟を奪《うば》おうとしています。まさに今、モンスターを引き連れて王都に進行しています」

――!?

シルヴィが裏切った。その事実に俺《おれ》は愕然《がくぜん》とする。なぜそんなことをしなくてはならないのか。しかも村長という立場を捨ててまで。

混乱に追い打ちをかけるように、姫《ひめ》もまた俺《おれ》を促《うなが》す。

「ありがとうソルフィ。状況《じょうきょう》はよく分かりました。そして聖弥《せいや》さん。私からもお願いします。儀式《ぎしき》を受けてください。あなたがナカガワの再来だとしたら、ボルグはあなたのもの。そして持つべき者が持たねば……世界は魔神《まじん》の手に落ちてしまいます」

急にRPGっぽいセリフだな!?　つうかこの肉欲姫《ひめ》、さっきまで俺《おれ》を亡き幼女《もの》にしようとしていたような……。

俺《おれ》は全方位に突《つ》っ込《こ》みを入れたくて仕方がない。姫《ひめ》もアレだし、俺《おれ》が勝手に選ばれし戦士みたいな感じになってるし、エロ村長は裏切った。マジで勘弁《かんべん》してくれ。

困惑《こんわく》する俺《おれ》に、姫《ひめ》はそっと耳打ちした。

「もしそうなれば、聖弥《せいや》さんが望むような生活は送れなくなりますよ……。あのエロドウジンのような生活がお望みでしょう？」

「ちょっと違《ちが》いますけど……」

「〝太陽神の恩寵《おんちょう》〟が敵の手に落ちてしまったら、何もかもが終わります。私との濃厚《のうこう》なフ○ックもできませんよ。良《い》いんですか」

「下品かよ⁉」

小声で言うにしても、もうちょい言葉を選んでほしい。

確かに俺《おれ》は異世界にアレやコレな展開を求めていた。このヤンキーじみた世界では到底叶《とうていかな》いそうにもないが、神々のガチ戦争が始まってしまえば、そんなことを考えている余裕《よゆう》さえないということか……。

そして姫《ひめ》とソルフィのやりとりをヤンキー座《すわ》りで聞いていた藍《らん》が腰《こし》を上げた。

「センパイ、ソルフィの言ってることマジっす。あーしも、シルヴィがすげー量のバケモンを地面から生やすのを見たッス。あれはマジもんっす……。センパイ、やるしかねーっすよ‼」

――⁉

藍《らん》は真剣《しんけん》な目で訴《うった》える。ガチのモンスターを目撃《もくげき》し、心底危機を感じているのだ。

俺《おれ》は疑うことをやめた。ソルフィの言っていることはやはり事実で、俺《おれ》は武器を取らなければならない。

「聖弥《せいや》さんは本物の、ナカガワの再来です。初めて会った時から確信していました。ゴブリンに立ち向かった時の聖弥《せいや》さんの〝魂《たましい》の力〟は、本物です！　だから……儀式《ぎしき》を！」

「センパイ！」

「聖弥《せいや》さん！」

ソルフィが、姫《ひめ》が、藍《らん》が俺《おれ》に期待している。俺《おれ》にヤンキーであることを望んでいる。

そして俺《おれ》の中のもう一人の〝奴《やつ》〟が目覚めようとしていた。オタクである俺《おれ》を外道《げどう》なヤンキーどもから守ってくれるもう一人の俺《おれ》だ。高校に入った時からの付き合いになるだろうか。

素のオタクな武藤聖弥《むとうせいや》は「それマジでやばいって」と言う。

そもそも俺《おれ》は、儀式《ぎしき》から逃《に》げようとしてた訳だし。

だが〝奴《やつ》〟はそうではなかった。止めてくれと言いたくなる。何が悲しくてこの異世界でヤンキーにならなければならないんだ。

『うっせ！　いいからやっぞ！』と〝俺《おれ》〟が声を張り上げる。

そして素の俺《おれ》もまた、覚悟《かくご》が固まる。

変態姫《ひめ》に可愛《かわい》いエルフ、ヤンキー後輩《こうはい》にお願いされたら、断る訳にはいかない。これは何かのフラグだと俺自身《おれじしん》を説得し……鼓舞《こぶ》する。

固く拳《こぶし》を握《にぎ》り、掌《てのひら》にバチンと叩《たた》きつけ「おっしゃ！」と気合いを一発入れる。

そして手元にワックスはないけど、髪《かみ》の毛《け》をぐりぐりと捻《ひね》って立たる。

「わーったよ……全部俺《おれ》に任せろっ！　いっちょやってやんぜ⁉」

なーんてカッコ良《い》い感じでセリフを決めて颯爽《さっそう》と馬に跨《またが》れば良《い》いんだけど、この異世界はやはり何かが上手《うま》くいかない。

「ふぇえ……ごめんなさい………」

情けない声をだすのはソルフィだ。

「馬《らん》、マジでガン寝《ね》してんぞ⁉」

藍《らん》が馬の尻《しり》とソルフィの横乳を、交互《こうご》につんつんと突《つ》っつく。ソルフィの横乳が形を変え、

「いいからさっさと起こせよ、こいつらよー」

藍《らん》の指先を優《やさ》しく包む。藍《らん》、そのポジション変わってくれ。

「一度こうなってしまうとしばらくは無理なんです」

何で二人がいちゃいちゃしているかというと、ソルフィと藍《らん》は屋敷《やしき》に潜入《せんにゅう》して俺《おれ》を連れだすつもりでいた。で、ソルフィは人を眠《ねむ》らせる効果がある特殊《とくしゅ》な煙《けむり》を屋敷《やしき》中に焚《た》いていた。煙《けむり》は強力で、屋敷《やしき》の召使《めしつか》いに用心棒に御者《ぎょしゃ》、そして馬すらもどっぷりと眠《ねむ》らせてしまったのだ。

「濃《こ》い煙《けむり》にしなければならなかったんですぅ……」

がっくりうなだれるソルフィに、姫《ひめ》がフォローする。

「さすがは〝古の民《いにしえのたみ》〟が調合した煙薬《けむり》ですね。こうなっては仕方がありません、走りましょう。書庫までは何度も聖弥《せいや》さんと歩いているので、大した距離《きょり》ではありません」

「ああん？　何でセンパイと何度も歩いてんだ⁉　センパイ、どういうことすか⁉」

「お、おう……それはだな」

「そそ、それはっ⁉」

藍《らん》は切羽《せっぱ》詰まった様子で問《と》い詰《つ》めてくる。あー、どう説明しよう……。

しかし幸か不幸か、気まずい流れをぶった切るような爆発音《ばくはつおん》がした。

「な、何だ⁉」

赤い炎《ほのお》が夜空を舐《な》めるように巻き上がっていた。

目を凝《こ》らせば不気味な影《かげ》。その影《かげ》が炎《ほのお》を噴《ふ》き――さらに大きな爆音《ばくおん》と地鳴りがする。

巨大《きょだい》な竜《りゅう》が王都の上空を飛んでいた。爆音《ばくおん》は武器庫か何かに引火したのが原因だろう。

「や、やべーっすよセンパイ。何すかあれ……」

藍《らん》が愕然《がくぜん》とした様子で空を見上げ、他の二人も突然《とつぜん》のことに言葉を失う。

まるで何かの特撮《とくさつ》かと思う。しかし「これは現実だ」と言わんばかりにまたも王都の方角で爆音《ばくおん》がした。よりいっそう大きな爆音《ばくおん》と眩《まばゆ》い光がフラッシュライトのように森を照らした。

その光の中、俺《おれ》は黒い影《かげ》を見た。

──!?

「お、おい……！　あれ何だ!?」

「センパイ、あれっすよあれ!?　シルヴィが地面から生やしたやつ！　マジきもいっす……!!」

「あれは黒魔術《くろまじゅつ》で動かされる死者──アンデッドです」

とソルフィが説明する。

「うおお……。マジのやつじゃねーかよ！」

腐《くさ》りかけた人々が「じびょああ」だとか「ごふぉおお」的な声をだしながらやってくる。この世界に来てから一番気持ち悪いモンスターだ。

「確かに馬が起きるのを待ってる場合じゃねーな！　走るぞ！」

「二人とも！　これでアンデッドを攻撃《こうげき》してください！」

「おう！」

ソルフィがただのバットの方の〝ボルグ〟を俺《おれ》と藍《らん》にパスする。そして的確に全員に指示をだす。こういうところはやはり百八十歳《さい》のエルフだと思う。

「姫《ひめ》は私の後ろに！　背後を見ていてください！」

「分かりました！」

「藍《らん》さんは聖弥《せいや》さんの補助を！」

「よっしゃ！」

ゴブリン達《たち》に比べると、アンデッドはかなり生物感が薄《うす》い。これなら何とか殴《なぐ》れるかもしれない。

「さあ、行きましょう！　でも皆《みな》さん気をつけてください！　噛《か》まれると……」

「まさか、俺《おれ》らもアンデッドになんのか⁉」

「肌《はだ》がかぶれます！　気をつけてください！」

「地味な攻撃《こうげき》だな⁉」

「油断は禁物です！　痒《かゆ》くて三日は眠《ねむ》れませんよ！」

「た、確かにそいつは危険だ……！」

「ヴァー！」的な声をあげてアンデッドが藍《らん》に迫《せま》る。俺《おれ》は反射的に、アンデッドを殴《なぐ》った。横っ腹にクリーンヒット。鈍《にぶ》い感触《かんしょく》が手に伝わり、アンデッドは地面に倒《たお》れた。が、すぐにアンデッドが起き上がる。打撃《だげき》でアバラ骨が露出《ろしゅつ》しているが、普通《ふつう》に動けるようだ。効果がないのか……？

「聖弥《せいや》さん、弱点です！　弱点を狙《ねら》って！」

こういう展開、海外ドラマで見たことあるぞ！　デッドした人々がウォーキンするやつだ！

「弱点？　どこだ。やっぱし頭なのか？」

「じゃ、弱点です……。下半身の……あたりです」

「何だそりゃ？　ソルフィ……！　こんな時に恥《は》ずかしがってないで」

ソルフィは急に初々《ういうい》しい乙女《おとめ》みたいな感じで体をくねらせる。まさか……？

「ソルフィ？　もしかしてそこって……」

「キン○マだな！　分かった！」

「って藍《らん》！　女の子がそんなこと言うなよ!?」

藍《らん》が一切《いっさい》の躊躇《ちゅうちょ》なくアンデッドの弱点を叩《たた》いた。

「そおい！」

「おお……、おごご………!!」

アンデッドは声にならない声を漏《も》らして大地にひれ伏《ふ》した。俺《おれ》の下半身もきゅんきゅんする。

「す、すげー痛そうだ。これは男にしか分からんぞ！」

「おねえさんが〝屍《しかばね》の駆動核《くどうかく》〟をその部位にしたんです！　そこに一撃《いちげき》加えるだけで、アンデッドは息絶えます！」

「あの乳でかエロ村長……！　姑息《こそく》な精神攻撃《こうげき》を……！　そこは越《こ》えちゃいけない最低ラインだろ!!」

これだから女は！　と俺《おれ》は意味不明な方向で憤《いきどお》る。が、憤《いきどお》っていても仕方がないので、心の中で泣きながらアンデッドの弱点をフルスイングした。

「おら――!!　舐《な》めんなよ!?」

「ごぼぉぉ！」

「あんだテメー！」

「ウヴァアアア――――!!」

まさに阿鼻叫喚《あびきょうかん》の無間地獄《むげんじごく》だ。どこまで行っても地獄《じごく》しかねえ……。やはりシルヴィの狙《ねら》いは、時間稼《じかんかせ》ぎなのだろう。

「いつまでもザコ相手にしてられねえ！　俺《おれ》がこじ開けるぜ！」

俺《おれ》はアンデッドに切《き》り込《こ》んだ。二体、三体と局部をフルスイング。進む後には屍《しかばね》の山。ある意味ではこいつらもシルヴィの被害者《ひがいしゃ》だよな。

「大群の切れ目」が見えた瞬間《しゅんかん》、俺《おれ》は全員に叫《さけ》んだ。

「こっちだ！」

「了解《りょうかい》っす！」

「……っておい！　向かう先にやってくんのかよ！」

どういう訳か、アンデッド達《たち》は組織的に行動する。まるで何かに指示されているかのように俺達《おれたち》の進路を塞《ふさ》ぐ。

「アンデッドなのに頭脳派!?」

「そ……そんなはずはありません!!」

　とソルフィ。

「じゃあなぜ……?」

「センパイ！　とにかくボコるしかねーっす！」

ヤンキーガールが気炎《きえん》をあげる。こんな時はやはり心強い。

「そうだな！　やってやんぜ！　おっしゃあああ!!」

裂帛《れっぱく》のキアイとともにボルグを振《ふ》るった。ヤンキー異能――この世界で言うところの〝アーデン〟が発動し、アンデッドが一塊《いっかい》になって吹《ふ》き飛《と》んでいく。

「お前ら！　今度こそいくぞ！」

俺達《おれたち》は疾走《しっそう》する。景色が後方に流れていく。〝ナカガワのボルグ〟を手にしてどうなるのかは分からない。だが走らなければならないことだけは確かだった。

奴《やつ》らに噛《か》まれると、肌《はだ》がかぶれるのだから……。


王都は大混乱に陥《おちい》っていた。人々は右往左往し、消火に向かう自警団が大慌《おおあわ》てで川から水をくみ上げる。しかし彼《かれ》らの努力は焼け石に水だった。

大火事の火元は――四階建てのビルほどの高さはある飛竜《ひりゅう》なのだから。

「進め！　進め！　進め――!!」

雄々《おお》しいかけ声とともに、武装した兵士達《たち》が突撃《とつげき》する。背後の弓兵が矢を放ち歩兵を援護《えんご》する。しかし竜《りゅう》が翼《つばさ》を二度三度はためかせるだけで、兵士達《たち》がモブキャラのようになぎ倒《たお》されていく。

何が恐《おそ》ろしいって、兵士達《たち》のガタイはかなり良《い》い。その辺のヤンキーとケンカしたら、ヤンキーの方が〝秒〟でやられるだろう。で、その兵士達がモブのように見えるのだ。

「姫《ひめ》、〝ナカガワのボルグ〟よりも先にあれを何とかしないと……。俺《おれ》にはムリだけど」

「いいえ、ドラゴンは後回しです！」

「良《い》いのか？　街、めっちゃ燃えてるぞ!?」

「ええ。いかに国土が焼け城が崩《くず》れようとも……〝ナカガワのボルグ〟だけは絶対に死守しなければならないのです!!　早く聖遺物の間に行きましょう!!」

姫《ひめ》がそう言い終えるや否《いな》や――全身がぞわりとした。

さっきまで明後日《あさって》の方向を向いて炎《ほのお》を吐《は》いていた竜《りゅう》が、こちらを向いたのだ。

いや、それは漠然《ばくぜん》としたこちらではない。

竜《りゅう》は俺《おれ》を見据えている。爬虫類《はちゅうるい》のようなギョロリとした目が、俺《おれ》を獲物《えもの》と認識《にんしき》しているのだ。

「ドラゴンが来るぞ……!?　さっきまで城に火を噴《ふ》いてたのに、どういうことだよ!?」

「おかしいですね。さっきからこちらの向かう方に……」

姫《ひめ》が訝《いぶか》しげな顔になる。ソルフィも藍《らん》も同じ表情だった。アンデッドの時もそうだったが、やはり敵モンスターは誰《だれ》かに指示を受けているかのような挙動をする。俺達《おれたち》は、何かに監視《かんし》されているかのようだ。

「ま、まさか………!?」

俺《おれ》はふと、あの魔導具——遠鳴の石のことを思いだした。地下書庫でシルヴィに渡《わた》されたあの石は「思念」で会話できるし、音声を拾う機能もある。

俺《おれ》はてっきり、あの時のふざけたやりとりだけで魔力《まりょく》が切れたとばかり思っていた。少なくともシルヴィはそう言っていた。

俺《おれ》は裏切り者のシルヴィの言葉を、鵜《う》呑みにしていた。

本当に魔力《まりょく》が尽《つ》きたことを確かめてなど、いなかったのだ。

思わずポケットに入れていた〝遠鳴の石〟を投げ捨てた。

「聖弥《せいや》さん⁉」

「一杯《いっぱい》食わされたかもしれねえ……‼　あれはシルヴィに渡《わた》された石だ。俺達《おれたち》の会話も俺《おれ》の思考も……筒抜《つつぬ》けだったかもしれない。急がねーと‼」

しかし。

俺《おれ》のはやる気持ちを見透《みす》かすように——シルヴィが俺達《おれたち》の前に立ちはだかった。悠々《ゆうゆう》とした様子で俺《おれ》を挑発《ちょうはつ》する。

「ざーんねん。気づくのが少し遅《おそ》かったみたいだねえ?」

「おねえさん！　どうしてこんなことを……どうかしちゃったの⁉」

ソルフィが噛《か》みつくようにシルヴィに問いかける。

「何を言うのソルフィ。私達《わたしたち》は元から魔神《まじん》の眷属《けんぞく》さ?　もっとも、ソルフィと血は繋《つな》がってないから……理解できないだろうけどね」

「村はどうなるのよ！　これからどうすればいいのよ⁉」

「ふっふっふ。心配はいらないのさ。村長の仕事を記した書類は残しているから、引《ひ》き継《つ》ぎは完璧《かんぺき》さ」

「そういう問題じゃないでしょ⁉」

「……そういう問題、なんだよソルフィ。〝灰の魔神《まじん》ヨルム〟が目覚め〝ナカガワの再来〟までもが出現した。神々の戦いはもう始まっているのさ。……つまり、私達《わたしたち》はお別れということさ」

シルヴィが両手に細長い剣《けん》を構え、俺《おれ》に向ける。

「さあ〝喚《よ》ばれし戦士〟よ。ここから先は行かせないよ！」

「シルヴィ……。お前マジで裏切ったのか……！」

「本当は君のような可愛《かわい》い子と敵対したくはないのさ。〝ナカガワのボルグ〟ごと、こっちに取《と》り込《こ》みたいくらいだよ？」

シルヴィは左右の胸を腕《うで》で寄せ上げて俺《おれ》を挑発《ちょうはつ》する。

こんな時だというのに何てエロさだ。思わず取《と》り込《こ》まれてしまいそうだ。

「っざけんなよ！」

と藍《らん》が激高する。

「お前、センパイを助けるって話だったじゃねーか！　何でこんなコトになってんだよ!!」

藍《らん》がボルグを構えてシルヴィを威嚇《いかく》する。周囲の石畳《いしだたみ》が弾《はじ》け飛び、破片《はへん》が四散する。

ヤンキーにだけ発することができる魂《たましい》の力を使った魔術《まじゅつ》〝アーデン〟だ。

藍《らん》の髪《かみ》は逆立ち、俺《おれ》の肌《はだ》もピリピリとする。これまでとは比べものにならない〝力〟が、藍《らん》の周囲に満ちているようだった。

「ラン。私は何一つ嘘《うそ》はついていないのさ。ムトウは牢《ろう》から出た。間違《まちが》いないだろう？」

「そういうことじゃねーよっ！　ソルフィを裏切ってんじゃねーよ！　しかもゾンビに噛《か》まれたせいで痒《かゆ》いぞ!?　オラ!!」

キアイの入ったヤンキーの藍《らん》が激高する。ソルフィから貰《もら》った普通《ふつう》のバット——ボルグを構え、火の玉のように突撃《とつげき》しようとする。

「藍《らん》、お前一人じゃ無理だ！」

「だめっすセンパイ！　こいつはあーしがマジもんのタイマンでシメるっす！　こんな舐《な》めたまねする奴《やつ》は許さねーっす！」

「〝喚《よ》ばれし戦士〟が二人もいるとはねえ。これはいよいよ、戦いの時が近いようだねえ！」

返事とばかりにシルヴィが呪文《じゅもん》を詠唱《えいしょう》する。双剣《そうけん》に黒炎《こくえん》が纏《まと》わりつく。周囲の空気が剣《けん》に吸い寄せられる。呼応するように勢いが強まり、肌《はだ》が焼けるように熱くなる。

——!?

ぞわり、と全身の毛が逆立つような感覚。これはマジもんの魔術《まじゅつ》だ。

「おい藍《らん》、こいつはやべえぞ……」

シルヴィが剣《けん》を振《ふ》ると、虚空《こくう》にどす黒い炎が躍《おど》った。

そして俺《おれ》は、こんな時だってのに残念な気持ちになった……。

『天上天下唯我独尊《ゆいがどくそん》』

シルヴィお前さ。そんな文字を空中に書く必要あんの？　何のヤンキー演出？　と小一時間ほど問《と》い詰《つ》めたい。

「な、何と言う魔力《まりょく》……‼　それにあの魔導文字。ナカガワの代で途絶《とだ》えた魔法剣《まほうけん》がなぜ⁉」

姫《ひめ》が驚愕《きょうがく》の声を上げる。

「おおっと、これはこれはカタリナ姫《ひめ》。我々非人間族は、あなた方より多少はモノを知っているものでして。……ですがこの程度の〝ナカガワの忘れ形見〟で驚《おど》かれては困りますねえ‼」

この世界の人にとっては、それはそれは恐《おそ》ろしいナカガワの魔法剣《まほうけん》なのだろう。

だが俺《おれ》は驚《おど》くというよりは別の感情に支配されていた。

「こんな時でもヤンキーかよ……」

うん、さっきまでのシリアスな感じを返してほしい。

「皆《みな》さん下がっていてください。私がここで食い止めます」

「駄目《だめ》だソルフィ。一人で戦うなんて……！」

ソルフィが背中から紐《ひも》を取りだし、額に巻き付ける。そこには、

『最凶《さいきょう》 獲流怖《えるふ》 祖留布威《そるふぃ》』

の禍々《まがまが》しいヤンキー文字が……。

しかも「最凶《さいきょう》エルフ ソルフィ」て！ 清楚《せいそ》で可愛《かわい》らしいキャラが台なしだよ！

ソルフィが短弓をかまえ、シルヴィに照準を定める。呪文《じゅもん》を詠唱《えいしょう》すると矢が光《ひか》り輝《かがや》いた。

矢は様々に色を変え白、赤、緑に黄色の光を発する。

って、これもおかしくね？ ファンタジー的な〝魔《ま》法《ほう》の矢〟つうか、下品なネオンサインじゃね？

こんなにも清楚《せいそ》なソルフィをヤンキー化させたナカガワを、俺《おれ》は生涯《しょうがい》許さないだろう。灰の魔神《まじん》よりも、まずはお前をフルボッコにしてやりてーよっ。

「さあどうする？ もはや、私の配下が地下書庫を探している頃《ころ》さねえ！」

シルヴィが挑発《ちょうはつ》する。やはり、俺達《おれたち》の戦力を分断する作戦のようだ。

「聖弥《せいや》さん。私は大丈夫《だいじょうぶ》です。急いでください！ 時間がありません」

「だ、だが……！」

「聖弥《せいや》さん、ソルフィの言うとおりです。……衛兵！ 衛兵！」

俺《おれ》の戸惑《とまど》いをかき消すように姫《ひめ》が援護《えんご》を呼ぶ。その声を聞きつけて、屈強《くっきょう》な男達《たち》がやって来た。その中には姫《ひめ》の護衛をしていた女騎士《きし》——ターヤもいた。

「むっ、貴様はムトウ⁉　なぜここに……‼」

「ターヤ。この者は、疑われるようなものではありませんでした。いえ、その話は後回しです。さあ。あの裏切り者を！」

とシルヴィを指さす。しかしシルヴィは四方八方を囲まれてもなお、超然《ちょうぜん》と剣《けん》を構えている。ここから先、何が起こるのか？　俺《おれ》はその先が気になるが――。

「仕方ねえ、行くぞ！　ソルフィ、無事でいてくれ！」

俺達《おれたち》はソルフィを残し、書庫へ進んだ。

ソルフィという戦力が減ったのはかなり痛い。俺《おれ》も藍《らん》も戦闘《せんとう》の素人《しろうと》で、姫《ひめ》に関して言えばむしろ痛めつけられるのが専門だ。

「ああっ！　何と言うことを！」

書庫の扉《とびら》を開けた瞬間《しゅんかん》、姫《ひめ》が大声を上げた。本棚《ほんだな》は乱雑に倒《たお》され書類という書類が滅茶《めちゃ》苦茶《くちゃ》に散らばっていた。

「くそっ……。あの竜《りゅう》も近づいてきてるみたいだな」

巨大地震《きょだいじしん》のような揺《ゆ》れに耳を聾《ろう》せんばかりの爆音《ばくおん》が、徐々《じょじょ》に大きくなる。もう地下のかなり深いところにいるというのに、だ。

「げ……。何かいるな」

〝聖遺物の間〟へと繋《つな》がる隠《かく》し通路の途中、三体の不気味な影《かげ》があった。影《かげ》は、ガシャガシャと音を立てながらこちらに近づいてくる。

「二人とも、気をつけてください。この城のものではなさそうです」

「マジか……⁉」

三体のギラギラと輝《かがや》く鎧《よろい》が同時に抜刀《ばっとう》し――

『我らは〝漆黒《しっこく》の白銀三銃士《さんじゅうし》〟なり！　貴様ら全員、この〝ヴルヒムの魔剣《まけん》〟の錆《さび》にしてくれよう！』

とか名乗りを上げる。

「漆黒《しっこく》の白銀って……どっちなんだ……？」

俺《おれ》は迂闊《うかつ》にも謎《なぞ》なネーミングに思考を奪《うば》われる。が、そんな疑問を感じている場合ではない。俺《おれ》が持っている武器はバット。かたや甲冑《かっちゅう》が手にしているのは〝ヴルヒムの魔剣《まけん》〟とかいう何か強そうなやつだ。

『ふうはははあ！　まずは一番弱そうな貴様からだ‼』

「いきなり俺《おれ》かよ⁉」

しかし突然《とつぜん》のことに体が動かない。ギラギラに輝《かがや》く巨大《きょだい》な鎧《よろい》の威《い》圧感《あっかん》に、俺《おれ》の思考も肉体も完全に停止する。

「しまっ――‼」

その時、姫《ひめ》が通路の壁《かべ》を「だん！」と叩《たた》いた。瞬間《しゅんかん》、俺《おれ》の目の前の床《ゆか》がぽっかりと消えた。

『……あれっ？　そんなあ』

というアホっぽい言葉を残し、三体の騎士《きし》は魔剣《まけん》ごと奈落《ならく》の底へ落ちていった。穴はどこまでも続いていて、地面に落ちた音さえも聞こえない。

「ここは私の城。ましてここは〝聖遺物の間〟へ繋《つな》がる通路。無策なはずがないでしょう？」

温度の低い声で姫《ひめ》が説明し、もう一度壁《かべ》を叩《たた》く。床《ゆか》は元《もと》の状態に戻った。

俺《おれ》は一歩たりとも動くことができなかった。あぶねー。マジで死ぬかと思った……。

「姫《ひめ》、ありがとう。命拾いし――――」

「センパイ、マジぱねーっす!!」

「お、おう……!?」

藍《らん》には情けないところを見せたと思ったのに、何でテンション上がってんだ？

「あんな奴《やつ》らに囲まれて微動《びどう》だにしねえとか、ハンパねーっす！　さすがっす！」

きらきらした瞳《ひとみ》で藍《らん》がこっちを見ていた。藍《らん》は、明後日《あさって》の方向に勘違《かんちが》いしているようだ。

「あ、あったりめーだろ！　あんな奴《やつ》ら、全然楽勝だぜ！　おら、急ぐぞ！」

「はいっす！」

期せずして「気合いが入った武藤《むとう》センパイ」を演出することになったけど、今のはマジで心臓に悪かったよね。一歩間違《まちが》えれば画面が暗転して「ＹＯＵ　ＤＩＥＤ」ってなってたわ。

この戦いが終わったら防具を買おう。いや、死亡フラグじゃなしに。

〝漆黒《しっこく》の白銀三銃士《さんじゅうし》〟の所からさらに階層を下り、俺達《おれたち》はようやっと目的地に辿《たど》りついた。

姫《ひめ》が扉《とびら》に手を掲《かか》げると、重厚《じゅうこう》な石造りの扉《とびら》は左右にぬるっと開く。

「相変わらずずるっと開くのな……自動ドアみてーだわ」

「魔導壁《まどうへき》です。石造りの扉《とびら》に見えますが、これは魔力《まりょく》そのものです。『鍵《かぎ》』を持っている者には力は要《い》らず、『鍵《かぎ》』を持たぬ者には絶対に入ることはできません。たとえ屈強《くっきょう》な戦士であっても」

「なるほど、そういうことか」

「せ、先輩《せんぱい》……！　姫《ひめ》の話分かるんすか⁉」

藍《らん》がしゅんとした表情になる。

俺《おれ》と姫《ひめ》だけが理解しあえていることに、納得《なっとく》がいかないようだ。

まあオタ的にはすんなり納得《なっとく》できるけど、ヤンキーにはハードルが高いよね。

「気にすんな。後で教えてやんよ……」

「はいっす！　教えてください！」

藍《らん》が嬉《うれ》しそうな表情になると、なぜか姫《ひめ》が不機嫌《ふきげん》な顔になる。

「さあ聖弥《せいや》さん行きましょうすぐそこですあそこの儀式祭壇《ぎしきさいだん》にほらはやく」

「ちょっ⁉　姫《ひめ》！」

「おいこら！　先輩《せんぱい》に何してんだよ！　手を離《はな》せ！」

俺達《おれたち》はなだれ込《こ》むように聖遺物の間に入った。部屋の中は前に来た時のまま、マジナリウムに伝わる宝物と〝ナカガワのボルグ〟が置かれていた。

「儀《ぎ》式《しき》を始めましょう。聖弥《せいや》さんは祭壇《さいだん》の前へ」

封印《ふういん》はやはり解かれていた。前に見た時は鎖《くさり》でぎっちりと縛《しば》られていたが、今は祭壇《さいだん》の上に横たえてあるだけだ。

「このヤンキーバットが伝説の武器っつーのも、違和感《いわかん》しかねーが……」

やはり神話の武器というよりはヤンキーが使いそうな釘《くぎ》バットにしか見えない。だと言うのに姫《ひめ》は大まじめに儀《ぎ》式《しき》の準備を始める。その落差は妙《みよう》に滑稽《こっけい》な印象さえあった。

――だが。

そのふざけた感想は次の瞬間《しゅんかん》に霧《む》消《しょう》した。

姫《ひめ》は俺《おれ》に相対し、ナイフの切っ先を小指に当てる。

祭壇《さいだん》に一滴《いってき》の血が垂れる。その赤は祭壇《さいだん》に染《し》み渡《わた》り、祭壇《さいだん》から白い石畳《いしだたみ》を伝わり、やがて文様となった。魔《ま》方陣《ほうじん》だ。

『戦士ナカガワの武具にして神の代理意志。あるいは現世に遣《つか》わされし伝達者《メッセンジャー》。今ここにマジぱねーナカガワの後継者《こうけいしゃ》が顕現《けんげん》せり。この者に神の恩寵《おんちょう》を与《あた》えたまえ――』

何か変なのが交ざっているけど、無視だ。いちいち怒《おこ》ってたらキリねーわ。

そして一応儀式《ぎしき》は儀式《ぎしき》らしく、俺《おれ》の周囲がぼんやりと赤く輝《かがや》く。

その時またも地面が大きく揺《ゆ》れた。さらに激しい爆音《ばくおん》と、獣《けもの》の咆哮《ほうこう》が聞こえた。竜《りゅう》が部屋の壁《かべ》をブチ壊《こわ》したのだ。

「お、おい……姫《ひめ》⁉」

魔力《まりょく》で生成された扉《とびら》がひしゃげた。そして、ここが地下深くだというのに俺《おれ》は朝焼けを見た。地下書庫に朝日が射《さ》し込《こ》んでいるのだ。

「なん……だと………？」

信じられないことに、竜《りゅう》が穴を掘《ほ》ってここまで辿《たど》りついたのだ。

「聖弥《せいや》さんはそこにいてください！　ここは魔力《まりょく》によって防護されています。部屋ごと潰《つぶ》されることはありません！」

確かに天井《てんじょう》は落ちてこない。が、その破れた天井《てんじょう》の向こう側にギラついた竜《りゅう》の目があるのだ。竜《りゅう》が俺達《おれたち》と〝ナカガワのボルグ〟を執拗《しつよう》に狙《ねら》っているのだ。

「せんぱい、あーしも一緒《いっしょ》にやるっす！」

「うおおい⁉」

と、藍《らん》が魔方陣《まほうじん》をぴょんと飛《と》び越《こ》えてやってきた。

「あーしは、センパイの後輩《こうはい》っす！　大事な時は一緒《いっしょ》にいるっす！」

儀式《ぎしき》って一人でするんじゃないのかとも思うが、姫《ひめ》は「ちっ」と舌打ちをしただけで、そのまま詠唱《えいしょう》を続けている。どうやら問題はないみたいだ。

そして——俺《おれ》の眼前に灰色の塊《かたまり》が出現した。直径三十センチ程度のボールのようでもあり、立体映像のようでもあった。

玉から不気味で妙《みょう》に威圧感《いあつかん》のある声がした。

『我は〝ボルグ〟の後継者《こうけいしゃ》を確かめる〝自律魔術《まじゅつ》〟である。貴様が新しい持ち主か』

「…………ああ、そうだ」

『名前を言え』

「武藤聖弥《むとうせいや》」

『武藤聖弥《むとうせいや》よ。お前の誓《ちか》いを言え』

誓《ちか》いだと？　早速《さっそく》意味が分からない。そもそも俺《おれ》は、誰《だれ》にも誓《ちか》いなど立てた記憶《きおく》がない。

もしあるとすれば——。

「俺《おれ》はボルグを、〝神の力〟ってやつを……必ず手に入れる」

〝自律魔術《まじゅつ》〟は何も言わずに次の質問へと移る。

『お前の望みは何だ』

これは答えづらい。正直に話すなら、異世界でまったりとした暮らしをしつつ、時々可愛《かわい》い子と出会いたい。とかになる。絶対に焼き殺されるだろう。

俺《おれ》は少し考えて、上手《うま》い言い方を思いついた。

「世界の平和だ。神々の戦争を未然に防ぐ」

……まあ、嘘《うそ》は言っていない。

『いいだろう』

しばらくそこから声が途切《とぎ》れ、嫌《いや》な時間が流れる。

俺《おれ》は息をのみ、答えを待つ。

『ギリセーフだ』

「急にノリが変わったな⁉」

微妙《びみょう》に〝自律魔術《まじゅつ》〟とやらが若者言葉になる。これもナカガワの影響《えいきょう》なのかもしれないが、むしろその言葉《ことば》遣《づか》いがアウトだよ。

『最後の質問だ。ナカガワの後継者《こうけいしゃ》なら答えられる。そうでない者は灰となる』

ボルグの周囲に炎《ほのお》が巻き起こる。リアルに熱い炎《ほのお》だ。この炎《ほのお》に、これまで何人もの「自称《じしょう》ナカガワの後継者《こうけいしゃ》」が焼かれてきたのだろう。

俺《おれ》が身構えていると、灰色の塊《かたまり》が見覚えのある形に変形した。

『四ケタの数字を入力しろ』

――⁉

「何だと？　そんなの知らねーよ‼」

灰色の塊《かたまり》は０から９の巨大《きょだい》なテンキーに変形したのだ。

『最後の試練、暗証番号の入力だ。ナカガワの後継者《こうけいしゃ》であれば、答えられるであろう……』

「ちょ、何だそりゃ！　知るかよそんなの！」

「なんすかこれ⁉　何で暗証番号入れなきゃなんないんすか！」

さすがの藍《らん》もこれには激怒《げきど》である。ナカガワの野郎《やろう》マジでぶっ飛ばす、と俺《おれ》は素で思ったよね。そんなの知るわけねーだろ。まさか、お前の銀行口座とかじゃねーよな？

「むりゲーだよ、むりゲー！　馬鹿《ばか》じゃねーの⁉」

『ナカガワの後継者《こうけいしゃ》であれば、答えられるであろう……』

「さっきも聞いたっつーの！」

十の四乗は一万だ。つまり9999のハズレと、1のアタリが入ってるファッキンなくじ引きだ。そりゃこれまで何人も黒こげになる訳だぜ、はっはー！　何てアメリカンなノリで独白してみるけど、事態は何一つ改善しないよね。

「……おい！　何かヒント的なのねーのか？　これでナカガワのＡＴＭの暗証番号とかだったらマジで切れるぞ？」

『…………』

「無視かよ！」

「先輩《せんぱい》、もう適当に入れちゃいましょうよ！　時間ないっす！」

「うおい！　藍《らん》――――！」

藍《らん》が1111と入れた。その数字は絶対にハズレだろ！　ちなみに二回入力を間違《まちが》えると、儀式《ぎしき》は失敗だ』

『はいぶっぶー。

「うおおお！　何してんだよおお藍《らん》⁉」

「ああああああ！　すいませんっす!!!」

「つーかこいつも『はいぶっぶー』じゃねーよ！　舐《な》めてんのか⁉　マジでヒントとかねーのか⁉」

竜《りゅう》が完全に天井《てんじょう》を破り、部屋が露出《ろしゅつ》する。これもうやべーだろ……。

「ひんと…………？」

「藍《らん》、どうした？」

「先輩《せんぱい》、バットに何か書いてねーすかね？」

「ああ？　バットに？　確かに書いてあっけどよ」

――仏恥義理《ぶっちぎり》

――悪羅悪羅《おらおら》

――夜露死苦《よろしく》

バットの表面にはヤンキー漢字がマジックで書かれている。見るのも嫌《いや》になるような忌《い》まわしい文字列なので、できるだけ見ないようにしていた。

「せ、先輩《せんぱい》？　これってまさか…………」

藍《らん》は、夜露死苦の隣《となり》に小さく書かれている、その漢字を指さした。

前に姫《ひめ》に聞かれた時、結局読み方が分からなかったあのヤンキー漢字だ。

その漢字を目にした途端《とたん》、恐《おそ》ろしい閃《ひらめ》きが脳裏《のうり》を過《よ》ぎった。当時は気づけなかったが、今この場面で見ると——

「……なあ藍《らん》？　まさか、これってとんでもねーダジャレなんじゃないか？」

「せ、先輩《せんぱい》。まさかこれ………」

「だってよ。あるか？　他に」

ここに来て俺《おれ》は全てを理解した気になった。

あるいは全てがＹ《ヤンキー》になったような感覚すらある。

それにしてもナカガワは舐《な》めている。ずいぶんと大胆《だいたん》なことをしたものだ。

——異世界から戦士が再び訪《おとず》れ、このボルグを手にするだろう。

——その戦士はナカガワのようなヤンキーである。

パスワードは、このマジナリウムの神話に上手く合致《がっち》するようにつくり込《こ》まれているのだ。

「夜露死苦」の隣《となり》に小さく書かれているのが「南無婆亜」だ。

「やっぱ『ナンバー』っすよね？」

藍《らん》の言葉に、俺《おれ》は勇気づけられた。俺《おれ》はなんちゃってヤンキーだ。だが藍《らん》はガチのヤンキーだ。ガチのヤンキーがそう思うということは、間違《まちが》いないだろう。

「くだらねえ……。でもこれしかねーわな！　いくぞ、藍《らん》!?」

「はいっす!!」

「ヨロシクだ――!!」

「ヨロシクっす――!!」

俺《おれ》と藍《らん》は、一緒《いっしょ》に4649と打《う》ち込《こ》む。視界が真っ白に染まった。一瞬《いっしゅん》、あらゆる感覚が奪《うば》われた。どれくらいの時間が経《た》ったのだろう。ほんの数秒だったか、あるいは数時間のようにも思えた。

視界が戻《もど》ると、俺《おれ》の右手にはヤンキーバットが握《にぎ》られていた。

炎《ほのお》は消《き》え失《う》せ、再び白亜《はくあ》の部屋に戻《もど》っていた。

頭上で「ごおおお！」と轟《とどろ》く音がした。飛竜《ひりゅう》が炎《ほのお》を吐《は》き、魔術《まじゅつ》で覆《おお》われた壁《かべ》が壊《こわ》されそうになっていた。

――!!!

バットが震《ふる》え、白く輝《かがや》いた。

以前姫《ひめ》は、ボルグを太陽神の恩寵《おんちょう》と言っていた。

が、これはそんな生やさしいものではなかった。

人智《じんち》を超《こ》えた圧倒的《あっとうてき》な力だ。そうだ。これは〝力〟としか言いようがないものだ。

ボルグから〝神の恩寵《おんちょう》〟が射出される。極太《ごくぶと》のレーザービームの如《ごと》く打ちだされたそれは、一直線に飛竜《ひりゅう》に向かう。

瞬《またた》く間《ま》に竜《りゅう》の首から上が吹《ふ》き飛《と》んだ。驚《おどろ》いている間もなく〝神の恩寵《おんちょう》〟は竜《りゅう》の血しぶきを迸《ほとばし》らせながら、部屋の天井《てんじょう》を突《つ》き抜《ぬ》けて行った。

ほんの一瞬《いっしゅん》で、地上にまで届く巨大《きょだい》な風穴が空いた。

そして光の残滓《ざんし》が消え去った後、首から上を失った竜《りゅう》が轟音《ごうおん》とともに倒《たお》れた。

「なんだこれは……」

俺《おれ》はそのアホのような光景に愕然《がくぜん》とする。これはどう見てもバットだ。メーカーのロゴと、ヤンキー漢字が落書きされたしょうもない釘《くぎ》バットだ。

だがこの力は、何なんだ？　ほとんど近代兵器だ。そりゃあ、どんだけの数のモンスターが大挙したところで敵《かな》うはずがない。

元々この世界はヤンキー的な精神力が「魔力《まりょく》」に変換《へんかん》される特性がある。その上さらにこんな武器を持っていたとしたら、絶対に負けるはずがない。

「まさか聖弥《せいや》さんが本当に〝喚《よ》ばれし戦士〟だったなんて……⁉」

さすがの姫《ひめ》も驚《おどろ》いた様子で、小躍《こおど》りしながら近づいてくる。

「最強かよ……」

最強の武器を手に入れて異世界でtueeする……。これだよこれ。俺《おれ》はまさにこの〝瞬間《とき》〟を〝待《ま》〟っていたのだ……。

最高にハイってやつだ。ここまできたらこのバットで無双《むそう》してやんぜ。あとナカガワの野郎《やろう》が構築したヤンキー世界観もブッ壊《こわ》す。普通《ふつう》のファンタジーに戻《もど》してやんよ。

……とか思っていたら姫《ひめ》はぱたりと歩みを止め、訝《いぶか》しげな表情になる。

「あれ、聖弥《せいや》さん？」

「どうしたんですか」

「いやいやちょっと！　何してんですか聖弥《せいや》さん⁉」

すると、姫《ひめ》が目玉をがっつり開いて声を裏返す。しかも声のトーンがそのへんにいるふつーのねーちゃんみたいになってる。

足元にぼろりと何かが落ちた。不審《ふしん》に思って地面を見ると〝ナカガワのボルグ〟の一部だった。ボルグはあれよあれよと言う間に崩壊《ほうかい》し、浜辺《はまべ》に転がる木《こ》っ端《ぱ》みたいになる。

「な……なんだこれ⁉」

ぼろっぼろに崩《くず》れたボルグの断面を、藍《らん》が覗《のぞ》き込《こ》んだ。

「センパイ、これカビてねーすか？」

「カビだと⁉」

「つーかこの部屋ちょっとカビ臭《くさ》くねーすか？」

と藍《らん》は鼻をくんくんさせながらデリカシーのないことを言う。

確かにこんな石造りじゃ湿気《しっけ》も溜《た》まるだろう。そして鎖《くさり》にがんじがらめにして千年も置いておけば、さすがの国産メーカーのバットでもボロボロにもなる。

「うそ、そんな……」

「まあいいじゃねーか。でけーのもぶっ飛ばしたし、シルヴィに奪《うば》われるよりは全然マシだろ。とりあえず、結果オーライじゃねーのか」

うなだれる姫《ひめ》に対し、藍《らん》は珍《めずら》しくかしこい発言をする。

確かにあんなチート兵器が敵の手に渡《わた》ったら国としては大変なことになる。最悪の事態は避《さ》けられた、というところだろうか。

だが俺《おれ》も俺《おれ》で割と凹《へこ》んでる。俺《おれ》って最強になるはずだったよな……。


「ボルグが壊《こわ》れた⁉　そいつは実に喜ばしいねえ！」

よく通る声が頭上から聞こえてきた。声の主は高らかに笑いながら、儀式《ぎしき》の間に開いた風穴から悠々《ゆうゆう》と舞《ま》い降《お》りてくる。元村長にして裏切り者のシルヴィだった。

ソルフィや他の騎士達《きしたち》が総出でシルヴィと戦っていた。奴《やつ》がここにいるということは……？

「お、お前……！　なぜここに……‼」

「奴《やつ》らは今頃《いまごろ》ぐっすり夢の中さ。しかもソルフィも一緒《いっしょ》。〝エルフの煙《けむり》〟にひっかかるなんて、我《わ》が妹ながら情けないねえ！」

「いいからソルフィと仲直りしろっつーの。ソルフィも悲しんでっぞ！」

藍《らん》は激高する。

信義を重んじるヤンキー的に、シルヴィの行為《こうい》は許しがたいのだろう。

「何を言う？　私は最初からそのつもりだったさ。数百年もの間、ずっとね！　どうだ？　お前らが望むなら〝灰の魔神《まじん》ヨルム〟はいつでも歓迎《かんげい》するよ。ほら、ムトウもそんな青臭《あおくさ》い娘《むすめ》なんて相手にしてないでさあ？」

シルヴィは前にも増して蠱惑的《こわくてき》だ。ぶっちゃけ脚《あし》と胸のバランスが最高だ……。

俺《おれ》がシルヴィに見とれていると、藍《らん》が前にでる。ボルグを両手に構え食ってかかる。

「つざけんなよ⁉　おうシルヴィ！　タイマンでこいや！」

「藍《らん》⁉　お前………‼」

「センパイ！　こいつはあーしがシメるっす！」

やべ、これはガチのやつだ。

こうなるとキアイの入ったヤンキーを止めることはできない。でもさっきシルヴィめっちゃ強そうな剣《けん》使ってたよな。ノーマルのボルグで対抗《たいこう》できるとは思えないが？

「おっしゃあ！」

――⁉

俺《おれ》は我《わ》が目を疑った。

藍《らん》がキアイを入れると、ボルグから炎《ほのお》みたいなのが噴《ふ》きでた。え、藍《らん》いつの間に属性付与《ふよ》的なスキル手に入れたんすか。ボルグめっちゃ燃えてんじゃん。

「ほう……『補助魔導具』もなしにその〝キアイ〟とは。これは今のうちに潰《つぶ》すしかないねぇ!!」

しかもシルヴィもシルヴィで、藍《らん》の能力を認めた感じになってるし。

でも藍《らん》て単にヤンキーがよくやる「キアイ」を入れただけだよな。

俺《おれ》もやればできるんだろうけど、ガチのケンカはちょっと……。

とかびびってると、シルヴィも剣《けん》を構えて臨戦態勢を取る。

「いいねえ。上等じゃないか!」

「こっちこそ上等だおら⁉ センパイに色目使ってんじゃねーぞ⁉」

突如《とつじょ》として勃発《ぼっぱつ》するラストバトルにして女同士の戦い。主人公って俺《おれ》じゃなかったっけ？

「ここは一旦《いったん》下がっていましょう!」

とか姫《ひめ》にも気を遣《つか》われる始末。何だこのシチュエーションは。

すると、急に耳鳴りのような音がした。

「な、何だ……?」

音はシルヴィの首飾《くびかざ》りからしていた。通販《つうはん》で売ってそうな例の怪《あや》しげなシルバーアクセから、

もやもやと黒い煙《けむり》が立ち上《のぼ》る。

「目覚めよ――――!」

ノイズ音がさらに強まる。不快な音に呼応するかのように竜《りゅう》の体が痙攣《けいれん》し、周囲に黒い瘴《しょう》

気《き》が立ちこめる。

「……⁉　お、おい、あれってまさか⁉」

黒い瘴気《しょうき》は次第《しだい》に形を持ち、見る間に竜《りゅう》の首になる。閉ざされていた双眸《そうぼう》がギョロリと開く。そして目覚めの挨拶《あいさつ》とばかりに『ヴォオオオオオ』と喉《のど》を鳴らし、炎《ほのお》を噴《ふ》き上《あ》げた。

一度倒《たお》したボスが復活するって、どこのゲームだよ……。

「舐《な》めんなよ‼」

藍《らん》が虚空《こくう》にボルグをフルスイング。竜《りゅう》が噴《ふ》いた炎《ほのお》が一発でかき消える。

「いいねえ！　存分に楽しませてくれよ！」

シルヴィが跳躍《ちょうやく》し、竜《りゅう》の背中に飛び移る。玉座のような豪華《ごうか》な鞍《くら》に豪快《ごうかい》に跨《また》がる。

そして玉座には、ドラゴンを操縦する長いハンドルがついていた。

――⁉

「鬼《おに》ハンじゃねえか⁉　どうしてあんなもんが⁉」

鬼《おに》ハンとは、珍妙《ちんみょう》な形のバイクのハンドルだ。割と田舎《いなか》のヤンキーがつけて喜んでるやつ。

たまにイキった中学生が自転車のハンドルを鬼《おに》ハンにしてるよね。

つーかシルヴィ、そんなもんをドラゴンにつけてどうする気だよ……。

「これがナカガワの戦闘流儀《せんとうりゅうぎ》ってやつさねえ！」

「バイクかよ！」

俺《おれ》は思わずシルヴィに叫《さけ》ぶ。何なんだよこんな時に……。

「バイクじゃない！『怒羅言《どらごん》』さ！」

そして竜《りゅう》の首元には〝怒羅言《どらごん》〟のヤンキー文字――もとい魔導文字が書き込まれていた。

「これぞ北海道《ほっかいどう》最強の証《あかし》よ！」

「何で北海道《ほっかいどう》とか知ってんだよ⁉　しかもそれ言うなら北関東じゃねーのか⁉」

「彼《か》の地《ほ》はナカガワの生まれ故郷なのさ！」

「すっげーどうでも良《い》い情報だな！」

シルヴィは明らかに俺《おれ》の世界を把握《はあく》し、〝ナカガワ〟的な戦闘《せんとう》スタイルを取っている。何なんだよいったい……。

「だりゃあああ！」

対する藍《らん》はパワープレイだ。

バットから迸《ほとばし》る〝キアイ〟は衝撃波《しょうげきは》となり、次々とドラゴンにヒットする。

要するに「バットでボコしてる」という状態だ。しかもヤンキー的な精神力の強さからか、筋力以上のダメージがドラゴンに入っているようだ。動物虐待《ぎゃくたい》じゃね？

ドラゴンがへろへろになったその時、シルヴィが玉座から立ち上がった。

「ならば……これはどうかな‼」

「まさかあれは、ナカガワの構え！」

「何すかそれ」

「術者と仲間の筋力を増幅《ぞうふく》させる戦闘魔術《せんとうまじゅつ》〝ヴェイド〟です！　でも、一介《いっかい》のエルフがナカガワの戦闘魔術《せんとうまじゅつ》を使うなんて信じられない！　しかもあの〝怒羅言《どらごん》〟は手練《てだ》れの竜《りゅう》使いでさえも操《あやつ》ることはできないというのに⁉」

姫《ひめ》はシルヴィの戦闘《せんとう》スタイルを解説するが、客観的に見ればただのヤンキー座《すわ》りだ。

しかも戦闘服《せんとうふく》はおもっきしエロくてぱんつが丸見えで、どっちかと言うとセクシーなM字開脚だ。それはそれでナイスなシチュエーションです。シルヴィさん、本当にありがとうございます。

シルヴィの戦い方が変わった。

M字開脚でドラゴンの移動速度を上げ、上空からヒットアンドアウェイを繰《く》り返《かえ》す。

近接攻撃《こうげき》に特化している藍《らん》には、一転して苦しい戦いになる。

「藍《らん》――――‼」

って、何で俺《おれ》がヒロインみたいなポジションになってるんだ？

「くそ……‼　このままじゃ、藍《らん》が……‼　おい藍《らん》！　代われ！　俺《おれ》がやんよ！」

「駄目《だめ》っすセンパイ！　こいつは、あーしがぶっ飛ばすっす！」

藍《らん》はあくまでもタイマンに拘《こだわ》る。だが状況《じょうきょう》は芳《かんば》しくない。

そしてそんな中でも俺《おれ》は無意識に飛竜《ひりゅう》の挙動を分析《ぶんせき》していた。ゲーマーの悲しき性《さが》だ。

ドラゴンはホバリングしながら二、三回炎《ほのお》を噴《ふ》く。その後地上に降りて爪《つめ》を叩《たた》きつけ、最後になぎ払《はら》うように尻尾《しっぽ》が来る。

ドラゴンはそのパターンを微妙《びみょう》に変化させながら戦っているようだ。

「なるほど……なるほどな……」

さらに気になったのは、上空に逃《に》げてからの旋回《せんかい》時間の長さとシルヴィのアクセサリーだ。

上空を旋回《せんかい》している時に、絶えず耳障《みみざわ》りな音が聞こえている。

特に〝怒羅言《どらごん》〟が炎《ほのお》を噴《ふ》いたり、大きな攻撃《こうげき》をした後に音が大きくなる。まるで何かを補給している、かのようだ。

「……姫《ひめ》。奴《やつ》がナカガワの力を使ったり、ドラゴンを操作できるはずは、ないんだよな?」

「そのとおりです。あの〝怒羅言《どらごん》〟にしても、それこそ〝ナカガワの血脈〟のように強力な魔《ま》力《りょく》がなければ、背中に触《ふ》れることさえできないはず……」

この世界では俺《おれ》や藍《らん》のようなヤンキーは、精神力を魔力《まりょく》に変換《へんかん》する〝異能〟がある。

が、この世界の住民にはその力はない。

それ故《ゆえ》に魔術《まじゅつ》の体系を構築し、様々な触媒《しょくばい》を使いながら魔法《まほう》を発動させている。

「ってことは……あの首飾《くびかざ》りだ……!!」

つまり、シルヴィがヤンキー戦技を使ったりドラゴンを操《あやつ》るためには、何らかの魔《ま》力《りょく》を供給する道具が必要なのだ。

「そう言えばあの首飾《くびかざ》りは見覚えが!!　私としたことが……!!」

「姫《ひめ》、心当たりがあるのか？」

「大ナカガワ聖典の挿絵《さしえ》に——あの首飾《くびかざ》りの絵があります。あの色、形……。間違《まち》いなく〝ナカガワの聖遺物〟です！」

「ま、マジかよ……。シルヴィの奴《やつ》、それであんだけの力を……!?」

ってても通販《つうはん》で六千円くらいで売ってるけどな。ヤンキーアクセが聖遺物とかマジ勘弁《かんべん》しろし。

「とにかく、あの首飾《くびかざ》りを狙《ねら》えってことだな。大方、上空を旋回《せんかい》しているのは魔力《まりょく》の〝溜《た》め時間〟てところだろう！」

「た、確かにそうなのでしょうが……。でもどうすれば……？」

ここからシルヴィを狙撃《そげき》するか、直接奪《うば》いに行くか。

当たり前だが、ドラゴンに乗って飛び回るシルヴィの首飾《くびかざ》りを奪《うば》うのは至難の業《わざ》だ。

「狙撃《そげき》と言っても、無理か……」

ここにソルフィがいれば弓で狙撃《そげき》できたかもしれない……と俺《おれ》は悔《くや》しくなる。ソルフィはエロい姉にやられて地上で眠《ねむ》っているらしい。

俺《おれ》は天を仰《あお》ぐ。

弱点は見えているというのに手が届かない。実にもどかしい。

見上げた視界に、シルヴィのぱんつが見えた。

そして——空が見えた。

ここはもとは地下深くの〝聖遺物の間〟だった。今はドラゴンを第一形態《たお》倒した時に派手に風穴が開いて、縦に長い空間ができている。

それを見た俺《おれ》の脳裏《のうり》に、とある「イカれたアイデア」が過《よ》ぎった。

「………!? もしかして……いけるか……?」

シルヴィはドラゴンという圧倒的《あっとうてき》な戦力を持っていることで慢心《まんしん》している。俺《おれ》はそこに、勝機を見つけた。そう、シルヴィの頭上はがら空きなのだ。

「……姫《ひめ》。ここから地上へ抜《ぬ》ける道を教えてくれ！」

「聖弥《せいや》さん!? まさか……」

「パターンは見切った。あとよく考えたらこれってタイマンじゃねえわ」

これってドラゴンとシルヴィ対藍《らん》だろ、常識的に考えて。

なら俺《おれ》が手助けしても問題なしだ。

「旋回《せんかい》するドラゴンの真上に行く。で、シルヴィの首飾《くびかざ》りをぶっちぎる！ 作戦は以上だ!!

ちょっとくらいキアイ入ったトコみせねーとな!!」

俺《おれ》は階段を駆《か》け上《あ》がる。一段上がるたびに呼吸が苦しい。

ナカガワのボルグは、城の地下をごっそりと円筒状《えんとうじょう》に削《けず》っていった。複雑に入り組んだ地下を一直線に切り取っていったせいで、移動がひどく困難になる。

ダンジョンめいた入り組んだ廊下《ろうか》を進んだかと思えば、突然《とつぜん》の断崖絶壁《だんがいぜっぺき》だ。そのたびに俺《おれ》と姫《ひめ》はルートを変え、階段を駆《か》け上《あ》がった。

姫《ひめ》が内部のルートを熟知しているとは言え、かなり時間がかかる。

「くそ、大した高さじゃねーのに遠いぜ！」

こうする間にも〝怒羅言《どらごん》〟は暴れ、藍《らん》はバットを振《ふ》るう。一刻も早く辿《たど》りつきたいというのに……！

「もう少しです！　次の通路を迂回《うかい》すれば……‼」

「おっしゃあ！」

視界が開けた途端《とたん》、足元の景色に目が眩《くら》んだ。

想像以上に高い場所に辿《たど》りついていたのだ。

俺《おれ》は眼下に視線を移す。藍《らん》が高校球児ばりに必死にバットを振《ふ》っていた。バットの先端《せんたん》から衝撃波《しょうげきは》が発生し、ドラゴンの翼《つばさ》を削《けず》り取《と》っている。

一方でシルヴィは回復魔法《まほう》も発動させていた。

ドラゴンの翼《つばさ》は戦闘中《せんとうちゅう》ずっと修復されている。圧倒的《あっとうてき》に藍《らん》が不利な状況《じょうきょう》だ。

――藍《らん》、待ってろよ‼

が、真下を見ると頭がくらくらする。

──うおおお、怖《こ》ええ!!

藍《らん》を助けたい気持ちに反して、その高低差は恐怖《きょうふ》でしかない。高さはおよそ数十メートル。あれ、これって失敗したら死ぬのでは？　そしてこの異世界、多分死んで無限ループするやつじゃないよな？

常識的に考えれば普通《ふつう》に死ぬわ。

しかしドラゴンが藍《らん》に迫《せま》る。さすがに体力が減ってきているのだろう。躱《かわ》しきれない。

──藍《らん》!!!

ドラゴンがさらに炎《ほのお》を吐《は》き、爪《つめ》を繰《く》りだす。藍《らん》がすんでのところで回避《かいひ》し、反撃《はんげき》する。

攻撃《こうげき》を終えたドラゴンは、俺《おれ》が読んだとおり上空に逃《のが》れる。

上空を旋回《せんかい》している間じゅう、シルヴィのアクセサリーが甲高《かんだか》く鳴っている。やはりあのヤンキーアクセが魔力《まりょく》の源なのだ。

「聖弥《せいや》さん、本当にやるつもりですか？」

「当たり前じゃないすか……。俺《おれ》の後輩《こうはい》だし」

とか言いつつもビビる。だが藍《らん》の体力も限界だ。チャンスはほとんどないだろう。

「いいや………やるしかねーだろ、常識的に考えて……!!」

ばさっ、ばさっ、とドラゴンが翼《つばさ》をはためかせる。

藍《らん》の頭上を悠々《ゆうゆう》と旋回《せんかい》し、次なる攻撃《こうげき》の時を待つ。魔力《まりょく》が補給されれば、シルヴィは再び攻《こう》撃《げき》に転じるだろう。それだけは阻止《そし》しなければならない。

「決意は固いようですね。でしたら、これを！」

「な、何ですかこんな時に⁉」

姫《ひめ》は俺《おれ》に不気味な人形を渡《わた》した。

「〝スイヴダーの人形〟です」

「何すか、これ……？」

「これを持っていれば、聖弥《せいや》さんの痛みが半減されます」

「お、おう……？　残りの半分は？」

もう聞くまでもなかったよね。このドM姫《ひめ》ったら、またまた欲情してるよ？　頬《ほお》が赤いし、目がいっちゃってるよ？

「もも……もし聖弥《せいや》さんの身に何かがあったら心配で……ああっ……………♥」

「絶対に俺《おれ》のこと心配してないですよね？」

姫《ひめ》はびくんびくんと身悶《みもだ》えする。こいつ、むしろ俺《おれ》が大ダメージ受けるのを期待してるよな。

「じゃあそろそろ行きまーす」

「聖弥《せいや》さんっ……待って……」

マゾ豚姫《ぶたひめ》のおかげで恐怖心《きょうふしん》が吹《ふ》き飛《と》んだ。こんなアホみたいな戦い、一刻も早く終わらせてやんよ。

ヤケクソになった俺《おれ》は、高度数十メートルの高さから飛び降りた。もちろん変態プレイに使う人形は放置して。シルヴィの注意は藍《らん》の方に向いている。完璧《かんぺき》なタイミングだった。

だが――。

「そんな手は食わないのさ！　残念だったねえ！」

シルヴィは俺《おれ》が跳躍《ちょうやく》した瞬間《しゅんかん》、こちらを振《ふ》り返《かえ》ってにたりと笑った。

「……!?　なぜ………!!」

「詰《つ》めが甘《あま》い！　エルフの耳のよさを忘れていたねえ！」

シルヴィがドラゴンの背中から立ち上がり、黒い炎《ほのお》を剣《けん》に纏《まと》わせる。対する俺《おれ》は素手《すで》だ。それどころか落下の軌《き》道《どう》を変えることもままならない。

――やっぱし駄目《だめ》か!?

次の瞬間《しゅんかん》、俺《おれ》の真横を一筋の光が奔《はし》った。

色は歓楽街《かんらくがい》のネオンサインのような残念な虹色《にじいろ》。

「……ソルフィ!?」

光の矢が剣《けん》に直撃《ちょくげき》し、シルヴィの体勢が崩《くず》れる。驚《おどろ》いた表情が見えた。ほぼ同じタイミングで俺《おれ》はシルヴィの胸に飛《と》び込《こ》んだ。

「おっしゃあああああ!!」

胸元《むなもと》に手を伸《の》ばした。チェーンが指先にひっかかり、がっしりと食《く》い込《こ》む。指先に鋭《するど》い痛みが走る。が、俺《おれ》は勢いに任せ、チェーンを引っ張った。ぶつりと切れる音がした。

「あんっ♥　ちょっとぉ♥♥」というセクシーな声。

さらに勢いあまって、シルヴィの服が裂《さ》けた。

――⁉

何と素晴《すば》らしい胸だ、これFカップくらいあんじゃね？　人生バンザイ！　マジ最高！　うわー、シルヴィさんありがとうございます、俺《おれ》はこの指先の感触《かんしょく》を一生涯《いっしょうがい》忘れることはないだろう異世界万歳《ばんざい》、圧倒的《あっとうてき》感謝………‼　とか思う時間なんて一秒もなかったよね。

魔導具が力を失うと同時に〝怒羅言《どらごん》〟が俺達《おれたち》を振《ふ》り落《お》とし、上空へと飛翔《ひしょう》した。恐《おそ》らくは制御《ぎょ》していた魔術《まじゅつ》が効力を失ったのだろう。

俺《おれ》はシルヴィとともに落下した。

地上で待ち受けているのはヤンキー後輩《こうはい》だ。

「せんぱ――――――い‼　マジすげーっす‼‼」

と両手を広げ俺《おれ》を抱《だ》き留《と》めようとする。

藍《らん》を見ると、ドラゴンのブレスで服が焦《こ》げていた。

さらによく見れば……ブラも焼けてね？　あれ、見えてね？　つか藍《らん》のおっぱいて中々良《い》い形してるな。上にツンと張ってる感じ？　いやあ悪くないわあ。藍《らん》、ヤンキーでさえなければ

最高だよな……なんてことを考えている余裕《よゆう》もやはり一秒もなく、藍《らん》の胸めがけて落下していた。

確認《かくにん》はできなかったけど、Dカップくらいはあったよね。確認《かくにん》はできなかったけど。

一瞬《いっしゅん》だけ意識が途絶《とだ》えた直後、藍《らん》の「おい、待てよ！」の声で目が覚めた。

起き上がれば、再びシルヴィと藍《らん》が対峙《たいじ》していた。

「ムトウ……今のはとても刺激的《しげきてき》だったよ」

「おら！　だからテメー先輩《せんぱい》に馴《な》れ馴《な》れしいんだよ⁉」

と藍《らん》。お前、ほんと元気だな。

しかし双方《そうほう》とも胸元《むなもと》がぱっかりと露《ろ》出《しゅつ》している。このまま行っても泥仕合《どろじあい》になるだろう。俺《おれ》的にはそれもいいけどね。

「セイヤ……。次会う時は、もっと良《い》いことしようね？　いくらでも触《さわ》らせてあげるさ」

「なっ………こら！　まだ終わってねーぞ！」

シルヴィは邪悪《じゃあく》で妖艶《ようえん》な笑《え》みを浮《う》かべ、体をふわりと浮遊《ふゆう》させる。

スカートの裾《すそ》からのぞくむっちりとした太ももが妙《みょう》に気になったが、藍《らん》もいることだし見ないふりをした。

Yankee Muso!

終章

それって王のパシリじゃね？

あれから七日が過ぎて、俺《おれ》と藍《らん》は王の間に立つ。

玉座には王がいて、その下に控《ひか》えるように姫《ひめ》がいる。

正味、裁判の場でしか顔を合わせていないだけに王の印象は薄《うす》い。威厳《いげん》のあるおっさんだなー、という感じの記憶《きおく》しかなかった。

が、こうして玉座の前で相対してみると、そんな失礼な言葉も浮《う》かんでこない。

そして王の第一声は、深く嘆《なげ》きに満ちていた。

「我《わ》が国《くに》にはナカガワの再来を名乗り、不当に国の援助《えんじょ》を得ようとする者が年に数度はやって来る。もちろん全員死んだが。だがこうして〝神話の戦士〟が本当に現《あら》われるとはな……」

王はさらっと全員死んだとか言う。こうして証明するまでは、俺《おれ》もそのうちの一人に過ぎなかったというのは分かるが、どこか釈然としないものがある。

「これもまた、神のお導きであろう」

武器の暗証番号は夜露死苦だったし、すぐにぶっ壊《こわ》れるし。ぶっちゃけ、ヤンキーだったら誰《だれ》でもって感じだろう。

「それは信じられねえけどな……」

「何と。お前は〝ナカガワのボルグ〟が認めた戦士ではないのか？」

「もちろん儀式《ぎしき》では認められた。だが、神話の戦士かと言われると違《ちが》うような気がするが……」

俺《おれ》はどう考えてもただのオタクだし、剣《けん》よりもゲームコントローラーを握《にぎ》ってた方がずっと良《い》い。ほんと、ろくでもない異世界に来てしまった。

「〝喚《よ》ばれし戦士〟は、神々の戦いを終わらせるために現《あら》われる。……神話にはそう予言されている。ううむ……ではどうしたものか。武藤《むとう》にはこの五王国を旅するだけの、十分な金と馬を与《あた》えようと思ったのだが」

「先輩《せんぱい》……良《い》いんすか？」

「だってよ、旅なんかにでたら相当面倒《めんどう》だぜ？　絶対また俺《おれ》を死刑《しけい》にする奴《やつ》とかでてくるだろ」

「そうっすか……？」

どうせ行く先々で、色々なトラブルに巻《ま》き込《こ》まれるに決まっている。道草食わないで、現実に戻《もど》る一本道をダッシュで駆《か》け抜《ぬ》けるのがいちばんだ。

「お父様。そうであれば、私の別邸《べってい》で聖弥《せいや》さんを書生として召《め》し抱《かか》えては？」

と肉欲姫《ひめ》。その瞬間《しゅんかん》、俺《おれ》の選択肢《せんたくし》は決まった。

「旅にでます」

「聖弥《せいや》さん。そうおっしゃらずに」

「旅にでます」

俺《おれ》は姫《ひめ》の目の色が変わっていることを見逃《みのが》さなかった。

危ない危ない。しかも今は藍《らん》が一緒《いっしょ》だ。マゾ豚姫《ぶたひめ》との日々はまあよかったが、藍《らん》と姫《ひめ》を同じ場所に置くべきではない。

「ならば武藤《むとう》よ。わしの頼《たの》み事を聞いてくれるか。世界は今〝太陽神シラーム〟と〝灰の魔神《まじん》ヨルム〟の戦争が始まろうとしている。だが我ら太陽神の眷属《けんぞく》はと言えば、五つの王国に分裂《ぶんれつ》しているていたらくだ。これでは戦いが始まる前に敗北しているも同然……」

何だ、このオープニング感溢《あふ》れる展開は⁉

「お、おう……⁉」

「来るべき戦争に向けて、まずは五王国が一致《いっち》団結しなければならない。各国の王に、その話をする適任者が――武藤《むとう》なのだ。神話には、こうも書かれている。『〝ナカガワの再来〟は、国々を束ね、魔神《まじん》とその眷属《けんぞく》を焼《や》き払《はら》うであろう』と。この世界にはグローランド、アルフォニア、ブランデン、インペラム、タオレンの五つの王国がある。それらを束ねるのが……武藤《むとう》なのだ」

いや、それこそ王の仕事じゃね？　外交ルートとかいっぱいあるだろ……。と俺《おれ》は普通《ふつう》に思う。なんで俺《おれ》が五つの王国を束ねなきゃなんねーんだよ。しかも束ねたところで俺《おれ》の領地とか増えなそうだし。

「意味分かんね……。俺《おれ》がそんなコトできるはずねーだろ⁉」

「センパイ、ソルフィが言ってたんすけど、要するに先輩《せんぱい》は五王国《ゾク》の長《ヘッド》になるみたいっす！　燃えるっすね！」

「スケールでかいな⁉」

ソルフィは「ヤンキー用語」を駆使《くし》してアホの藍《らん》に神話の説明をしていたようだ。しかも大体一致《いっち》しているからタチが悪い……。

要は神々の戦争が始まる前に、〝太陽神の眷属《けんぞく》〟同士で一致《いっち》団結しろという話だ。で、そのまとめ役が〝喚《よ》ばれし戦士〟こと俺《おれ》らしい。別に藍《らん》でもよくね？

「やっぱ、旅にでるしかねーっすね先輩《せんぱい》！」

「マジナリウムの命運を握《にぎ》るのは……武藤《むとう》なのだ」

王はいかにもなセリフを言う。なんちゃってヤンキーが世界の命運を握《にぎ》ってたまるかよ、と俺《おれ》は思う。しかもこの王、最初は俺《おれ》を死刑《しけい》にしようとしていた訳で。まったくもっていい加減なもんだぜ。

「聖弥《せいや》さん。時々、私に報告をしに戻《もど》ってきてください……。本当は私もついていきたいところですが、公務があるので……」

姫《ひめ》は言外に「そうでなければ死刑《しけい》です」と匂《にお》わせる。

とりあえずこの場所に居続けるのは危険だ。しかも二つほど例の呪《のろ》いの人形を追加で渡《わた》されてるし。遠く離《はな》れても姫《ひめ》を刺激《しげき》できる逸品《いっぴん》らしい。

うん、何はなくとも旅にでよう。

「しゃーねーな、王のパシリってのが気にいらねえが、いっちょ旅にでてやんぜ！」

「先輩《せんぱい》、マジぱねーっす！」


旅立ちの日、俺達《おれたち》は城の前で新しい馬車が来るのを待っていた。

隣《となり》には藍《らん》とソルフィがいる。清純なエルフ娘《むすめ》は「おねえさんを目覚めさせるために、ついていきます」なんて言って、旅に同行してくれることになった。

もちろん俺《おれ》としてもソルフィがいた方が何かと楽だし、清楚《せいそ》なエルフの女の子と旅をするとか、控《ひか》えめに言っても最高だ。もう一度言う。控《ひか》えめに言っても……最高だ。

「王が手配した馬車、楽しみです。どんなのが来るんでしょうね？」

ソルフィは耳をぴこぴこさせて遠くを見る。うん、普通《ふつう》に可愛《かわい》い。

「おい、あれじゃねえか？　何か、かっけーな⁉」

と藍《らん》のテンションが少し上がる。うん、普通《ふつう》にヤンキーだ。

が、その馬車を間近で見た俺《おれ》は、藍《らん》とは逆に軽く引いたよね。

「これ、ヤン車じゃね？」

と俺《おれ》は思わず素のままで言ってしまう。車体には謎《なぞ》のエアロパーツ。足回りは微妙《びみょう》に……車高が低い。

「どうだね⁉　この馬車のデキは！」

馬車を率いていた男が地面に降り立ち、自慢《じまん》げな顔で笑う。

「戦士ナカガワをイメージして造った特別品だ。王直々の命令とあっちゃ、職人として手を抜《ぬ》く訳にもいかんからな。その分、貰《もら》うもんは貰《もら》ったがな！」

「素敵《すてき》な馬車です！」

「良《い》いっすね先輩《せんぱい》！」

「お、おう……」

女子二人がノリノリなこともあって、俺《おれ》は諦《あきら》めることにした。

実際、悪趣味《あくしゅみ》なヤンキー要素を除けば、モノはよさそうだ。

俺《おれ》は馬車に回《まわ》り込《こ》み、車体を一通り確認《かくにん》した。

「なあ、これって……⁉」

そして馬車のサイドにはステッカーが貼《は》られていた。

「知らんのか？　魔導文字《おまじない》だよ。疾風《しっぷう》のような速度を得る、という意味だ」

「おおん⁉」

俺《おれ》はその説明に愕然《がくぜん》とした。なぜならその馬車に貼《は》られていたシールは「暴走列車」だ。これじゃあ風は風でも、別の風になりそうだ。

「藍《らん》……これはやめといた方がいいよな⁉」

「さ、さすがに縁起悪いっすね……」

「なあおっさん。これって貼《は》り替《か》えることってできねえの？」

「何？　これじゃ駄目《だめ》か？　しかたねえな……」

と職人のおっさんが次の馬車に貼《は》ったのは――

「これは体力回復の魔導文字、羅武穂《らぶほ》だ」

「そう言われた途端《とたん》、この馬車が怪《あや》しく見えてきたぞ……？」

「何言ってんだ！　これも由緒《ゆいしょ》ある愛の魔導文字だぞ。怪《あや》しくなんてねえ」

いや、だって男女が馬車の中で寝泊《ねと》まりする訳で。しかも愛の魔導文字って言ってるし。

「これのどこが駄目《だめ》なんですか？」

ソルフィはきょとんとした顔で俺《おれ》を見る。ああ、君にとってはただのおまじないだものね。

「せんぱい、これにしましょう！」

藍《らん》はらんらんとした瞳《ひとみ》で俺《おれ》を見る。ああ、お前ちょっと姫《ひめ》に似てきたな？

「おっさん、ステッカーはナシで大丈夫《だいじょうぶ》だ。……なんせ俺《おれ》は〝ナカガワの再来〟だかんな。

言うなりゃ俺自身《おれじしん》が魔導文字みてーなもんだ」

と、また適当なことを言ってその場を切《き》り抜《ぬ》けようとする。

職人のおっさんもおっさんで、

「ははあ……それもそうだな！　戦士にそんなものは不要！」

なんて嘆息《たんそく》する。びりっとラブホのステッカーを剝《は》がし、俺《おれ》に握手《あくしゅ》を求める。

「〝喚《よ》ばれし戦士〟の出立に、祝福あれ！」

おっさんに続いて、ソルフィと藍《らん》も声を揃《そろ》える。

「「祝福あれ！」」

俺達《おれたち》は次なる目的地——アルフォニアなる国へ向けて出発した。

そこには何がある？　何の目的で行く？　それは分からない。藍《らん》が「お菓子《かし》みたいな名前で美味そうっす！」と言ったのでそこに行くことになった。ただそれだけなのだ……。

そして馬を操《あやつ》るのはソルフィだ。

俺《おれ》もそのうち馬の御《ぎょ》しかたを教えてもらいたいところだ。

「……しゃーねーな。もうちょっとだけこの世界の茶番につきあってやろーじゃねーか」

要所要所でやってくるヤンキー要素が余計だが、基本的には異世界ファンタジーだ。何とか頑張《がんば》ろう、と自分自身を説得する。

「村から離《はな》れるのは寂《さび》しいけど……聖弥《せいや》さんと旅ができるなんて、本当に嬉《うれ》しいです」

ソルフィは憂《うれ》いのある笑《え》みを向ける。姉にも裏切られた訳だし、きっと辛《つら》いと思う。

あー抱《だ》きしめたい。

ソルフィ、君はこのヤンキー異世界の片隅《かたすみ》に咲《さ》く一輪の花だ。僕《ぼく》は君を守るために戦って行きたい。何て具合でジェーポップの歌詞めいたことを思っていると——

ばちーん！　ばちーん！　と激しい音がした。藍《らん》センパイである。

はい駄目《だめ》でしたー。藍《らん》がいる限りむりー。俺《おれ》、アウトー。死ぬしかないー。

「ら……藍《らん》、どうしたんだよ⁉」

「なんでもねーっすよ！　ちょっと腕《うで》が痒《かゆ》くて」

「痒《かゆ》くて掻《か》いてるっつうか、殴《なぐ》ってるよな⁉　いいからこっち来いよ……」

「はいっすー！」

藍《らん》が俺《おれ》の隣《となり》にちょこんと座《すわ》って自動的に機嫌《きげん》を直す。しかし相変わらず良い匂《にお》いするなー。

藍《らん》は未《いま》だにキアイが入った武藤《むとう》センパイに「ゾッコン羅武《らぶ》」のようだ。そして俺《おれ》が別の異性と不羅愚《フラグ》を立てようとすると、ちょっと不機嫌《ふきげん》な様子で威嚇行為《いかくこうい》に及《およ》んでくる。可愛《かわい》いんだか怖《こわ》いんだか。

「おや？　何か聞こえるな」

馬車が大通りにでた時、遠くから珍妙《ちんみょう》な音が聞こえて来た。

この音は……いや、まさかな……。

「センパイ、『コール』じゃないっすか？」

「バイクはさすがにねーだろ。気のせいだよ」

「コール」とは現代においては絶滅危惧種《ぜつめつきぐしゅ》となった珍走団《ちんそうだん》が好んでやる迷惑行為《めいわくこうい》のことだ。が、いくら何でも珍走団《ちんそうだん》の「コール」がこの異世界に存在するはずがない。

「……って何だあれは⁉」

窓の外を見ると、何十台という馬車が併走《へいそう》していた。

しかも馬車の上には、パイプオルガンを小さくしたようなやつが搭載《とうさい》されていて、例のうるせー音が鳴っている……。

「〝喚《よ》ばれし戦士〟の出立を飾《かざ》る儀式《ぎしき》ですね。キアイ注入ですっ！」

「ソルフィ、たまにガラ悪いこと言うな⁉」

「ムトウ！」「ムトウ！」「ムトウ！」「ムトウ！」「ムトウ！」「ムトウ！」「ムトウ！」「ムトウ！」

何十台もの「珍走馬車《ちんそうばしゃ》」が爆音《ばくおん》をあげて俺《おれ》にエールをよこす。

こんな儀式《ぎしき》あってたまるかよ、と心の底から叫《さけ》びたい。

だがヤンキーの藍《らん》は興奮してツヤツヤとした顔になる。

「センパイ！　あーしら、絶対世界を盗《と》りましょうね！」

ぶっちゃけヤンキー女とか嫌《きら》いだし、普通《ふつう》の異世界で普通《ふつう》に無双《むそう》したい。オタいところを隠《かく》すのもしんどい。何だったらこんな世界を投げだして今すぐ家に帰りたい。

それでも俺《おれ》は……ヒマワリのように笑う藍《らん》についつい応えてやりたくなる。

拳《こぶし》を握《にぎ》り胸をドン！　と叩《たた》く。咽《む》せそうになったが、やせ我慢《がまん》する。

「ああ！　俺《おれ》に任せろ！　盗《と》ってやろうじゃねえか、世界ってやつをよ!?」

終

Yankee Muso!

隠れオタな俺氏はなぜヤンキー知識で異世界無双できるのか？

あとがき

一条景明《いちじょうかげあき》です。

この数年、筆者的なファンタジーブームが来ています。ゲームで言えば「ウィッチャー3ワイルドハント」だとか、映像で言えば海外ドラマの「ゲーム・オブ・スローンズ」とか。ファンタジーの中でもかなりハードなやつですね。

今回の新作もそうした作品に影響《えいきょう》を受けて……と言えれば格好もつくのでしょうが、既《すで》に読み終えた皆《みな》さんはお分かりでしょう。いわゆる異世界ものではありますが「ファンタジー」と呼ぶには少々アレな、いささかオラついた仕上がりとなっております。

どうしてこうなったのか？　それは筆者がノリで企画《きかく》を思いつき、そして編集の人々がゴーサインを出したからであります。

とはいえガチのヤンキーだとラノベ的にはちょっと辛《から》いので、「ヤンキー」像にアレンジを加えています。本書をよーく観察すれば気づくかもしれませんが、昭和っぽい「硬派《こうは》で武闘《ぶとう》派なヤンキー」から、現代の郊外《こうがい》にいそうな「マイルドヤンキー」などの要素が混在した描写《びょうしゃ》になっています。読者の中にもしも「ヤンキー専門家」や「ヤンキーご本人様」がいらっしゃいましたら大変申し訳ございません。ヤンキー後輩《こうはい》の胸や尻《しり》、〝ペレ・ポーション〟とかいう謎《なぞ》の液体を用いたけしからんシーン等を多めに入れておきましたのでご容赦《ようしゃ》いただければ幸いです。

謝辞です。

清瀬《きよせ》様に近藤《こんどう》様。今回も作品が良くなるよう、様々なアドバイスを頂きました。また、筆者の酷《ひど》いネタのせいで角川第3本社ビルにミサイルをぶち込《こ》まれたり、某社《ぼうしゃ》から訴《うった》えられたりすることを事前に防いで下さいました。ありがとうございました。次はばれないように上手《うま》くやります。

小島《こじま》様。割と遅《おそ》めな時間に編集さんからメールが来ることが多く、寝《ね》ぼけまなこで画像を確《かく》認《にん》するたびにギンギンになって目が覚めていました。何がどのようにギンギンなのかは省略しますが……素《す》晴《ば》らしいイラスト、ありがとうございました。

そして読者の皆様《みなさま》。読んで頂いてありがとうございます。

運が良ければ聖弥達《せいやたち》のマジぱねー旅はこれからも続きます。

それではまた。一条景明《いちじょうかげあき》でした。

◉一条景明著作リスト

「マギアスブレード／異世界剣士の科学都市召喚記」（電撃文庫）
「マギアスブレードⅡ／異世界剣士の科学都市召喚記」（同）
「隠れオタな俺氏はなぜヤンキー知識で異世界無双できるのか？」（同）

本書に対するご意見、ご感想をお寄せください。

電撃文庫公式ホームページ 読者アンケートフォーム
http://dengekibunko.jp/
※メニューの「読者アンケート」よりお進みください。

ファンレターあて先
〒 102-8584　東京都千代田区富士見 1-8-19
アスキー・メディアワークス電撃文庫編集部
「一条景明先生」係
「小島 紗先生」係

本書は書き下ろしです。

電撃文庫

隠《かく》れオタな俺氏《おれし》はなぜヤンキー知識《ちしき》で異世界《いせかい》無双《むそう》できるのか？

一条景明《いちじょうかげあき》

2017年9月8日　初版発行

発行者　塚田正晃
発行　株式会社KADOKAWA
〒102-8177　東京都千代田区富士見2-13-3
プロデュース　アスキー・メディアワークス
〒102-8584　東京都千代田区富士見1-8-19
03-5216-8399（編集）
03-3238-1854（営業）
装丁者　荻窪裕司（META＋MANIERA）
印刷　株式会社暁印刷
製本　株式会社ビルディング・ブックセンター

ISBN978-4-04-893341-4　C0193　Printed in Japan

電撃文庫　http://dengekibunko.jp/
株式会社 KADOKAWA　http://www.kadokawa.co.jp/

電撃文庫創刊に際して

文庫は、我が国にとどまらず、世界の書籍の流れのなかで〝小さな巨人〟としての地位を築いてきた。古今東西の名著を、廉価で手に入りやすい形で提供してきたからこそ、人は文庫を自分の師として、また青春の想い出として、語りついできたのである。

その源を、文化的にはドイツのレクラム文庫に求めるにせよ、規模の上でイギリスのペンギンブックスに求めるにせよ、いま文庫は知識人の層の多様化に従って、ますますその意義を大きくしていると言ってよい。

文庫出版の意味するものは、激動の現代のみならず将来にわたって、大きくなることはあっても、小さくなることはないだろう。

「電撃文庫」は、そのように多様化した対象に応え、歴史に耐えうる作品を収録するのはもちろん、新しい世紀を迎えるにあたって、既成の枠をこえる新鮮で強烈なアイ・オープナーたりたい。

その特異さ故に、この存在は、かつて文庫がはじめて出版世界に登場したときと、同じ戸惑いを読書人に与えるかもしれない。

しかし、〈Changing Times,Changing Publishing〉時代は変わって、出版も変わる。時を重ねるなかで、精神の糧として、心の一隅を占めるものとして、次なる文化の担い手の若者たちに確かな評価を得られると信じて、ここに「電撃文庫」を出版する。

1993年6月10日
角川歴彦

電撃文庫DIGEST　9月の新刊

発売日2017年9月8日

ソードアート・オンライン20
ムーン・クレイドル

【著】川原 礫　【イラスト】abec

平和になった《アンダーワールド》で、決して起こるはずが無かった殺人事件。その真相を探るキリトとアスナだが、真犯人の毒牙がロニエとティーゼに迫り……！

新説 狼と香辛料
狼と羊皮紙Ⅲ

【著】支倉凍砂　【イラスト】文倉 十

海賊の住む島からの船旅の途中、コルとミューリは、荒天のためウィンフィール王国の港町デザレフにたどり着く。そこで二人は商人の娘から助けを求められ——？

ヘヴィーオブジェクト 最も賢明な思考放棄

【著】鎌池和馬　【イラスト】凪良

砂浜に座礁した敵国の巡洋戦艦。国際条約があれこれで救助活動を強いられる馬鹿達の前に現れたのは、天才少女計画マティーニシリーズの一人、一二歳のレイスたんで……？

エルフ嫁と始める異世界領主生活5
—おきのどくですが　りりがるどは きえてしまいました—

【著】鷲宮だいじん【イラスト】Nardack

異世界から伝説の勇者現る!　聞けば俺の嫁・アクセリアたちを迫害していた悪の帝国はヤツによって滅ぼされたらしい。それは異世界帰還の障害が無くなったことを意味していて——。

だれがエルフのお嫁さま？②

【著】上月 司　【イラスト】ゆらん

男エルフの僕を「おとこ」にするため、彼女たちとの共同生活は続く。とってもまじめな目的のためなんだけど、やっぱりエッチなことがおこったりして……。

おことばですが、魔法医さま。②
～異世界の魔法は強力すぎて、現代医療に取り入れざるを得ませんでした～

【著】時田 唯　【イラスト】オガデンモン

魔法医療だけが発達した異世界に、現代医療を持ち込んじゃった医学生の伊坂練次郎。魔法医コーディと共に向かう次なる目的地は、魔物の襲撃を受ける異国の地!?

わたしの魔術コンサルタント②
虹のはじまり

【著】羽場楽人　【イラスト】笹森トモエ

永聖魔術学院に入学を果たした朝倉ヒナコと、それを見守る黒瀬秀春。だが入学早々、ヒナコの存在は学院に波紋を広げる。魔術士名家の娘・皇希遊と対決することになるのだが——。

新作
リア充にもオタクにもなれない俺の青春

【著】弘前 龍　【イラスト】冬馬来彩

オタクになるため部活に入るが挫折。リア充として生きるため髪型や香水に気をつかうが、ちょっと無理だった。オタクがメジャーになりすぎた時代の、新・青春ラノベ開幕。

新作
隠れオタな俺氏はなぜヤンキー知識で異世界無双できるのか？

【著】一条景明　【イラスト】小島 紗

俺氏、ヤンキー学校の隠れオタからファンタジーの住人に。やっと卒ヤンできると思ったら、異世界にはヤンキー文化が花開いてました……ハッタリを武器に成り上がれ異世界!!

新作
ラノベ作家になりたくて震える。

【著】うわみくるま　【イラスト】かれい

普段は話すこともないクラスメイトの睡蓮が言う。「わたし冬野君の作品を盗作したの……そしたら新人賞を受賞しちゃった」。って、はい!?

新作
嫌われエースの数奇な恋路

【著】田辺ユウ　【イラスト】赤身ふみお

肩を故障し、あげくに野球部内から「嫌われエース」と腫れ物扱いされる押井数奇。そんな彼がマネージャーとして入部した美人で変人な蓮尾凛と数奇な恋路に!?

『ロウきゅーぶ！』コンビで贈る、ロリポップ・コメディ開演！
Here comes the three angels
天使の3P《スリーピース》！
過去のトラウマから不登校気味の貫井響は、密かに歌唱ソフトで曲を制作するのが趣味だった。そんな彼にメールしてきたのは、三人の個性的な小学生で——!?
自分たちが過ごした想い出の場所とお世話になった人への感謝のため、一生懸命奏でるロリ&ポップなシンフォニー！
蒼山サグ
イラスト／てぃんくる
電撃文庫

『狼と香辛料』新シリーズ！
主人公はホロとロレンスの娘ミューリ!!
新説 狼と香辛料
狼と羊皮紙
支倉凍砂
イラスト／文倉十
青年コルは聖職者を志し、ロレンスが営む湯屋を旅立つ。
そんなコルの荷物には、狼の耳と尻尾を持つミューリが潜んでおり!?
『狼』と『羊皮紙』。いつの日にか世界を変える、
二人の旅物語が始まる――。

電撃文庫

〝行商人〟と〝賢狼〟の旅を描いた
剣も魔法も登場しない、経済ファンタジー。
狼と香辛料
支倉凍砂
イラスト／文倉十
行商人ロレンスが旅の途中に出会ったのは、狼の耳と尻尾を有した
美しい娘ホロだった。彼女は、ロレンスに
生まれ故郷のヨイツへの道案内を頼むのだが——。
電撃文庫